智慧熊
SMART BEAR

阅读强 | 少年强 | 中国强

专家审定委员会

励志版名著的6个关键词

“领悟性阅读”是人生成长过程中不可或缺的要素。如何用精品名著唤醒天性、唤醒心灵、点燃智慧之灯，同时兼顾学生学习的现实需要呢?

第一个关键词：价值阅读——“成就有价值的人生”

有价值的人生从价值阅读开始。在阅读的重要性与紧迫性已成为共识的情况下，最根本的问题就是读什么和怎么读。为此，励志版名著致力于通过对经典名著的价值解读，培养学生一生受用的品质。

第二个关键词：励志——“本书名言记忆”

一句名言可以影响人的一生。在供学生阅读的众多名著版本中，励志版名著是以励志为核心理念的。一本好书，必能启迪人心，滋养人的精神。因此，我们专注于传递名著中宝贵的人生经验和成长智慧。

第三个关键词：兴趣——“无障碍阅读”

针对阅读经验较少的学生，励志版名著依据《现代汉语词典》《辞海》《汉语大词典》等权威辞书对疑难字词进行注释，并参考相关资料对人物、好句等进行注解，从而帮助学生实现名著的无障碍阅读，激发学生的阅读兴趣。

第四个关键词：导学——“名师导学3-2-1”

名师门下出高徒。励志版名著邀请全国一线名师、教研员倾力把关“名师导学3-2-1”，强调在导学的基础上自主学习，把阅读延伸到书外。

第五个关键词：彩图——“图说名著”

全品系七百多幅精美插图，配以言简意赅的文字，达到“图说名著”的生动效果，这对提升学生的阅读兴趣，使其更好地理解每一本名著的意蕴，无疑会有很好的帮助。

第六个关键词：课标——“全课标素质解读”

强调课标与素质阅读的结合，是本丛书明显的特征。各版本语文教材中所选用的名著篇目，都在其中占有一席之地，倡导了“每一本名著都是最好的教科书”的理念。

简言之，我们殚精竭虑，注重每一个细节。因为，一个人物，拥有一段经历；一段故事，反映一个道理；一本好书，可以励志一生。

让名著发挥它人生成长导师的基本功能吧!

励志版名著编委会

励志版名著结构体例图

开宗明义　整体解读

全书导读是针对全书的综合性内容简述。内容涵盖作者、故事情节、主题等方面。通过全书导读，读者不用读全文，也能知道这本书整体叙述了什么。

图文并茂　相得益彰

精美的彩色插图，完美呈现经典情节，让读者在阅读文字的同时，有身临其境的感受，增加其阅读的乐趣。

名言启迪　励志人生

丛书特别关注名著中所传递的宝贵人生经验和成长智慧，分类整理了每本书中适合青少年收集的名言。

兼顾教材与素质培养

在供学生阅读的众多名著版本中，励志版名著是以励志为核心理念的，突显出关注素质成长的编辑宗旨。

无障碍阅读　分析与引导

注音释义，扫除字词障碍；批注点评，扫除理解障碍；成长启示，扫除感悟障碍。

查漏补缺　总结知识点

针对应试的需要，同时为了便于检测阅读效果，编者联合一线教师对每本书的重要知识点进行整理，以考题的形式帮助学生查漏补缺。

名著阅读专项规划方案

阅读不仅仅能让学生学会考试，还在某种程度上决定了学生应对未来生活和学习的基础能力。只有掌握了阅读的本领，学生才能更好地学习其他知识，才能更自信地融入社会，拓展更广阔的成长空间。

要使阅读学而有用，在短时间内提升阅读能力和文学素养，系统科学地阅读尤为重要。为此，我们为学生制订了一份科学合理的名著阅读计划。

阅读阶段	阅读要点	中小学生课外阅读推荐	推荐理由与检测	阅读量与阅读方法
第一阶段	掌握阅读（或流畅读）阶段（7～8岁）。这个阶段学生的知识和语法积累不足，认知能力有限，所以应适当避免阅读的复杂性。	《唐诗三百首》 《弟子规》 《三字经》 《成语故事》 《稻草人》 《木偶奇遇记》 《伊索寓言》 ……	励志版名著，由阅读专家及各省教研员为青少年专门打造，兼顾教材与素质培养，注重快乐阅读、无障碍阅读。 检测：能熟练阅读并复述1～3本必读名著的内容。	读 4 ～ 8 本名著（兼顾中外），以兴趣阅读为主，精读不少于 1 本，每周阅读时间不少于 6 小时，以便从小就养成良好的阅读习惯。
第二阶段	为学习新知而阅读（9～13岁）。前期（低年级）可以阅读无须专业知识铺底就能理解的书籍，后期（高年级）需要增加阅读的难度。	《三国演义》 《西游记》 《水浒传》 《城南旧事》 《格林童话》 《安徒生童话》 《鲁滨逊漂流记》 《汤姆·索亚历险记》 《海底两万里》 ……	励志版名著的书目，由中国的阅读专家和欧洲著名的内容提供商艾阁萌提供；借鉴了国外的兴趣阅读与素质培养的经验；辅以导读与思考题，可同时满足课堂教学的需要。 检测：能熟练引用名著内容并应用到写作当中。	读 8 ～ 16 本名著。应遵循由浅入深的原则，在关注 2 ～ 3 个品质主题的基础上，逐渐提高鉴赏能力。精读 3 本名著，每周阅读时间不少于 6 小时。
第三阶段	通过阅读，多角度了解人生（14 ～ 18 岁），从一个初级阅读者逐渐成为一个成熟阅读者。要努力积累知识、发展潜力，学会理解与反思，达成个人目标。	《朝花夕拾》 《骆驼祥子》 《繁星·春水》 《格列佛游记》 《童年》 《简·爱》 《钢铁是怎样炼成的》 《假如给我三天光明》 《老人与海》 ……	励志版名著，从易至难，指导学生完成阶梯式阅读。它可以满足这个年龄段的学生对社会、对人生的好奇与探索。它保留了名著引导读者认识人生的特点。 检测：是否具有精读、反思、举一反三的能力。	这一阶段是青少年品质形成的重要时期，应增加精读书目数量，结合专项品质（如专注、乐观、进取、尊严等），进行重点阅读，以形成分析、反省、批判等综合能力。要记读书笔记。每周阅读时间不少于6小时。

注： 励志版名著依据教材，但绝不仅仅服务于考试。如通过对《老人与海》的专项阅读，学生能够培养勇敢不屈、顽强坚毅的意志品质。这套名著强调对学生素质品质形成与成长的帮助。

无障碍阅读

彩插励志版

王子与贫儿

WANGZI YU PIN'ER

〔美〕马克·吐温 著

郎 月 译

南方出版社

·海口·

图书在版编目(CIP)数据

王子与贫儿 / (美) 马克·吐温著 ; 郎月译. — 海口 : 南方出版社, 2017.11(2023.10 重印)
(新课标必读名著 : 彩插励志版)
ISBN 978-7-5501-4182-7

Ⅰ. ①王… Ⅱ. ①马… ②郎… Ⅲ. ①长篇小说—美国—近代 Ⅳ. ①I712.44

中国版本图书馆 CIP 数据核字(2017)第 281293 号

王子与贫儿

WANGZI YU PIN'ER

〔美〕马克·吐温　著　郎　月　译

责任编辑:文　静
出版发行:南方出版社
社　　址:海南省海口市和平大道 70 号
邮政编码:570208
电　　话:(0898)66160822
传　　真:(0898)66160830
印　　刷:三河市春园印刷有限公司
经　　销:新华书店
开　　本:920mm×1280mm　1/16
印　　张:16
字　　数:162 千字
版　　次:2017 年 11 月第 1 版
印　　次:2023 年 10 月第 11 次印刷
定　　价:24.80 元

如何进行价值阅读

——《王子与贫儿》一书以“汤姆帮助爱德华重回王位”为例进行解读

故事简介

历尽千辛万苦之后，真正的国王终于归来。在新王加冕的盛大典礼上，真正的国王——爱德华·都铎，身着破衣烂衫，在人群之中爆发出一声大喊：“我才是真正的国王！”刹那间，全场大惊！就在有人要冲过去抓住他的时候，身着帝王盛装的汤姆跺着脚大声喝道：“住手，不许抓他！他的确是国王！”后来，为了把真假国王之谜弄清楚，摄政王想出了一个主意——谁能说出失踪已久的玉玺的下落，谁就是真正的国王。可是爱德华却将藏玉玺的地方说错了，于是汤姆便引导他一点点回忆起当日的情形，终于帮助他准确地说出了玉玺的藏身之地，继而重回王位。

价值解读

1. 关于执着

爱德华流落民间后，饱尝民间疾苦，虽然重回王位的路途充满艰险，一路上受尽了人们的冷遇与嘲讽，但他始终没有放弃，一直寻找机会恢复身份，并在典礼上勇敢地亮出身份。他的执着让他最后终于成功复位。

价值启示：从爱德华身上，我们看到了他那种在困难面前不低头，不达目的不罢休的执着精神，也明白了执着不仅意味着从树立目标到抵达终点的坚持，更意味着持之以恒的努力和勇往直前的行动。

2. 关于正直

在新王加冕的大典上，汤姆幡然醒悟，对这“偷来”的王位深感不安。所以，当爱德华来到这里宣布自己才是真正的国王时，汤姆不假思索地承认了这个事实。在这个时刻，汤姆心中全然没有对荣华富贵的留恋，只有摆脱良心谴责的轻松。

价值启示：一个正直的人，必然心怀善意、坚守正道，也必然敢做敢当、勇于承认错误。由此可见，汤姆的确是一个秉性正直的人！他置身万千繁华，却没有失去自我，在紧要关头，他勇敢地说出了真相，做出了一个善良、正直的人该有的选择。

3. 关于细心

当爱德华第一次说错玉玺的藏身之地后，汤姆非常着急，但却没有将正确地点直接相告。因为那样做并不能真正帮助爱德华证明身份，反而会弄巧成拙，他细心地想到了这一点，于是便帮助爱德华慢慢回忆当日情形，终于让他亲口说出了玉玺的下落，也让在场的人对真国王的身份确信无疑。

价值启示：做人做事，心思细密方能考虑周到，才不至因小失大，功亏一篑。因此，我们一定要养成细心的习惯，勤观察，多思考，关注细节，善于检查，认真地做好每一件小事，临危不乱地处理每一件大事。

△ 几分钟之后，王子就披上了汤姆那身破衣烂衫，同时那贫民窟的“小王子”却穿上了华丽的皇家服装，打扮得很神气。他们俩并肩站在一面大镜子前面，天哪，真是一个奇迹：就好像根本没有换过衣服似的。华丽的衣裳或许能极大地改变一个人的外表，但是却无法改变一个人的内心。拥有一颗纯洁、善良的心灵才是人生最宝贵的财富。

△ 这一顿饭吃完之后，就有一位大臣走了进来，在汤姆面前端着一只大而浅的金盘子，里面盛着很香的玫瑰水，让他漱口和洗手指；专管手巾的世袭大臣站在一边，手里拿着一条餐巾供他使用。汤姆困惑地瞪着眼睛看了一会儿那只盘子，然后把它端到嘴边，严肃地喝了一口。当我们身处一个陌生的环境时，要学会去了解当地的习俗礼仪，不懂装懂、自以为是的做法很可能会闹出笑话。

△ 这时她（汤姆的母亲）已经用手遮住蜡烛的光，悄悄地摸到那熟睡的孩子（王子）身边。她小心翼翼地在他身边弯下腰去，屏住了呼吸；然后突然把蜡烛的光照到孩子脸上，同时在他耳边用指节敲着地板。尽管王子与汤姆的样貌十分相似，但是汤姆的母亲依然发现了其中的异样，于是想了一个测试的方法。即使是孩子的一个微小的习惯，做母亲的也会铭记于心，这其中包含了母亲深切的关爱，我们应该好好珍惜。

△ 有人立刻受了这句话的鼓动，伸手去抓王子；那位陌生人（亨顿）反应也快，他马上就抽出了他那把长剑，随便挥舞了几下，就把那多事的人打倒在地了。随后，许多人齐声嚷道："打死这个狗东西！打死他！打死他！"一大群暴徒向这位武士围拢过来……路见不平，拔刀相助并不只是古代侠士的作风，我们在实际生活中也会遇到一些不公平的事，这时就需要我们勇敢站出来，帮助那些需要帮助的人，这样我们的社会才能变得越来越好。

△ 于是他（王子）就把他的床铺重新整理了一下，紧紧铺在小牛身边，然后贴着小牛的背睡觉，扯起毯子把他自己和他的朋友都盖起来。自从出宫以来，王子爱德华一直过着孤单、没有朋友的生活，还要忍受同类的无情虐待，现在终于有了这么一头可爱的小牛当伙伴，他寂寞的心灵感到了真正的安慰。朋友的陪伴能够给冰冷的生活带来一阵阵暖意，无论这个朋友是动物还是人类。

△ 那是个男孩子，光着头，鞋袜都破得不像样子，身上穿着一套破破烂烂的平民衣服。他庄严地举起手来，那种神情与他那副脏兮兮的可怜相很不相称，同时他发出了一声警告：“我不许你们把英国的王冠戴在那个假冒的国王头上，我才是真正的国王！”敢于证明自己，有时候需要相当大的勇气和决心，但只要你坚持、不放弃，终有一天会实现目标。

全书导读

《王子与贫儿》是美国著名小说家马克·吐温的代表作之一，是一部经典的童话式讽刺小说，被马克·吐温本人看作他最满意的作品之一。

这部作品以在英国广为流传的《王子与侍从》的故事为素材创作而成。两个同年同月同日生、长得一模一样的男孩在机缘巧合下互换了身份。王子爱德华流落到民间，成了受人欺凌的乞丐，经历了君主专制统治下人民生活的种种苦难；而落魄的贫儿汤姆则登上国王的宝座，他废除了一些残酷的法律和刑罚，赦免了一些无辜的"犯人"，颁布了一些合乎情理的法令，成了万人尊崇的一国之主。在迈尔斯·亨顿的帮助下，爱德华王子历经重重劫难，最终回到了王宫；而贫儿汤姆也在良心的谴责下，将不属于自己的王位还给了真正的国王。

本书讲述的故事在历史中确有其事，贫儿汤姆可能就是爱德华六世的臣子汤姆·坎迪。他出身贫苦，但 6 岁就因是"国王的好朋友"而成为"英国国王的保护者、圣公会的主持和坎特伯利大主教"。16 岁时，年轻的国王爱德华六世去世，新的女王玛丽一世复辟天主教并大肆迫害新教教徒，将汤姆关进伦敦塔。汤姆在伊丽莎白一世即位后才得以释放，并重新担任圣公会的主持。他死后，英国议会追封他为"摄政国王"和"圣公会之父"。

因而，这部小说具有十分深远的现实意义，也是马克·吐温所有作品中风格特异的一部。全书通过一个极富戏剧性的故事，生动地反映了英国资本主义原始积累时期劳动人民生活的穷困和悲惨，反映了封建统治者的豪奢和凶残。

一个多世纪以来，这部小说吸引着一代又一代的读者，在带给读者快乐的同时，还极大地激发着他们的想象力和对真善美的向往。

名师导学 3—2—1

3 个阅读要点

◎汤姆和爱德华在互换身份后，各自有哪些经历？他们分别是怎样克服难题或者渡过难关的？从中体现出了人物怎样的性格特点和思想品质？

◎在这部作品中，作者运用对比手法之处俯拾皆是，如两位主人公身份的对比、经历的对比，以及善与恶的对比，尊与卑的对比。在阅读中，要注意发现文中对比手法的运用并体会其妙处。

◎全书字里行间流露出作者对统治者的不满和对受苦受难的人民的同情，在阅读中要注意体会。

2 个知识要点

◎独特的叙述结构。这部小说是一部童话式的讽刺小说，以贫儿汤姆在王宫的生活经历和爱德华王子的流浪生活为两条线索来编织故事，在整体风格上既具有马克·吐温所热衷的流浪汉小说的特色，也兼具天真童趣、富于夸张想象的童话色彩。

◎马克·吐温式语言。在本书中，马克·吐温的语言特点非常鲜明：幽默风趣，简洁生动，口语性强，极具讽刺性。这些特点使小说的语言形式与小说内容、人物极为贴合，堪称经典。

1 个成长要点

◎本书讲述的是由于机缘巧合，长相酷肖的王子和贫儿互换了身份，从而各自开始了一段离奇荒诞的人生经历。在此期间，王子深切了解到民间疾苦，贫儿也深刻体会到统治一个国家的艰辛。通过欣赏围绕两位主人公所上演的一幕幕悲喜剧，我们看到了他们身上所具有的善良、勇敢、正直、坚强等优秀品质，也感受到了人人平等、正义公理的可贵与伟大，从而更加坚定了内心深处对真善美的不懈追求！

目　录

CONTENTS

第一章　贵贱俱长成

导读

在古老的伦敦城里有两个婴儿在同一天诞生。其中一个诞生在富贵的都铎家族，是个万众瞩目的王子；另一个诞生在贫苦的穷人家里，是个不受欢迎的贫儿。十三年后，王子和贫儿都长大了，有一天，这两个身份迥异的孩子在宫廷相见了，并且，他们的命运也在这一天陡然发生转折……

一　两个婴儿

在十六世纪第二个二十五年的一个秋天，古老的伦敦城里，穷苦的康第家里添了一个不受欢迎的男孩。同一天，尊贵的**都铎**（1485 年—1603 年，是英国的都铎王朝时代。铎，duó）家族诞生了一个称心如意的男孩。这是一个万众瞩目的孩子，他的出生得到了全英国的热烈欢迎。人们早已期待着他的来临，并且为此向上帝祷告。现在，他正如人们所愿地出世了，人们几乎是欣喜若狂，他们互相亲吻，互相拥抱，同声欢呼。

每个人都休假了，无论穷人还是富人，全都在大吃大喝，跳舞唱歌，非常快活，这种昼夜不断的狂欢一直持续了好几天。白天，伦敦的景象真是热闹非凡，家家户户的阳台和屋顶上都随风飘动着鲜艳的旗帜，大街上还有许多群情激昂（指大家的情绪都很激动和高昂）的队伍在游行。夜间的景象也很壮观，街头巷尾，处处都燃烧着大堆的篝火，周围聚集着一队队狂欢的群众，载歌载舞。全英国除了在谈这个新生的孩子——王子爱德华·都铎以外，几乎没有人谈论别的话题。

爱德华·都铎，这个尊贵无比的小王子，此刻正浑身裹着绫罗绸缎，对于外面所有的热闹景象都无知无觉，也不知道还有许多贵妇和大臣在伺候着他，看护着他——而且他对此毫不在乎。这个时候，当然没有人会谈到那个同样刚刚出世的孩子，那个浑身裹着破布烂絮的孩子，汤姆·康第。他的出生为这个本来已经穷困不堪的家庭增加了极大的麻烦。除了他自己家里这些发愁的人之外，没有人提及这个孩子，也没有人理会他的存在。

二　自封王子

时间过得很快，一晃十三年过去了。

我们先来看看穷孩子汤姆现在的生活吧——

已有一千五百年历史的伦敦，要算是一个大城市。全城有十万居民——有人认为比这还要多一倍。伦敦城里的街道都弯曲狭长，而且非常肮脏，尤其是离伦敦桥不远的地方，汤姆·康第所住的那一带。那儿的房屋都是用木头建成的，第二层楼突出于第一层之外，第三层的一部分又延伸出第二层的范围。房子盖得越高，上面的面积也就越大。房屋的骨架用结实的木料钉成交叉的形式，中间加上一些坚固的材料，外面再抹上一层灰泥。房屋的主人按照各自的爱好把屋梁漆成蓝色、红色或黑色，这就使得那些房屋显出一副很雅致的气派。窗户都不大，上面镶嵌着菱形的小玻璃，窗扇都像屋门一样，是向外开的。

汤姆一家住在布丁巷外面一个名叫垃圾大院的肮脏小巷里。那幢房子东倒西歪，又小又破，里面住满了穷人。康第家在第三层楼上占着一个房间。汤姆的母亲和父亲在一个角落里有一件勉强可以称为床的家具；可是，他和他的两个姐姐——白特和南恩，还有他们的祖母，他们的床却很大——全部的地板都归他们，他们爱在哪儿睡就在哪儿睡。屋里有几捆又旧又脏的稻草，还有一两条破得不像样的毯子，可是，要把这些东西叫作床铺，似乎不太恰当，因为它们全都乱七八糟的。每天早晨，这些东西老是被整个儿踢成一大堆，到了晚上，大家再从这一堆里选出一些来使用。

白特和南恩十五岁了，她们是一对双胞胎。虽然她们穿着破烂，愚昧无知，但是她们都非常善良。她们的母亲也和她们一样。而她们的父亲和祖母却是一对恶魔。他们只要有酒喝，就会喝得烂醉；然后他们就开始厮打，或是碰上谁就和谁打；无论醉与不醉，他们嘴里总是骂骂咧咧的。约翰·康第是汤姆的父亲，他是个小偷，他母亲则是个乞丐。他们也让孩子们去做乞丐，不过暂时还没能把孩子们变成小偷。在这所房子里居住的穷人当中，有一位善良的老神父，他叫安德鲁，可是他并不属于他们那一伙。他是被国王从王宫里赶出来的，国王只给了他一点点极微薄的养老金。他常爱把孩子们叫到一边，悄悄地教他们一些正当的行为。安德鲁神父教给汤姆一点拉丁文，并且还教他读书、写字。他本想把这些东西也教给那两个姑娘，可是她们害怕朋友们的嘲笑，因为那些人如果发现她们俩将要去学习那些稀奇的学问，一定会忍受不了的。

整个垃圾大院里都住着康第这样的人家，他们乱哄哄地挤成一窝。胡闹、酗酒和吵架在那儿是家常便饭，无论白天还是黑夜。在那一带，打破头和饿肚子是同样寻常的事情，可是小汤姆却并不觉得这样的日子有什么不好。他的日子过得很苦，可是他自己并不知道。他和垃圾大院所有的孩子过的是一样的生活，因此他也就以为那是恰当的、舒服的生活。当他晚上没有乞讨到东西而空手回家的时候，他知道父亲一定会将他打骂一番，等父亲打骂够了之后，祖母还要再来一遍，而且变本加厉（变得比原来更加严重）；他还知道，到了深夜，他那饿着肚子的母亲就会偷偷地溜到他身边来，把她从自己嘴里省下来的那一点可怜的面包皮或残屑拿给他吃，虽然她这种背叛行为经常被她的丈夫发觉，并且自己还要挨他一顿毒打，但是她也照做不误。

就这样，汤姆的日子过得顺顺当当。因为当时禁止行乞的法律很严厉，刑罚也很重，所以他每天只要能讨到够他自己活命的东西就行；其余的时间他都用来听安德鲁神父讲那些关于矮子和妖怪、巨人和仙女，以及妖魔盘踞城堡，尊贵的国王和王子的古老故事和传说。他脑子里渐渐装满了这些稀奇有趣的事情，于是有许多个晚上，当他在黑暗中躺在他那稀少又发臭的稻草上又饿又累，挨过打之后身上还隐隐作痛的时候，他就展开他的想象力，幻想自己是一位王子，住在一座王宫里，过着一种惬意（满意；称心；舒服。惬，qiè）的生活，然后他很快就忘记了自己的痛苦，做起了美梦。后来，一个愿望产生了，他希望自己能够亲眼看见一个真正的王子。有一次，他跟垃圾大院里的那些玩伴们说到自己的心愿，可是他们听了都毫不留情地嘲笑他，以至他从此以后再也没有跟别人谈及这件事。

他经常读神父的古书，并且还请神父细致地讲解。后来，心中的梦想和持续的阅读，让他的心理发生了一些变化。他梦中的人物都非常漂亮，以至他慢慢开始为自己破烂的衣服和满身的肮脏而感到痛心，并且他还希望自己能穿得好一些，干净一些。他还是照常到泥潭里去玩，并且也玩得很痛快；他也到泰晤士河里去拍水玩，却不像过去那样只是为了玩耍，而是因为河水可以把他的身体和脸洗干净。

不久以后，汤姆所读的关于王子生活的书和他在这方面的梦想，竟对他产生了更强烈的影响，以至于他不知不觉地扮演起王子来了。他的言行举止变得特别斯文而有宫廷派头，使他那些亲密的朋友觉得非常好玩，也非常羡慕。于是，汤姆在这些年轻小伙子当中的威信一天天增长了。后来，他在他们心目中终于成了一个与众不同的人物，大家都对他怀着一种崇敬之情。他看上去懂得的真多呀！

他是那么的足智多谋，而且可以做出那么了不起的事情！他的言谈和举止都由这些孩子报告给了他们的长辈，这些人也就马上开始谈论起汤姆·康第，而且把他看成一个非常有天赋的人才。成年人把他们的疑难拿来请教汤姆，他的解答所表现出来的才智每每使他们大感惊讶。事实上，除了他自己家里的人以外，所有认识他的人，都把他当成了一位英雄——只有他家里的人一点也看不出他有什么了不起的地方。

后来，汤姆居然私下里组织了一个小朝廷！他自己来当王子，他的好友们有的当大臣，有的当侍卫，有的当武官，还有当侍从和宫女的，也有当王室成员的。这位假扮的王子每天都按照他从书本上那些传奇故事里学来的一些繁文缛节（烦琐而不必要的礼节，也泛指烦琐多余的事项。缛，rù）接受大家的朝拜。这个虚构的王国每天都在御前会议上讨论国家大事，而这位假扮的殿下每天都给他想象中的军队和总督们发号施令。

每天扮演完王子之后，他就穿着那身破烂衣服到街上去乞讨，吃母亲省下来的那少得可怜的面包屑，再照例挨打、挨骂，然后在他那一小把肮脏的稻草上躺下来，又在幻想中开始他那虚构的荣华富贵的生活了。然而他心中还是有一个强烈的愿望，希望能亲眼见到一位真正的、活着的王子。这个愿望一天天在他心中增长，直到后来，它把其他一切愿望都吞没了，成了他生活中唯一的愿望。

正月里有一天，他像往常一样出门行乞，无精打采地在明兴巷附近来回地缓步走着。他光着脚，又冷又饿，眼睛直往食品店的橱窗里瞟，渴望能吃上一口那里面摆着的香喷喷的猪肉饼，或者其他任何一样令他垂涎欲滴（形容非常贪馋想吃的样子。垂涎，因想吃而流口水）的美食——在他看来，这些东西都是专供天使享用的美味——因为他一辈子从来都没有吃过这类东西。天空是阴沉的，不断地飘落着毛毛细雨，那是个凄凉的日子。晚上汤姆回到家里，浑身湿透，又乏又饿，以至连他的父亲和祖母看了他这种倒霉样，也不能无动于衷——他们用来表示同情的方式，就是马上赏了他一顿拳头，叫他去睡觉（话锋急转，以讽刺的口吻揭露了汤姆父亲和祖母的冷漠和残暴）。疼痛和饥饿让汤姆久久不能入睡，可是后来，他的思绪终于飘到了遥远而神秘的地方，于是他就睡着了。他在梦中和一些浑身珠光宝气的小王子在一起，而他自己也是一个小王子了。

整个夜里，王子的尊贵气息都笼罩着他。他在大臣和贵妇当中走动，那些地位尊贵的人一面给他让出路来，一面毕恭毕敬地向他鞠躬致敬，他就派头十足地对这儿点点头，对那儿笑一笑，作为答礼。

第二天早晨醒来时，他一看周围那种凄惨景象，那场好梦又像往常一样起了作用——使他那环境的肮脏粗陋程度增强了一千倍。相伴而来的就是苦恼、伤心和眼泪。

三　宫廷相见

汤姆饿着肚子起了床，又饿着肚子出去游荡，可是他心里还是装着头天晚上那些模模糊糊的美梦。他在城里东游西逛，简直没注意到自己在往哪儿走，也没有发觉身边发生了一些什么事情。人家拼命挤他，还有些人骂他，可是这一切对这个心事重重的孩子完全不起作用。后来他走到了邓普尔门，这是他走得离家最远的一次。他站住想了一会儿，然后又一次沉浸在自己的幻想中，接着就再往前走，出了伦敦的城墙。

继续往前走，汤姆随即就发现了翠林庄。他在一座美丽的十字碑前休息了一会儿，然后又顺着一条幽静的道路漫步走去，经过红衣大主教的庄严邸宅，朝着一座更雄伟壮观的建筑——威斯敏斯特宫——走过去。汤姆瞪着眼睛望着那些高大堂皇的建筑物，望着那威严的棱堡和角楼、那巨大的石造大门，以及门上金漆的门栅。门前排列着的许多庞大庄严的花岗石狮子，还有其他一些英国皇家的标志和象征，他简直看得心花怒放。这儿可的确是一座国王的宫殿呀。难道他心中的愿望终于可以满足了吗？假如老天爷愿意开恩的话，他现在岂不是有希望见到一个有血有肉的王子了吗？

那金漆大门两边都站着一个身材笔挺的、威严的、一动也不动的士兵，他们从头顶到脚跟穿着全副闪亮的钢盔甲。有许多乡下人和城里来的人，都站在一段距离之外等待着机会，希望偶然有王族出现的时候能够开开眼界。一辆辆豪华的马车，里面坐着高贵的人物，外面跟着成群的仆从，络绎不绝地从那穿过王邸围墙的另外几座雄伟的大门里驶进驶出。

可怜的小汤姆穿着他那身破烂衣服走了过去。当他提心吊胆地走过那两个卫兵的时候，忽然从那金漆门栅一眼瞟见里面有一个衣着不凡的人物，这使他几乎欢喜得大声喊叫起来。门内有一个英俊的男孩，因为他常在露天地方运动和游戏，皮肤晒得又红又黑；他浑身绫罗绸缎，上面镶嵌着闪亮的宝石；他腰上挂着的剑和匕首上也都镶着宝石；他头上戴着一顶华丽的深红色帽子，帽子上的一颗大宝石系着几根往下垂的羽毛。在他近旁，还站着几个打扮得很讲究的男人，看样子都是他的仆人。啊！他准是个王子——一个真正的、活生生的王子——毫无疑问，那贫儿一心盼望的事情终于如愿以偿了。

汤姆兴奋得把眼睛睁得老大，连呼吸都急促起来。他当时忘记了一切，心中只有一个愿望：那就是走近王子身边，好好地瞧一瞧。不知不觉地，他就把脸贴近那栅门了。其中一个士兵冲了过来，很粗暴地揪起他，将他一把推开，推得他像个陀螺似的滚出老远（采用比喻的修辞手法，形象地再现了当时的场景。动词运用简洁准确，生动地刻画出士兵野蛮粗暴的态度和行为），滚到那些笑着看热闹的乡下人和伦敦的闲人当中去了。那个士兵说：

“老实点，你这小叫花子！”

那一群人都哈哈大笑起来，可是那年轻的王子却飞跑到大门那儿，满脸通红，眼冒怒火。他大声喝道：

“你竟敢这样虐待一个可怜的孩子！你竟敢这样虐待我父王最低微的老百姓！快打开大门，让他进来！”

这下子那群闲人马上就变得恭敬起来，他们连忙摘下帽子，并且大声欢呼“王子万岁”。

门口的两个士兵举起戟来敬礼，随即打开大门，并且在贫儿穿着那身随风飘动的破衣烂衫走进来和富甲天下的王子握手的时候，他们又敬了一次礼（士兵对贫儿的前后态度、贫儿和王子的形象，形成了非常鲜明的对比，充满画面感的描写让讽刺意味进一步加强）。

爱德华·都铎说：

“你肯定又累又饿了，你刚才受委屈了。跟我来吧。”

五六个仆从猛地向前面扑过去，想要从中阻拦。可是王子气派十足地摆了摆手，叫他们退到旁边，于是他们立即停了下来，就在那儿呆呆地站着不动。爱德华把汤姆带进王宫里一个豪华的房间，说这是他的私人房间。仆人遵照他的命令，送来了一份讲究的饭菜，这些食品汤姆除了在书里看见过以外，从来没有碰到过。王子毕竟有王子的细心和教养，他吩咐仆人们都出去，好让他这位卑微的客人不至于因他们的围观和议论而感到局促不安，然后他坐到近旁，一面让汤姆吃饭，一面问他一些问题：

“小伙子，你叫什么名字？”

“禀告王子，贱名汤姆·康第。”

“这名字挺古怪的。你住在什么地方？”

“禀告王子，我住在旧城里一个叫垃圾大院的地方，在布丁巷外面。”

“垃圾大院？这又是个古怪名称。你父母在世吗？”

“父母都健在，还有个奶奶，她对我来说，可以算是个可有可无的亲人，这话说出来也许有罪，但愿上帝宽恕我，另外我还有一对双胞胎姐姐，她们是南恩和白特。”

“那么我猜你奶奶对你准是不大好吧。”

“禀告殿下，她对谁都不大好。她心地邪恶，一辈子专干坏事。”

“她虐待你吗？”

“除了她睡着了，或是醉得不能动弹的时候，其余时间她都要拼命地打我，打够了才算数。”

王子怒气冲冲地喊道：

“怎么！她还打你吗？”

“是啊，禀告殿下，她确实是打我。”

“竟然打你！——你的身体这么弱，个子这么小！听着，不等到晚上，我就让人把她关到塔里去（即关进伦敦塔去坐牢。伦敦塔是从前英国囚禁重要政治犯的监狱）。我的父王……”

“殿下，她可是一个下等人哩。塔里是专门关大人物的。”

“言之有理。我没有想到这个。我要考虑怎么处罚她。你父亲对你好不好？”

“跟奶奶差不多，殿下。”

“当父亲的可能都一样吧。我的父亲脾气也不好。他打起人来也很厉害，可是他不打我，但是嘴上可不一定饶我。你母亲对你怎么样？”

“她很好，殿下，她一点儿也不叫我吃苦。我的两个姐姐南恩和白特也是这样，跟我母亲的脾气一样。”

“她们俩多大年纪？”

“禀告殿下，十五岁。”

“我姐姐伊丽莎白公主是十四岁，堂姐洁恩·格雷公主和我一般大，她们都长得很漂亮，也很和气；我的另一个姐姐玛丽公主却天天板着个脸——咦，我问你，你姐姐也不许她们的仆人笑，怕这种不端庄的行为会毁坏她们的灵魂吗？”

“我姐姐吗？啊，殿下，您以为她们会有仆人吗？”

王子仔细地把这小叫花子打量了一会儿，然后说：

“为什么没有？早上起来，谁帮她们打扮？晚上谁帮她们脱衣裳？”

“没有人帮忙，殿下。难道她们还得把衣裳脱掉，像野兽那样光着身子睡觉吗？”

“难道她们只有一件衣服？脱掉衣裳就得光着身子？”

“啊，殿下圣明，她们要多余的衣服干什么？真是，她们每人并没有两个身体呀（听起来不合情理的话却形象地折射出汤姆·康第家贫穷的程度）。”

“这个想法真是稀奇！对不起，我并不是故意发笑。可是我得让你的好姐姐南恩和白特有好衣服穿，还要有用人使唤，我马上叫我的财政大臣去照办。不，用不着向我道谢，这不算什么。你话说得很文雅。念过书吗？”

“有一个名叫安德鲁的神父好心地教过我，我念的是他的书。我不知道我这样算不算念过书，殿下。”

“你懂拉丁文吗？”

“略微懂一点，殿下。”

“小伙子，好好学吧，只有开始的时候难，希腊文还要更难一些。可是无论哪种文字，伊丽莎白公主和我的堂姐学起来都不难。但是，你还是给我讲讲你们那个垃圾大院吧。你在那儿过的日子很快乐吗？”

“说实在话，很快乐的，殿下，除了肚子饿的时候。那儿有傀儡戏（木偶戏。傀儡，kuǐ lěi），还有猴儿——啊，这些小畜生真有趣！穿得也真漂亮！——还有些戏里的角色都拼命地大叫、拼命地打斗，一直斗到戏里的人都杀光才算完，那可真精彩，看一回只要一个小铜板——不过殿下您可不知道，我那一个小铜板赚得可是真费劲呀。”

“你再给我说一些吧。”

“我们垃圾大院的孩子们有时候也像戏里的那些角色那样，拿着棍子彼此打斗。”

王子两眼一亮，说道：

“哟！这倒挺好玩。再给我说一些吧。”

“殿下，我们还赛跑哩，看看谁跑得最快。”

“这个我也很喜欢。你继续说。”

“殿下，每到夏天，我们就在大河和运河里浮水和蹬水，各人都把身边的人按在水里，拍水溅他，并且还大声嚷，或是往水里钻，在水里摔跤，还……”

“只要能像这样玩一回，拿我父王的江山来交换也值得！请你再往下说吧。”

“我们还在沙土里玩，各人把身边的人拿沙子盖起来；我们还常拿泥做糕饼——啊，多好玩的泥呀，真是全世界都没有那么好玩的东西！殿下您别怪我胡说，我们简直就是在泥里打滚。”

“啊，请你不要再说了，真是太有趣了！要是我能穿上你那样的衣裳、光着脚，到泥里去痛痛快快地玩一次，只要玩一次，没有人骂我或是阻止我，那我想我连王冠都可以不要了！”

“殿下，要是我能把您那样的衣服穿一次……”

“哦？你想穿吗？那就这么办吧。把你的破衣服脱下来，换上这些吧，小伙子！这可以暂时换点快乐，可是那也一样过瘾。我们趁这机会高兴一下吧，不等别人来干涉，就可以再换过来。”

几分钟之后，王子就披上了汤姆那身破衣烂衫，同时那贫民窟的“小王子”却穿上了华丽的皇家服装，打扮得很神气。他们俩并肩站在一面大镜子前面，天哪，真是一个奇迹：就好像根本没有换过衣服似的。他们互相看看，然后又看看镜子，再互相看看。后来那被弄得莫名其妙的王子终于说：

“你看这是怎么回事？”

“呀，殿下您可别来问我。我这样下贱的人说出那种话来，未免不大妥当。”

“那么我来解释一下吧。你和我的头发是一样的，眼睛是一样的，说话声音是一样的，面孔和神情也是一样的，外貌和身材还是一样的。我们俩要是光着身子走出去，谁也分不清哪个是乞丐，哪个是王子。现在我穿上了你的衣裳，似乎更能够体会你的委屈，我想起刚才那个野蛮的士兵——嘿，你手上不是有个伤痕吗？”

“是的，不过这没关系，殿下，您知道那个可怜的士兵……”

“且住！这事情太无耻，也太残忍！”王子跺着他的光脚丫嚷道，“要是国王——你站在这里别动，等我回来！这是我的命令！”

一会儿工夫，他从一张桌子上拿起一件国宝，把它收藏起来，然后就穿着那身像旗子似的破衣服跑了出去。他飞跑着穿过宫中的庭园，脸上发烫，眼里冒火。他一走到大门那儿，就抓住栅门，一面使劲摇晃它，一面大声嚷道：

“开门！把栅门打开！”

起先对汤姆很凶的那个士兵立即就照办了。王子怒气冲天地冲出门口的时候，那个士兵马上狠狠地打了他一个很响的耳光，把他打得一下子滚到大路上，只听那个士兵厉声骂道：

“小叫花子！你让王子殿下跟我过不去，这是我还你的礼！”

外面那一群人哄笑起来。王子挣扎着爬起来，怒不可遏（愤怒得不能抑制，形容愤怒到了极点。遏，è）地向士兵跑过去，一边跑一边嚷道：

“你竟敢动手打我，我要判你绞刑！我是王子，你竟敢伤害我的御体！”

那士兵举起手来敬礼，嘲弄地说：

“我向殿下您敬礼，”随后怒吼道，“快滚开，你这发了疯的小浑蛋！”

于是那群正在看好戏的人向着可怜的王子围拢来，连挤带推地拥着他顺着大路走了很远。大家一路嘲笑他，一路嚷着：“给王子让路！给王子殿下让路呀！”

四　王子遭难

在好几个小时的追逐和捉弄之后，那一群闲人终于不再纠缠王子，把他甩开了。一开始的时候，他还能摆出皇家的架子吓唬他们，对那群暴徒大发脾气，并且发出皇家的命令，大家都觉得他的样子怪好玩的。可是后来，他越来越累，终于不再开口，那些捉弄他的人就对他不再感兴趣，另找乐子去了。这时候他才向四周张望，可是并不认识这是什么地方。他所知道的就只有这一点：他现在是在伦敦城里。他漫无目的地往前走了一会儿，房屋渐渐稀少，行人也不多了。他把他那双流血的脚在小河里洗了洗，然后休息了几分钟，继续再往前走，不久就来到一块大空地前，那儿只有几所稀稀落落的房屋，还有一座巨大的教堂。这个教堂他是认识的。那里到处都搭着许多棚架，还有成群的工人，因为教堂正在进行维修。王子马上就振作起精神来，他心想：“这是古老的圣方济教堂，父王把它从修道士手中接收过来，改成了一所贫儿和弃儿的收养所，并且改名为基督教堂了。这里的人一定会乐于照顾我这位对他们有过这么大恩惠的施主的儿子——尤其是因为那个儿子自己现在也像这里的儿童一样穷苦无依，他们更不能坐视不管了。”

他很快就走到了一群男孩子当中，他们都穿着同样式样的衣服，正在打球和做跳背游戏，或是玩着别的什么游戏，玩得非常热闹。一看见王子，孩子们停止了玩耍，向王子身边围拢来，王子以天生的高贵语气说：“好孩子们，去告诉你们的所长，就说王子爱德华要和他谈一谈。”

一听这话，有一个粗鲁的小家伙说：

“哎呀哈，叫花子，你是殿下的差人吗？”

王子气得满脸通红，他马上就伸手到腰下去摸，可是腰下什么也没有。孩子们又大声哄笑了一阵，有一个孩子说：

“大家看呀！他还当是有一把剑哩，他真以为自己就是王子呢。”

孩子们又是一阵大笑。可怜的爱德华高傲地挺直身子说道：

“我就是王子。你们受了我父王的恩惠，竟然还敢这样对待我，实在太不懂礼了。”

孩子们听了这话，觉得非常有趣，又大笑起来。首先说话的那个家伙对他的同伴们嚷道：

“嗬，你们这些奴才、畜生，靠王子殿下的父王施恩养活的贱民，怎么这么无礼？你们这些贱骨头快跪下，全跪下，拜见穿着破烂衣裳的王子殿下吧！”

大家在一阵狂笑中齐刷刷跪下，以嘲讽的态度向他们捉弄的对象致敬。王子猛地一脚踢开最靠近他的那个孩子，暴怒地说：

“今天先给你一脚，明天我就给你搭起一个绞架来！”

这一下可惹怒了他们，十几个孩子嚷道：

“把他拉走！拉到洗马池（洗马池一般是洗马和饮马用的，但被众人厌恶的人有时也会被丢到洗马池去，叫他吃苦头）那儿去！狗在哪儿？快冲上去！”

随后就发生了英国历史上从来没有出现过的一桩事情——王子的御体被老百姓的手粗暴地殴打，并且他们还唆使恶狗去咬他，把他咬得遍体鳞伤。

那天夜幕降临的时候，王子来到了城内房屋稠密的地区。

他已浑身是伤，血迹斑斑，一身破衣服沾满了污泥。他继续往前走去，越往前走心里越慌张。他疲倦无力到了极点，以至于两条腿简直有些拖不动了。他再也不向人问路，因为他张口问话，反而会引起人家对他的侮辱。他一直自言自语地低声说："垃圾大院——就是这个地名，只要我坚持不累倒在地上，就能找到这个地方，那我就得救了——因为他家里的人会把我带到宫里去，证明我不是他们家里的人，而是真正的王子，那么我就可以恢复我的身份了。"他心里时时回想起基督教养院里那些野蛮的孩子对待他的情形，于是他喃喃自语道："等我当了国王之后，不仅得给他们面包和住处，还得让他们读书受教育。因为光吃饱肚子，脑子里却很贫乏，心灵也得不到营养，那吃饱肚子也是没有意义的。我要把这个牢记在心里，不忘掉今天的教训，以免我的百姓因此而吃苦。我相信学问可以改善心灵，培养仁爱和文雅的品格。"

路灯开始亮起来，天上也下起雨来了，随即又刮起了风，于是狂风暴雨之夜开始了。那无家可归的落难王子，将要继承英国王位的王子，仍旧在往前走着，渐渐走进了那些迷宫似的肮脏小巷，那是一些穷苦百姓聚居的地方。

忽然，一个高大的醉汉一把揪住了他说：

"又混到这么晚才回来，我看准还是一个铜板儿也没带回来！要真是这样的话，如果不打断你这身骨头，那我就情愿改个姓，不叫约翰·康第了。"

王子一扭身子，摆脱了那个人，还无意识地拍了拍被弄脏的肩膀，然后迫切地问道：

"啊，原来你就是那个小乞丐的父亲，是吗？感谢上帝，但愿如此——那么你去把他带回来，让我恢复原位吧！"

“你在胡说什么？你别想找理由躲过这一顿打……”

“啊，别说废话，别耽搁工夫！——我累了，还受了伤，我再也熬不下去了，你赶紧把我带回我父王那里去，他所赏给你的财富，你做梦也想不到。相信我吧，喂，相信我吧！——我没有撒谎，我说的都是实话！——你伸出手来救我一把吧！我的确是王子！”

那个人呆住了，他低下头，瞪着眼睛望了望这孩子，然后摇摇头，嘟囔着说：“你真是发疯了。”然后又把他揪住，粗暴地嚷道：“可是不管你疯不疯，我和你奶奶回头就会弄清楚你这身贱骨头哪儿最软，否则我真得改姓了！”

他说完这话，就把那个拼命挣扎的王子拽进了房屋前面的一条窄巷，他们背后还跟着一群嘻嘻哈哈的闲人。

成长启示

和汤姆在宫廷互换了衣服之后，王子又想起了汤姆遭受士兵欺凌的事，于是更能深切体会汤姆的委屈了，所以他毅然冲出门去为汤姆复仇。从王子身上，我们看到了他仁爱善良、坚守正义、同情弱者的美好品质。这种品质，是每一个人都应该具备的，无论是王子，还是平民。

要点思考

1. 汤姆为什么会自封为王子？

2. 汤姆和王了是怎样交换身份的？他们是有意这样做的吗？

第二章　贫儿成王子

导读

因为互换了衣服，留在王宫的贫儿被人们误认成了王子，尽管他极力辩解自己并非王子，而他确实也不太懂王宫的礼节，行为举止大都不合身份，但居然没有人相信他的话，大家都认为王子得了疯病。国王更是心痛，命令大家好好照顾“王子”。于是，被当成王子的汤姆，从此开始了他的王室生活……

一　误成王子

被留在王子房间里的汤姆·康第，尽量利用了这个机会，好好地欣赏着这里的一切。他站在大镜子前面，来回转着身子，欣赏着他那一身华贵的衣裳；接着又走开，一面模仿王子那种高贵优雅的风度，一面在镜子前观察着效果。然后他抽出腰间那把漂亮的剑来，鞠一个躬，吻一吻剑，再把它横放在胸前，这些姿势是他从一个多月前见过的一位高贵的爵士那里学来的。那时候这位爵士押解着诺皋克和索利那两个大勋爵，他把他们移交给伦敦塔的副官看管时，就是这样给他敬礼的。汤姆还摆弄着大腿旁边挂着的那把镶着宝石的短刀；又仔细察看了屋子里那些精致和贵重的装饰品；他还试坐了每一把豪华的椅子，心里想着，如果这时垃圾大院里那群野孩子也能往这里面偷看一下，瞧瞧他这副威风凛凛的样子，他该是多么自豪啊。他怀疑等他回家之后给他们叙述这段经历时，他们肯定不会相信，一定会一边摇头一边嘲笑他白日梦做多了，终于失去理智了。

过了半小时，他才意识到王子已经出去很长时间了，于是他立刻就觉得寂寞起来；不久他就没有心思玩弄他身边那些漂亮东西了，一心只盼望着王子快些回来。他渐渐焦躁不安起来，并且越来越苦恼。万一有人进来，发现他穿着王子的衣服，而王子又不在这儿，那岂不糟糕！人家岂不是会先把他处以绞刑，然后再去调查这桩事情的真相？他曾经听说过大人物处理小事时经常是说做就做的。他越想越恐惧，于是就小心翼翼地打开通往外面那个房间的门，决定跑出去寻找王子，希望从他那里获得保护。一看见他打开房门，六个豪华的御仆和两个穿得像蝴蝶似的高级小侍突然一齐站起，在他面前深深地鞠躬致敬。他连忙后退，把门关上，嘴里说道：

“啊，他们在耍我呢！他们马上就会去报告。啊！我为什么要上这儿来送死呢？”

他心中充满了莫名的恐惧，一面不停地在屋里走来走去，一面静听着外面的声音，每听到一点儿动静他都大吃一惊。忽然，那扇门一下子被打开了，一个小侍说：

“洁恩·格雷公主驾到。”

紧接着，一个穿得很阔气的可爱的年轻姑娘跳跳蹦蹦地过来了。可是她突然站住，用焦急的声调说：“啊，您怎么了，殿下，您不舒服吗?”

汤姆吓得心都快跳出来了，可是他勉强撑着吞吞吐吐地说：“哎呀，请您开恩！说实话，我并不是什么殿下，不过是城里垃圾大院可怜的汤姆·康第罢了。如果您能让我见到王子，他就会开恩把我的破衣服还给我，然后放我走，一定不会惩罚我的。啊，请您大发慈悲，救救我吧!”

汤姆边说边跪倒在地，同时举起双手表示恳求。那年轻的姑娘简直被吓得魂不附体。她大声喊道：

“啊，殿下，您怎么下跪？——怎么能向我下跪呀!”

于是她惊慌失措地逃跑了。汤姆又惊又怕，一下子瘫倒在地，喃喃地说：

“这下完了，这下完了。这下子他们准会来把我抓走的。”

他躺在那儿因恐惧而失去知觉的时候，一个可怕的消息在宫中飞快地传播开了。这个消息是由大家彼此间交头接耳来传播的——这个奴仆告诉那个奴仆，官臣告诉贵妇，顺着所有的长廊一直传播过去，从这个花厅传到那个花厅，这层楼传到那层楼：“王子疯了，王子疯了!”不久，每个花厅、每个铺着大理石地板的大厅里都聚集了成群光彩照人的官臣和贵妇，还有成群衣着华丽的其他次要人物，大家都凑在一起窃窃私语，人人脸上都露出惊慌的神色。随后有一位气势不凡的官员迈着大步走过这些人身边，庄严地宣布了一道圣谕：

奉圣谕：不准轻信谣言，亦不得议论此事，或向外传播，违者处死。务须谨遵圣谕！

那些窃窃私语的声音戛然而止，好像谈论的人一下子都变成了哑巴似的（运用夸张、比喻的修辞手法，简洁精妙地展现了人们当时的惊恐之态。戛然而止：形容声音突然中止。戛，jiá）。

过了一会儿，各处走廊上又发出了一片嗡嗡的声音，大家都说："王子！瞧，王子过来了！"

可怜的汤姆慢慢地走过来，经过了深深向他鞠躬的人群旁边，他一路想要鞠躬答礼而又不敢，同时他那双又惊又惧的眼睛一直在偷偷打量着周围那种稀奇的情景。

大臣们在他两边走着，一路紧挨着他的身体，借此使他的脚步走得稳一些。他背后还跟着宫里的御医和几个仆人。

不久，汤姆发觉他来到了一个豪华的房间里，听见他背后有人把门关上了。他周围站着那些陪他一同来的人。

在离他稍远的地方，有一个身材高大、非常肥胖的人斜倚在床头。那人的面孔宽大而多肉，脸色很严肃；他的头发是灰白的；面孔周围长满了络腮胡子，像一个镜框似的，胡子的颜色也是灰白的。他的衣服虽然有些地方已经旧了，而且稍有磨破的痕迹，但依然可以看出来用料十分讲究。他那双发肿的腿有一条底下垫着一只枕头，上面捆着绷带。这时所有人都沉默不语，除了这个人以外，所有的人都恭恭敬敬地低着头。这个面容冷酷的病夫就是那威严的亨利八世，他开口说道：

"我的爱德华王子，你好吗？你是不是故意和我开玩笑，好叫我上当呢？我是你的父王，一直是很疼爱你的啊，你为什么要这样淘气呢？"他开始说话的时候，脸上的神色就显得温和一些了。

汤姆头晕眼花，这些话的前半部分，他还努力镇定地倾听着，可是当“你的父王”这几个字钻进他耳朵里的时候，他的脸色就发白了；他好像腿上中了一枪似的，扑通一声跪了下来。他举起双手，大声喊道：

“您就是国王陛下？那我真的是完蛋了！”

这话使国王大吃一惊。他不由自主地望望这个人的脸，又望望那个人的脸，然后大惑不解地盯住他面前那个孩子，用深感失望的声调说道：“哎呀，我本来还以为听到的事情只是谣言而已，可现在看来并非如此。”

他深深地叹了一口气，又用温和的语调说：“孩子，到你父亲面前来吧，你好像生病了。”

汤姆被人扶着站起来，心惊胆战地走到大英国王陛下跟前。国王双手捧着那惊骇的面孔，慈爱而关切地向他注视了一会儿，好像要从中发现理智恢复过来的迹象，然后他把汤姆那长满鬈发的头按在自己胸前，温柔地拍着，随即说道：

“孩子，你难道不认识你的父亲了吗？不要叫我伤透了心呀，你说你认识我吧。你的确是认识我的，是不是？”

“认识，您是万民敬仰的国王陛下，上帝保佑您！”

“对呀，对呀——这很好——振作一些，不用害怕，这里没有人来伤害你，这里没有一个人不爱你哩。你现在好些了，你的噩梦很快就要过去了。现在你也已经知道你自己是谁了吧——对不对？他们说你刚才把自己的名字弄错了，现在不会再弄错吧？”

“禀告国王陛下，我刚才说的是真话，请您开恩相信我。我是您的百姓当中最下贱的，是一个小乞丐，我是因为一个不幸的偶然事件才到这儿来的，不过这件事情并不能归罪于我。我现在就死，未免太年轻了，您只要一句话就能救我的命。啊，请您说吧，陛下！”

“死？千万不要这么说，可爱的王子——你一定是受了刺激，快安静安静吧——我不会叫你死的！”

汤姆马上跪倒下来欢呼道：“谢谢国王陛下，您这样慈悲，上帝会保佑您的，祝您万寿无疆，国运永昌！”

然后他一下子跳起来，满脸喜色地转向那两个侍从喊道：“你们听见了吧！国王已经下了谕旨，不叫我死！”大家听到这句话之后，除了毕恭毕敬地鞠了一躬而外，没有人敢动弹一下，也没有谁敢开口说话。他有点心慌，迟疑了一会儿之后，怯生生地转向国王说：“那么，现在我可以走了吧？”

“走？当然可以。要是你想走的话，可是你为什么不再待一会儿呢？你打算到什么地方去？”

汤姆眼睛看着地面，谦恭地回答说：

“可能是我弄错了，可是我的确以为我恢复自由了，所以就想回到我出生的那个狗窝去。我生来就是在那儿受苦的，但那里毕竟有我的母亲和两个姐姐，所以那总算是我的家。这里的荣华富贵我可是不大习惯——啊，陛下，我求您让我走吧！”

国王没有作声，他沉思了一会儿，脸上的神色越发焦虑不安。他自言自语道：

“也许他只在这一方面神经错乱，说到别的问题，他的理智大概就没有什么毛病吧。但愿上帝保佑，是这样才好！我们来试一试吧。”国王的声调里含着几分希望。

于是他用拉丁文问了汤姆一个问题，汤姆用蹩脚（质量不好；本领不强。这里是不熟练的意思。蹩，bié）的拉丁文回答了他。国王很高兴，脸上露出了欣慰的表情。

大臣和御医们也面露喜色。国王说：

“他的回答与他所受的教育和才能还是配不上，可是这也表明他的心不过是有点病态，并不是受了什么致命伤。你怎么看，大夫?”

国王所问的御医深深地鞠了一躬，回答道：

“国王圣明，小臣的愚见与陛下的看法不谋而合。”

国王听到御医的鼓励之言，显得很欢喜，因为说这句话的人是个了不起的名医。于是他又兴高采烈地继续说道：

“现在大家注意，我们再来试他一下。”

他又用法文问了汤姆一个问题。汤姆站在那儿，一直没有作声，因为那么多双眼睛盯着他，他觉得很为难，所以过了好一会儿他才胆怯地说道：

“禀告陛下，我没有听过您说的这种语言。”

国王倒在床上。仆役们连忙去扶他，可是他挥手叫他们走开，说道：

“别来烦我——我这不过是一阵败血症的发晕。把我扶起来！对，这就行了。过来吧，孩子，好，把你那可怜的头靠在你父亲的胸前，好好休息一会儿。你不久就会好的，这不过是暂时的神经错乱罢了。你不要害怕，你很快就会好的。”然后他转过脸看着在场的人，一改刚才温和的态度，眼睛里射出很凶的闪电似的光来。他说：

“你们全都听着！我这儿子是疯了，但这只是暂时的。这是因为他念书太用功，还有点被管制得太严的缘故。扔掉他的书，辞退他的老师！你们赶快遵办。赶紧想些好办法给他解闷，让他痛痛快快地玩一玩，好叫他恢复健康。”说着，国王又把身子支起了一些，振作一下精神继续说道："他疯了，可他毕竟是我的儿子，毕竟是英国的王子；不管疯与不疯，我都会叫他即位！你们还要听清楚，谁要是把王子生病的消息说出去，那就是破坏全国的治安和秩序，是要上绞刑架的！——拿点水给我喝——我心里直发热，这桩伤心事使我心力交瘁（精神和体力都极度疲劳。瘁，cuì，过度劳累）——喂，把杯子拿走——扶着我吧。现在我感觉好些了——他疯了，是不是？但就算他再疯一千倍，他也还是王子，我当国王的一定承认他。就在明天，我要为他举行古礼，宣布他为英国的储君。赫德福伯爵，立即传旨下去。"

贵族们当中有一位在御榻前面哆哆嗦嗦地跪下来说：

"陛下，您知道英国世袭大典礼官现在已被褫夺（剥夺。褫，chǐ）了公权，正关在塔里呢。您似乎不应该叫一个被褫夺了公权的人……"

"住口！别让那个可恨的名字脏了我的耳朵。这个人难道能永远活下去吗？我的旨意难道会因为他而受到阻碍吗？难道王子还要因为英国缺少一个犯叛国罪的典礼大臣，就耽误他的储君即位典礼吗？不，这是万万不行的！通知我的国会，叫他们在明天日出之前就处死诺阜克！"

赫德福伯爵说：

"国王的意志就是法律。"他说完就站了起来，回到他的原位。

老国王脸上的怒气慢慢消失了，他说：

"亲亲我吧，我的王子。喂……你有什么可害怕的？难道我不是你慈爱的父亲吗？"

"伟大仁慈的国王陛下啊，您对我太好了，但我实在不配，这个我很懂得。可是——可是——我想起那将死的人就难受，我……”

“哈，我就知道你会这样！我知道你的神经虽然受了刺激，但你的心肠是不会变的，因为你的天性就是善良宽厚的。可是这位公爵对你的荣誉是有妨碍的。我要另外找个不会玷污他职务的人来代替他。你只管安心吧，我的王子。不要把这种小事放在心上，免得你的大脑受到搅扰。”

“可是国王陛下，这岂不是成了我催他快死？要不是因为我，他不是还可以活得更长久吗？”

“我的王子，你不必为他操心。他是不值得你这么关心的。再来亲我一下，就去开开心心地玩吧，我的病使我很痛苦哩。我有些累了，需要休息休息。你跟赫德福舅舅和你的侍从们去吧，等我身体好一点，你再来吧。”

有人走了上来，将汤姆从国王面前引着走开了。汤姆心里难过极了，因为他本来存着恢复自由的希望，现在国王最后的圣旨让他的希望一下子破灭了。他又一次听见一阵阵低微的声音像苍蝇叫似的悄声传递着：“王子，王子来了！”

他在排列两旁的朝臣们当中走过的时候，心情越来越沉重了；因为他现在看出了自己的确成了一个俘虏，也许会永远被囚禁在这个金子做的笼子里（用形象的比喻写出了汤姆的厌恶和无奈），做一个孤零零的、举目无亲的王子，除非上帝对他开恩，给他恢复自由。

无论他走到什么地方，他仿佛总能看见诺阜克大公爵那被砍掉的头和公爵那副让人难忘的面孔在半空中浮动，公爵那双眼睛一直在怨恨地盯着他。

以前他梦想自己是王子时，那些梦都是非常愉快的，而眼前的现实却是多么可怕啊！

二　汤姆习礼

大臣们引领着汤姆来到了一个豪华的大房间里，请他坐下——这是他不愿意做的事情，因为他身边有些年长的人和职位很高的人。他请求他们也坐下来，可是他们只是小声地表示谢意，或者鞠躬致谢，然后仍旧站着。他本想再次请他们坐，可是他的“舅父”赫德福伯爵却对他耳语道：

“殿下，请您不要再让他们坐下来了，他们在您面前坐下是不合适的。”这时候有人通报圣约翰勋爵求见。他先向汤姆鞠躬致敬，然后说道：

“臣奉国王谕旨，来此处有要事禀告，需要保守机密。除了赫德福伯爵一人之外，可否请殿下吩咐侍从和臣子们暂行回避？”

赫德福看出汤姆似乎不知道应该怎么办，就悄悄地告诉他做个手势，如果不想说话，就不必开口。侍从和臣子们退出之后，圣约翰勋爵说：

“国王陛下有谕，因为关系到国家安危，王子殿下应尽力隐瞒自己有病的消息，直到身体痊愈。殿下万不可向任何人否认自己是真正的王子，应遵循古礼继承大英王位；同时必须保持王子的尊严，接受符合历来习惯的尊敬和仪式，不得用手势或语言表示拒绝；王子由于幻想过度，以致影响了理智的健全，因此信口乱说自己出身卑贱，生活贫苦，今后务须注意，万勿失言；王子对于一向熟识的面孔，务须极力回忆——万一记不起来，也要保持缄默（闭口不说话。缄，jiān），切勿露出惊讶之色，或做其他表示遗忘的举动；凡有关国家大事，如有困惑，不知该如何应对，或不知如何措辞，切勿显露慌张神色，使旁观者看出破绽。凡遇此种情况，王子应听取赫德福伯爵或小臣的意见，我等奉国王圣谕，为殿下贴身效劳，直至谕旨取消时为止。国王圣旨如此，钦命向王子殿下致意，并祈祷上帝赐福，使殿下早日康复。”

圣约翰勋爵宣读完圣旨之后，便鞠躬致敬，退到一边站着。汤姆无可奈何地回答道：

“国王既有此圣旨，当然没有人敢敷衍了事，即便有困难，也不能随意搪塞（táng sè，敷衍塞责），只求省事。国王陛下的话必须听从。”

赫德福伯爵说：

“国王有命，王子殿下暂时不必读书，也不必做其他劳心之事。殿下不如多多娱乐，消遣时间，以免赴宴时感觉疲劳，乃至有伤尊体。”

汤姆脸上流露出茫然无知的样子，他发现圣约翰勋爵忧愁地转过眼睛来注视着他的时候，就不由得脸红起来。勋爵说：

“殿下的记忆力还是没有恢复，所以您可能对我的话还有疑问，不过您不用为这点小事烦心，因为这种毛病是不会长久的，等您的身体痊愈后这些症状都会随之消失的。赫德福伯爵所说的是两个月以前，国王答应让殿下参加的伦敦城大宴会，现在您想起来了吗？”

“实在抱歉，我确实是记不起来了。”汤姆用迟疑的声调说着，又涨红了脸。

这个时候，有人通报伊丽莎白公主和洁恩·格雷公主来了。两位爵士意味深长地交换了一个眼色，赫德福赶快向门口走过去。当那两个年轻的姑娘走过他身边时，他就低声嘱咐她们说：

“我请求两位公主，请你们对他的怪脾气故意装作没有发现，当他记忆力出现失误的时候，你们也不要表示惊讶——就算一件小小的事情他都要想半天，看了真叫人难受哩。”

同时圣约翰勋爵凑近汤姆，对他耳语道：

“殿下，请您牢记国王陛下的圣谕。您要尽量回忆一些事情——其他一切也要装出记得的样子。千万不要让她们看出您和过去不一样，因为您知道这两个老玩伴心里有多么关心您，要是知道您不好，她们该会多么难过。殿下，您愿意我留在身边吗？——还有您的舅父？”

汤姆做了个手势，还低声说了个“好”字，表示同意，因为他现在一直在学习那些宫廷礼仪，他心里已经打定了主意，要极力按照国王的命令行事。

虽然大家都小心翼翼，这几个年轻人之间的谈话有时候还是不免有些尴尬（gān gà，处境困难，不好处理）。事实上，有好几次汤姆几乎都撑不下去了，要承认他自己扮演这么一个重要角色是不胜任的；还好伊丽莎白公主总是机智地帮他解围，要不就是那两位细心照应的爵士之中有一位故意装作随意说出的神情，插进一句可以很好地圆场的话。有一次洁恩公主问了汤姆一个让他惊慌不已的问题：

“殿下，您今天去给王后殿下请过安吗？”

汤姆露出苦恼的神色，迟疑着没有回答，他正想随口说些什么搪塞过去，这时候圣约翰勋爵就连忙插嘴，替他做了回答，作为一个善于随机应变的大臣，他说得非常自然流利：

“公主，殿下去请过安了，谈到国王陛下的病况时，王后殿下还大大地给他说了一番宽心的话，是不是这样，殿下?”

汤姆咕哝了一句表示同意的话，这个问题就算应付过去了。又过了一会儿，两位大臣提起汤姆暂时要停止读书，于是公主就惊叫道：

“这真是太遗憾了！您本是进步很快的。但是也不要紧，您尽管耐心等待一些时候，绝不会耽误太久的。殿下贤明，您一向博学多才，就像您父亲一样，并且还像他那样精通多国语言。”

“我的父亲?”汤姆失口回答道，“我想他说的话只有在猪圈里打滚的猪才懂得那个意思。至于说到什么学问的话……”

他抬头望了一下，从圣约翰勋爵眼睛里看出一种严肃的警告。

他住了口，又是一阵脸红，然后闷闷不乐地低声继续说道：“哎呀，我的病又犯了，我又精神恍惚起来了。我并不是有意对国王陛下不敬哩。”

“我们知道，殿下，”伊丽莎白公主双手把她“弟弟”的手按在掌心当中，温柔而体贴地说道，“关于这点，您不用着急。这不是您的过错，是您的疾病造成的。”

“亲爱的公主，您真是性格温和、善解人意啊，”汤姆感激地说，“我心里很受感动，诚挚地向您道谢，希望您莫嫌我冒昧。”

又有一次，那冒冒失失的洁恩公主脱口而出，对汤姆说了一句简单的希腊话，伊丽莎白公主那双敏锐的眼睛马上就看出对方脸上那副不解的神情。于是她就帮汤姆的忙，从从容容地用响亮的希腊话回答了她，之后迅速换了一个话题说起来。

时光令人愉快地缓缓流逝，总体来说还算顺利。沙洲和暗礁越来越少见了（运用比喻中的“借喻”这种修辞手法，以“沙洲和暗礁”借指谈话中的障碍，形象贴切，生动有趣），汤姆越来越感到自然，因为他看到大家对他都很亲切，而且真心实意来帮助他，并不在意他的错误。后来他听说那两位公主将要在那天晚上陪他赴市长的宴会，他心里马上感到如释重负，欢喜得跳起来，因为他觉得现在不怕在那无数的陌生人当中没有朋友了。要是在一小时之前，一听到她们要陪他一同去，他也会感到惊恐不安的。

谈了许久之后，大家沉默了一阵，这是一种有所期待的静默，汤姆却不了解它的意义。他向赫德福伯爵瞟了一眼，圣约翰勋爵就冲他做了一个手势——可是他连这个也还是不懂。聪明灵活的伊丽莎白又以她那惯有的潇洒态度给他解了围。她鞠了个躬，说道：

“皇弟可以开恩让我们告辞吗？”

汤姆说：

“当然，两位公主凡有所求，我无不答应。虽然眼看两位离去，我心中实在不舍，但也不能继续挽留你们。祝你们两位晚安，愿上帝保佑你们！”

随后他暗自在心中笑道：“幸亏我在书本里和王子们相处过，还学会了他们那种温文尔雅的言谈，懂得了一点他们说话的习惯。”

那两位光彩照人的公主走了之后，汤姆疲倦地转过脸去对他那两个监护人说：

“请问两位大臣，能不能让我找个安静的地方休息休息？”

赫德福伯爵说：

“禀告殿下，您应当休息，这实属急需之事。因为您稍作休息后就必须出发进城。”

他按了一下铃，马上有一个小侍进来了，他吩咐小侍去把威廉·赫伯特爵士请来。爵士立刻来了，他把汤姆引进里面的一个房间。汤姆到了那里面，第一个动作就是伸手去拿一杯水，可是马上有一个穿着绸子和天鹅绒衣服的仆役接过杯子来，单腿跪下，把它用金托盘端着呈给了他。

接下来，这个疲倦的俘虏坐下来，刚要脱下他的短筒靴，可是另外一个穿绸子和天鹅绒衣服的讨厌鬼又跪下来替他做了这件事。他又有两三次想要自己动手，可是每次都让别人抢先干了，所以他最终无可奈何地叹了一口气，放弃了他的企图，嘟囔着说：“该死！我看他们干脆连呼吸也给我代办了好了！”他被人穿好了睡鞋，然后披上了一件华丽的长袍，终于躺下来休息了。可是他压根睡不着，因为他脑子里充满了各种念头，而且屋子里的人也太多了。他无法排遣他的心事，那些念头就在他脑子里转来转去；同时他又不知道怎样打发那些人，所以他们也就在屋子里站着不走，这使他很懊恼。

汤姆睡下之后，就剩下了他那两位高贵的监护人跟他在一起了。他们沉思了一会儿，一面在屋子里踱来踱去，一面不住地摇头，然后圣约翰勋爵说道：

“实话实说，您感觉怎样？”

“说实话，是这样，国王眼看就要去世了，我的外甥又发了疯，疯子登上王位，但他还是个疯子。既然英国的命运注定要这样，那就但愿上帝保佑我们这个国家吧！”

“的确如此。可是……难道您不觉得可疑吗？关于……关于……”

圣约翰勋爵犹豫了，他终于住了口，不再说下去。他显然是觉得有些为难。赫德福伯爵在他面前站住，用明朗和坦率的眼光望着他的脸，然后说道：

“往下说吧——除了我就没有别人听见。有什么事情觉得可疑？”

“我很不情愿把心里的话说出来，伯爵，您和他血统这么近，我不便说。可是我要是有所冒犯，您一定要原谅。您说是不是有点奇怪，发疯居然能使他的行为态度改变得这么厉害！他的举动和谈吐固然还是有王子的风度，可是在一些无关紧要的小事上，他的表现又和他从前的习惯大有不同。疯癫竟致使他连他父亲的长相也记不起来；他身边的人对他照例要遵行的仪式和礼节，他也全忘干净了；还有拉丁文他还记得一点儿，希腊文和法文他却都忘了，您说这岂不奇怪？伯爵，您不要生气，还是请您给我说明一下，让我好放心吧，那我就很感激您了。他说他不是王子，这句话老在我脑子里转来转去，所以……”

“住口，阁下，您忘了国王的圣谕吗？您说的话是犯叛国罪的！我要是听您说这些话，我就成了同犯了。”

圣约翰脸色发白，赶紧说道：

“我承认我错了。请您帮帮忙，不要告发我，请您开恩吧，以后我再也不想这桩事情，再也不谈它了。您千万别跟我过不去，否则我就完蛋了。”

“我答应您，阁下。只要您承诺不再犯，无论是在什么地方，或是跟任何人谈话的时候，您都当作根本没有说过这些话吧。不过您放心就是。他是我姐姐的儿子，他的面貌、他的身材、他的声音，难道我不是从他睡在摇篮里的时候就熟悉的吗？您看见他做出来的那些古怪又矛盾的事情，都是由疯癫产生的，有时候还更严重。好心的勋爵，您不要怀疑了。这千真万确是王子，我认得很清楚——不久他就会当您的国王了。您把这个记在心里比较有用，多想想这个，比想您刚才那些念头要强。”

他们又聊了一会儿，圣约翰勋爵再三声明，他绝不会再被任何怀疑干扰了，他现在的信心是有充分根据的，他绝不会再犯刚才所犯的错误。随后赫德福伯爵就叫他先去休息，伯爵自己则坐下来承担看守之责。不久之后，他就转入深思了。显然他越想心里就越发烦躁，后来就开始在屋里走来走去，自言自语地嘀咕道：

“算了吧，他一定是王子！难道还会有人说，英国竟有两个血统不同、出身不同的孩子长得跟双胞胎似的难以分辨吗？而且就算有这种事，居然会有意外的机缘让其中的一个来代替了另外那一个，那就更加不可思议了。不会的，这种事情太荒唐了，太荒唐了！”

随后他又说：

“如果他是个骗子，自称为王子，那么也还自然，也还合乎情理。可是世界上何曾有过这样的骗子？国王把他叫作王子，大臣们也把他叫作王子，人人都把他叫作王子，他本人却偏不要承认这个尊贵身份，极力恳求大家不要把他当作王子？不对！无论如何也不会有这种事！这的确是真正的王子发了疯！”

三　初次御餐

下午一点钟过去不久，汤姆顺从地让人家给他打扮起来，准备享用御餐。他发现自己还是穿得像以前那样讲究，但又有很大的不同，从绉领（一种衣领样式，上有皱纹。绉，zhòu）一直到袜子，一切都变换了。他很快就被人引导着走进一个宽大而华丽的房间里，那儿已经摆好了一桌供一个人吃的筵席。屋里的陈设都是用大块大块的黄金做的，上面还有许多图案，每一件家具看起来都价值连城。那些穿戴豪华的仆役几乎站了半个房间。有一个牧师致了餐前祷词；汤姆因为一直就和饥饿分不开家，生性贪吃，他正想开始取食，柏克莱伯爵却把他阻止住了，给他颈上披上了一条餐巾、因为专给王子管餐巾的光荣职责是由这个贵族家庭世袭的（看似夸张离奇，却又极具讽刺意味地揭示出铺张浮夸的王室作风。以下行文更是将这种特点描述到极致）。汤姆的司酒也在场，每逢他想要自己斟酒喝，司酒就抢先给他斟了。王子的试食官也在场，随时准备冒着被毒死的风险，遵命尝食任何可疑的菜肴。但是这一次他只是一个充场面的人物，汤姆很少要求他执行他的职务。可是很久之前，曾经有过一些时候，试食官的职务是有危险的，因此这并不是一个让人羡慕的显赫职位。为什么不用狗或是流浪儿来试验呢？这的确有些奇怪，可是皇家的一切作风都是奇怪的。宫中第一侍从官达赛勋爵也在场，谁知道他是干什么事的，反正他总是在那儿。总膳司也在场，他站在汤姆背后，服从站在近处的皇家事务大臣和御厨总管大臣的指挥。除此之外，还有三百八十四个仆人随时候命；当然，他们并不都在这间屋子里，屋子里连四分之一都不到，而且汤姆根本还不知道他有那么多仆人。

所有到场的人在这之前都受过严格训练，要记住王子暂时有些神经错乱，一定要注意不能在他有什么异常举动的时候表示惊讶。王子这类“异常举动”不久就在他们面前表演起来了，可是这只引起大家的忧虑和惋惜，并没有使他们发笑。他们看见亲爱的王子有了这种毛病，都感到痛苦万分。可怜的汤姆竟然用手指抓饭吃，可是谁也没有嘲笑他，甚至还故意视而不见。他好奇地细看他的餐巾，很感兴趣，因为那是用很讲究、很漂亮的布料做的。后来他天真地说道：

“请把这个拿开，以免我不小心把它弄脏了。”

世袭餐巾大臣态度恭敬地把它拿开，他一声不响，也没有任何反对的表示。

汤姆颇有兴趣地把萝卜和莴笋仔细看了一阵，然后问那是什么东西，是不是可以吃的；因为这两种菜从前都是作为奢侈品从荷兰进口的，最近才有人在英国种植。他的问题有人非常恭敬地给他回答了，谁也没有表示惊讶。他吃完饭后甜点之后，就在口袋里装满了栗子；大家都装作根本没有发觉他这种举动，谁也没有因此而感到吃惊。反而他自己马上就被这桩事情惊动了，而且表现出极为紧张不安的神气；因为他吃这顿饭的时候，只有这桩事情是人家让他亲手干的，所以他就知道自己毫无疑问地做了一桩非常失礼、不合身份的事情。这时候他鼻子上的肌肉开始抽动起来，鼻尖也往上翘，并且皱起来了。这种情形一直持续着，汤姆看起来越来越痛苦了。他以恳求的态度望望身边这个大官，又望望那个大官，眼睛里不由得淌出泪来了。这些大官们脸上露出慌张的神色，连忙走到王子跟前，问他有什么不舒服。汤姆十分苦恼地说：

“请你们原谅，我的鼻子简直痒得要命。遇到这种紧急情况，依照惯例应该怎么办？请快点说，因为我实在憋不住了。”

谁也没有笑，大家彼此张望，都觉得不知所措，为了急于要给王子出个主意而感到苦恼。哎呀，这可真叫大家为难了！英国历史上从来没有任何记载可以帮助他们解决这一难题。掌礼官又不在场，没有人敢擅作主张来解决这么重大的一个问题。真糟糕！可惜没有一位世袭的抓痒官。就在这段时间里，汤姆的眼泪已经流出眼眶外面来，开始顺着他的脸往下流了。他那抽动的鼻子比刚才更加迫切地恳求解脱痛苦。最后汤姆还是本能地突破了礼仪所设置的障碍，自己动手在鼻子上抓痒，他暗自在心中祈祷，如果他做得不对，希望上帝宽恕他。这么一来，也就使他那些臣子们沉重的心头获得了解脱。

这一顿饭吃完之后，就有一位大臣走了进来，在汤姆面前端着一只大而浅的金盘子，里面盛着很香的玫瑰水，让他漱口和洗手指；专管手巾的世袭大臣站在一边，手里拿着一条餐巾供他使用。汤姆困惑地瞪着眼睛看了一会儿那只盘子，然后把它端到嘴边，严肃地喝了一口。然后他把盘子交还给那位伺候着的大官，说道：

“不，阁下，我不喜欢这种味道。这种酒闻起来倒是很香，可是喝起来太没有劲头。”

王子神经错乱后这一系列古怪的表现，使得他身边的人都心痛极了，可是这种情景没有引起任何人发笑。

汤姆接下来又犯了一个不自觉的错误，就是当牧师在他椅子后面站定，举起双手，闭上眼睛，抬起头来正要开始祝福的时候，他却站了起来，离开了餐桌。可是大家还是对这种不寻常的表现装作看不见的样子。

根据汤姆自己的要求，他接下来就被引到他的私人房间里去了，陪送他的人把他独自留在那儿，让他自由自在地休息。在橡木壁板的钩子上，挂着一件件亮晃晃的钢制盔甲，它们上面都用黄金嵌着精致的美丽图案。这套武士的甲胄（盔甲。胄，zhòu）是属于那个真王子的——这是王后巴尔夫人新近送他的礼物。汤姆在别人的帮助下，把这套盔甲全都披挂在身上，感到自己威风极了。过了一会儿，他又想起了吃饭的时候带回来的栗子，觉得现在没有那一大堆人看着，也没有那些世袭的大官来帮他的忙，可以自由自在地拿出来吃了，那栗子吃起来该是多么香甜；所以他就把盔甲脱下来放归原处，接着就砸起栗子来了。这是他以为他有罪，被上帝惩罚当王子以来，几乎第一次感觉到发自内心的快乐。栗子通通吃完了之后，他无意中发现了几本有趣的书，其中有一本是关于英国宫廷礼节的，这真是个宝贝。他在一张豪华的长睡椅上躺下，开始全神贯注地研究礼节了。现在我们就先不管他，暂时让他待在那儿吧。

四　玉玺问题

大概下午五点钟的时候，亨利八世从一个噩梦中醒过来，自言自语地嘟囔着：“噩梦呀，噩梦呀！我的末日快到了，这些都是可怕的预告，而且我的脉搏也很弱，也说明了这一点。”随后他眼睛里射出邪恶的光来，嘟囔着说：“但是我要叫‘他’先完蛋，然后我自己才能死。”

他的仆人看见他睡醒了，就进来告诉他说，大法官在外面等候朝见，问他是否接见。

“让他进来，让他进来！”国王急切地叫道。

大法官进来跪在国王床前说道：

“我已经传令下去，现在上院的贵族们遵照国王谕旨，都穿着礼服，站在上院的特别法庭里；他们已经判定了诺阜克公爵的死刑，正在那里恭候陛下对此事做下一步的指示。”

国王面露喜色，但眼睛里依然射出两道凶光（以生动传神的神态描写，展现人物当时的情绪变化，并从侧面体现人物的性格特征）。他说：

“把我扶起来！我要亲自到国会去，亲手在执行令上盖上玉玺（xǐ），了结掉我这……”

他的声音停了下来，一片灰白的颜色取代了他脸上的红晕；仆人们扶着他仍旧靠回枕头上后，又急忙拿些强心药来挽救他。随后他就悲伤地说：

“哎呀，这个时刻我真是盼望已久了！唉，可惜来得太晚了，我没有机会亲自去做这件事了。可是你们要赶快，你们要赶快！我既不能干这桩痛快事情，那就让别人代劳吧。我要把玉玺委托给几位大臣，你们快把负责的人选出来，替我去办这桩事。喂，赶快去做啊！不用等到明天太阳出来，现在就要把他的头提来给我看。”

“谨遵圣旨，定当照办。可否请陛下吩咐将玉玺交给我，以便我可以即刻去办这桩事情？”

“玉玺？玉玺难道不是由你一直保存着的吗？”

“禀告陛下，两天以前您就从我手里拿去了！您说必须等您亲手把它盖在诺阜克公爵的死刑执行令上之后，才能拿它做别的用途。”

“噢，我想起来了，我的确是这么说过……我是怎么安置玉玺的？……我的记忆力现在开始衰退了……这些天来，它专跟我捣蛋……真奇怪，真奇怪——”

国王自言自语起来，他一边软弱无力地摇着他那灰白的头，一边极力回忆自己把玉玺放在了什么地方。最后赫德福伯爵大胆地跪下来，报告玉玺的下落：

“陛下，请恕我冒昧，这里有几个人都记得您把玉玺交给了王子殿下保存，准备……”

“不错，确实如此！”国王打断他的话说，“快去拿来！快去！时间过得太快了！”

赫德福伯爵迅速来到汤姆那儿，可是他不久就空着手，焦急地回到国王这里来。他说了下面这么一段话：

“国王陛下，真是抱歉，我带来的消息令人心情沉重。看来王子的病还没有好，他竟想不起曾经接到过玉玺这回事。所以我赶快回来禀报，因为如果我在王子殿下的那一长排房间和花厅里搜寻完再过来，不免浪费宝贵的时间，而且也未必能有所发现……”

伯爵说到这里，国王发出了一声呻吟，把他的话打断了。过了一会儿之后，国王陛下才忧心忡忡（形容忧愁不安的样子。忡，chōng）地说道：

“不要再去打扰那个可怜的孩子了。上帝在严厉地责罚他，我非常心疼，只可惜我这饱经忧患的衰老的肩头不能替他承担罪孽（应受到报应的罪恶。孽，niè）的担子，使他获得平安。”

他无力地闭上眼睛，低声嘟囔了一阵，然后又沉默了。过了一会儿工夫，他又睁开眼睛，茫然地向四周张望；后来他一眼瞟见了跪着的大法官，立刻火冒三丈地说道：

“你怎么还在这里！我即刻立誓，你如果不去把那个叛徒的事情办好，你的脑袋明天就要搬家，你的帽子明天就可以休假了！”

大法官哆哆嗦嗦地回答道：

“国王圣明，小臣求您开恩！我是在此等候玉玺的。”

“笨蛋，你疯了吗？我以前时常随身携带着的那颗小玉玺不正在我的宝库里放着吗？大玉玺既然不见了，就用那个不行吗？你疯了吗？快滚！你给我记住——不把他的头带来，就不许你再进宫。”

可怜的大法官赶紧离开了这个危险的地方；被推选负责处理这件案子的大臣们也连忙向那卑躬屈膝的国会传达圣旨去了，他们定于第二天就执行不幸的英国头等贵族——诺阜克公爵的死刑。

五　河上盛况

晚上九点钟，王宫前面的整个河滨大马路上一片灯火辉煌的景象。河里向城内那一面，放眼望去，水面上挤满了船夫们的船和游玩的彩船，船边都挂着彩色灯笼，被波浪轻柔地摇荡着，看上去就好像是一片无边无际的百花园，在夏天的微风吹拂下，千万朵盛放的鲜花随风微微浮动。那一直通到河边的雄伟的石阶，宽广得足以容纳一支日耳曼公国的军队在上面排队。这时候，那上面站着一排一排的穿着明晃晃的盔甲的皇家戟兵，还有一队队衣着光鲜的仆役上下跑动，来来往往，忙着准备这桩大事。这真是一个热闹的场面。

这时，有一道命令传达下来，眨眼之间，所有的人都从石阶上走开，消失得无影无踪了。此时，空中充满了期盼和焦灼的静默气氛。那些船上成千上万的人都站起来了，大家都把手伸到眼睛上面遮挡着灯笼和火炬的强烈光线，向王宫那边眺望着。

四五十只御艇排成一行，慢慢向石阶靠近。这些豪华的大游船全身漆着金粉，船头和船尾部分都雕刻着精致的花纹。有几只船上还飘扬着装饰用的旗帜，旗上系着无数小银铃，每逢微风一吹，这些银铃就发出一阵一阵悦耳的声音；另有几只挂着绣有纹章的花帷；还有一些排场更大的船，因为是属于那些侍奉在王子身边的贵族的，所以两边都用盾牌护卫着，盾牌上还雕刻着华丽的纹章。每只御艇都由一只护卫船拖着，这些护卫船上除了划船的水手以外，每一只上面都载着一些头戴钢盔、身披盔甲的士兵，还有一队乐师。

人们期待中的游行行列的前卫这时候在王宫的大门口出现了，那是一队戟兵。他们下半身穿着黑色和褐色相间的条纹裤子，头戴两边镶着银色玫瑰花的天鹅绒帽子，上身穿着红、蓝两色布料做的紧身衣，前后都绣着三根用金线编织的羽毛，代表王子的纹章。戟柄都裹着深红色的天鹅绒，用镀金的钉子钉住，并且装饰着金色的穗子。他们排成了两列很长的单行，分成两队前进。紧接着，王子的仆役，身穿金、红两色相间的制服，把一张带条纹的厚毡子摊开，铺在这两排戟兵之间。毡子铺好之后，宫殿里面就奏起了响亮的号声。然后，河上的乐师们奏响了生气勃勃的前奏曲，两个拿着白色指挥棒的前导官从门口踱着缓慢而庄严的步子走了过来。他们后面跟着一个手执权标的军官，紧跟其后的那一个则捧着宝剑；再后面是伦敦城卫队中的几位军士，他们都是全副武装、袖子上戴着臂章；再后面是几个巴斯城的骑士，每个人的袖子上都缠着一条白丝带；然后是身穿红袍、头戴白帽的法官；然后是穿着深红色礼服的英国大法官；然后是穿红袍的伦敦市参议会代表团；然后是穿着礼服的各市民团体的领袖。跟在这些人后面的是十二个身着华贵礼服的法国贵族的侍从，他们穿着绣有金线的白色锦缎夹衣、艳红色天鹅绒的短斗篷和淡红色的灯笼裤；这十二个人是法国大使的随从，他们后面跟着十二个穿着黑天鹅绒礼服的西班牙大使的随从骑士。跟在这些人后面的是几位英国大贵族，以及他们的随从人员。

宫里又传来一阵号声，王子的舅父——未来的摄政王桑莫赛大公爵，此时的赫德福伯爵从大门里出来了。他穿着一件黑底儿金丝缎的紧身衣，一件绣着金花的暗红色缎子长袍。他转过身去，脱下那顶插着羽毛的帽子，非常恭敬地弯下身去，开始往后退，每退后一步就行一个鞠躬礼。随后，传来一阵很长的号声和一声呼喝：“回避！王子爱德华殿下驾到！”宫殿的墙头高处喷射出一长排通红的火舌，同时响起雷鸣般的一声炮响；河面上聚集的人群发出一阵雷鸣般的欢呼声；今晚的主角汤姆·康第出场了，他只微微地把他那高贵的头点了一下。

他穿着一件极为华丽的白缎子紧身衣，胸前配着一块镶嵌着许多宝石的紫色的金丝缎；衣服外面披着一件白底金丝缎的斗篷，斗篷上嵌着珍珠和宝石，前面用一个钻石别针扣着，斗篷顶上是一个三根翎毛（羽毛。翎，líng）做成的顶饰。他颈上挂着嘉德勋章和几个外国的王子勋章；无论光线照到他身上的什么地方，都有宝石反射出耀眼的光芒。啊，汤姆·康第，这个在小破房子里出世、在伦敦的贫民窟里长大的穷孩子，一向与肮脏、破烂和苦难为伍的小乞丐，谁能想到他会有如今这般尊贵不凡的气派！

成长启示

汤姆在和伊丽莎白公主、洁恩·格雷公主聊天时，幸亏有伊丽莎白公主多次机智地为他解围，才使得场面不至于太过尴尬。在与朋友交往时，我们也要像伊丽莎白公主这样善解人意、顾全大局，在交谈时要注意对方的情绪和状况，不要咄咄逼人，也不要故意令人难堪。以和为贵，方是君子与人交往之道。

要点思考

1. 王室中的人为什么不相信汤姆对自己身份的解释，坚持把他当作王子？

2. 你觉得国王是个什么样的人？

写作积累

●戛然而止　缄默不语　搪塞　温文尔雅　忧心忡忡

●他又一次听见一阵阵低微的声音像苍蝇叫似的悄声传递着："王子，王子来了！"

●河里向城内那一面，放眼望去，水面上挤满了船夫们的船和游玩的彩船，船边都挂着彩色灯笼，被波浪轻柔地摇荡着，看上去就好像是一片无边无际的百花园，在夏天的微风吹拂下，千万朵盛放的鲜花随风微微浮动。

第三章　落难的王子

导读

真正的王子被约翰·康第拖到了垃圾大院里，和以前的汤姆一样，他受到了“父亲”和“祖母”的轮番打骂，甚至还因为“神经错乱”遭到了加倍的虐待。当全家人都认为“汤姆”疯了时，只有母亲从中感觉到了异常。一番冥思苦想之后，她终于想出了一个测验的方法来……

一　遭受打骂

我们上次谈到约翰·康第拖着真正的王子往垃圾大院里去，后面跟着一群闹哄哄、喜滋滋的闲人。只有一个人替被抓的孩子求情，但是压根没有人搭理他；人们的吵闹声非常嘈杂，他的声音根本没有人听见。王子继续挣扎，企图脱身，并且对他所遭受的侮辱大发脾气。直到后来，约翰·康第实在忍耐不住了，他突然暴怒起来，把他那根橡木棍举到王子头上。棍子正要落下去的时候，唯一替那孩子求情的人一下子跑过去挡住康第的胳膊，结果他被一棍打在手腕上。康第大声吼道：

“你想多管闲事，是不是？那就叫你尝尝滋味吧。”

他举起棍子在那管闲事的人头上狠狠地敲下去，于是随着一声惨叫，那个人就倒在了人群脚下，随即就在黑暗中独自躺在地上了。人群又继续拥挤着前进，他们的兴致丝毫也没有因刚才的插曲而受到打搅。

王子随后就发现他已经到了约翰·康第家里；约翰关上了门，把那一群人全关在了外面。在一支插在瓶子里的蜡烛的微弱光线之下，王子看到了这个令人作呕的狗窝里的大概情形，也看清了屋里那些人的模样。两个脏兮兮的女孩子和一个中年妇人在一个角落里靠着墙发抖，她们的样子就像几个已经被虐待习惯了的畜生，现在也正心惊胆战地等待着被再一次虐待。在另一个角落里，有一个衰老的母夜叉披着灰白的头发，瞪着一双凶恶的眼睛，缓缓地走过来。约翰·康第对她说：

“等一下！马上有一出好戏要上演。您别打搅，先让我开开心再说，完了之后您再来发泄您的怒气。”接着，他又转过身来对王子说：

“站过来吧，小东西。现在要是你没有忘记的话，你再把那一套傻话说一遍吧。先说你的名字吧，你叫什么？”

羞愤交加的王子脸色涨红，他抬起头来，怒气冲冲地注视着那个人的脸说道：

“像你这种家伙居然敢命令我说话，真是太放肆了。刚才我就告诉过你，现在再给你说一遍吧，我就是王子爱德华，不是别人。”

这个回答使得那个母夜叉一下子惊呆了，她牢牢地在原地站住，好像脚底下钉了钉子一般，几乎连气都透不过来了。她瞪着眼睛盯住王子，露出一种木然的惊讶神情，紧接着发出了一阵响亮的笑声。汤姆的母亲和两个姐姐的反应却不同，她们先前担心汤姆挨打的恐惧心理转变成了另一种痛苦。她们脸上带着惊惶和悲痛的神色，连忙跑上前去惊叫道：

“啊，可怜的汤姆，你怎么了？”

汤姆的母亲在王子面前跪了下来，两手按在他肩上，她两眼含泪，爱怜地注视着他的脸，然后说道：

“啊，可怜的孩子！你一定是念书念入了迷，发疯了。唉，我早就警告过你，叫你不要念那些傻头傻脑的书，你为什么偏要念呢？你简直把你妈妈的心伤透了。”

王子看着她的脸，温和地说：

“好心的太太，你的儿子并没有发疯。你放心吧，他在王宫里，你让我回宫里去，我的父王马上就会把他交还给你。”

“你说国王是你的父亲？啊，我的孩子！千万不要胡说，你说这种话是要判死罪的，你的亲人也会跟着遭殃。你醒一醒吧，快从这可怕的梦里醒过来啊！你想想从前的事情呀。看看我，难道我不是生你、爱你的母亲吗？”

王子摇摇头，不太情愿地说：

“上帝知道我本不愿意让你伤心，但是我实在是从来没有见过你哩。”

那女人往后一倒，晕了过去。片刻之后，她坐了起来，用双手蒙着脸，伤心痛哭起来。

“继续表演吧！”康第嚷道，“怎么啦，南恩！怎么啦，白特！你们这两个不懂礼的死丫头！你们怎么胆敢在王子面前站着？快跪下，你们这些穷骨头，快给王子磕头！”

他说完这话又放声大笑了一阵，两个女孩开始战战兢兢（形容因害怕而微微发抖的样子。兢，jīng）地替她们的弟弟告饶。南恩说：

“爸爸，您要是让他去休息休息，睡上一觉，他的疯病就会好的。求求您，让他睡吧。”

“让他去睡吧，爸爸，”白特也说，“他今天看起来比平常更累哩。明天他的脑子就醒过来了，他一定会拼命去讨钱，不会再空着手回来的。”

这句话使她的父亲冷静下来，他转过脸来向着王子，很生气地对他说：

“明天咱们必须给这个破房子的房东两个便士，两个便士，记住呀——这些钱是半年的房租，明天交不上的话咱们就得滚蛋。你这懒骨头，讨了一天到底讨到多少钱，都给我拿出来吧。”

王子说：“别用这些肮脏的事情来侮辱我，我再告诉你一遍，我是国王的儿子。”

康第伸出手狠狠地在王子肩膀上打了一掌，把他打得摇晃着身子倒在康第夫人怀里。康第夫人就把他抱在胸前，用自己的身子掩护着他，顶住康第雨点般落下的拳头。

那两个女孩吓得赶紧退缩到她们的角落里去了，可是她们的祖母急切地走上前来，帮助她的儿子一起暴打王子。王子从康第夫人怀里挣扎出来，大声喊道：

“你不用替我挨打，太太。让这两个畜生打我一个人吧。”

这句话激起了那两个畜生更大的怒火。于是，他们就加紧干起来。他们两人手脚并用，把那孩子痛打了一顿，然后又打那两个女孩和她们的母亲，只因为她们不该对那受难的孩子表示同情。

“好吧，”康第说，“你们都去睡觉吧，这半天简直把我累坏了。”

二　惊吓实验

灯光熄灭了，全家都睡觉了。当那两个恶魔的鼾（hān）声表示他们已经睡着了的时候，那两个女孩子马上爬到王子躺着的地方，温柔地把干草和破絮盖在他身上，以免他受凉；她们的母亲也爬过去，抚摸他的头发，无声地流起了眼泪，同时还对着他的耳朵悄悄地说了些安慰和爱怜的话。她还给他留下了一口吃的东西，可是这孩子浑身疼得厉害，一点儿食欲也没有了——至少对这点无味的黑面包皮是没有胃口的。他为她那样勇敢而不惜牺牲地保护他，并且对他无限爱怜而大受感动；于是他用很高贵的、充满王子派头的口吻向她道谢，请她去睡觉，让她不要难过。此外他还说，他的父王不会辜负她的忠诚和热心，一定会重重酬谢她。看到他又开始发疯了，她大为伤心，于是又拥抱了他一阵，才流着满脸眼泪回到她的“床上”去。

她悲伤地躺在那儿，默默地想着心事，她心里有一种模糊的感觉，她觉得这个孩子无论是否发了疯，反正是有一种汤姆·康第身上所没有的、难以说明的特点。她无法形容这个特点，也说不出究竟是怎么回事，可是她那母亲的本能让她察觉到了这一点。万一这孩子真的不是她自己的儿子，那该怎么办？唉，真是胡思乱想！她想到这里时还是几乎发笑了。尽管这是不可能的事，但她还是觉得这种想法一直在她脑子里打转。它不停地折磨着她，让她无法置之不理。后来她终于想明白了，她必须想出一个测验的方法来，以清清楚楚地、毫无疑问地证明这个孩子究竟是不是她的儿子，以此来消除那些恼人的疑团，否则她心里就永远也不会安宁（心理描写详细、细腻，具体而生动地描述出了汤姆的母亲矛盾、苦恼、左右为难却又有一丝坚定的复杂心理）。于是她立即开动脑筋，翻来覆去地想，想到了一个又一个可能有效的测验方法，但最终不得不把它们通通打消，因为这些方法都不大妥当，不能使她满意。当她心里正感到沮丧的时候，耳朵里忽然听见那孩子匀称的呼吸声，于是她知道他已经睡着了。她再一听，就听出那平稳的呼吸声被一种轻微的惊喊声打断了，这种喊声是做噩梦的人经常会发出来的。这件偶尔发生的事情立刻给了她一个很好的提示，她马上坐了起来，不声不响地把蜡烛再点着，低声自语道："刚才他说梦话的时候，我要是瞧见他，那我一定会明白！在他小的时候，有一次，火药在他面前爆炸了，他受到了惊吓，从那时起，他每逢忽然从梦中惊醒，或是正在想事情的时候惊醒过来，他总会伸手挡在眼睛前面，就像他那次被惊吓到那样。而且他伸出手去的姿势和别人不同，不是把手掌向里，而是把手掌转向外面——我瞧见过无数次了，一直都是这样。不错，现在我马上就可以明白了！"

这时，她已经用手遮住蜡烛的光，悄悄地摸到那熟睡的孩子身边。她小心翼翼地在他身边弯下腰去，屏住了呼吸；然后突然把蜡烛的光照到孩子脸上，同时在他耳边用指节敲着地板。孩子马上睁大眼睛，惊骇地四下张望，可是他并没有用手做出什么特别的动作。

这可怜的女人突然遭到了惊讶和懊恼的袭击，几乎愣住了；可是她极力控制住自己的情绪，哄着那孩子再次入睡。等孩子睡下后，她悄悄地走到一边，满怀懊丧地暗自思量着她这次实验的不幸结果。她极力想要相信那是汤姆的神经错乱让他忘记了他自己这种习惯性的动作，可是她办不到。“不对，”她说，“他的手并没有疯，不可能在这么短的时间内忘掉自己一直以来的老习惯。啊，这可怎么办啊！”

但是，现在她还抱着一种希望，就像她原来抱着怀疑那样。她决定再试一次——第一次的失败可能只是偶然的事情，所以她过了一会儿又把那孩子从睡梦中搅醒了——结果还是和第一次的测验一样——后来她只得拖着疲乏的身子回到床上，伤心地睡着了。她临睡时还说：“不管怎么样，我还是不能放弃他——啊，不行，我不能——他必须是我的孩了不可！”

接下来王子没有再被这可怜的母亲打搅，他带着满身的疼痛和极度的疲劳安静地酣睡了。时间一小时又一小时地过去了，他仍旧睡得像个死人一样。四五个钟头之后，他的睡意开始减弱，于是在半睡半醒的状态中，他含糊地喊道：

“威廉爵士！”

过了一会儿，他又喊道：

“威廉·赫伯特爵士！你快来，我刚才做了一个荒唐的梦，我从来没有……威廉爵士！你听见了吗？嘿，我还以为我真的变成了一个乞丐哩，还有……喃，听着！威廉爵士！卫队！怎么没有人过来？难道没有宫中侍从官在这里吗？哎呀，真该收拾一下这些……”

“你怎么了，不舒服？”他身边有人悄悄地问道，“你在叫谁呢？”

“叫威廉·赫伯特爵士。你是谁?”

“我?我是你的姐姐南恩啊，还会是谁?啊，汤姆，我忘了！你还在发疯哪——可怜的孩子，你还在发疯哪，你怎么又开始说疯话了！可是你千万别再胡说了，要不然咱们都得挨打，最后会被打死的!”

大吃一惊的王子翻身坐起来，可是他满身的伤痕让他忽然感到一阵剧痛，也使他清醒过来了。于是他就在那一团肮脏的干草当中再次卧倒，一面呻吟着，一面不由自主地喊叫道：

“坏了，原来我还是在做梦呀!”

他带着深沉的悲伤和痛苦，陷入了沉思之中。

此时此刻，他开始发觉他已经不是宫中的一个娇生惯养的、集万千宠爱于一身的王子，而是一个穿得破破烂烂的小乞丐，一个关在牲畜窝里的俘虏，跟乞丐和小偷混在一起了。

三　逃命街头

过了一会儿，他开始听到外面有些欢腾嘈杂的喊声，好像是只相隔一两排房子的距离。又过了一会儿，门口传来几声响亮的敲门声。约翰·康第停止了打鼾，问道：

“谁在敲门?来干什么?”

有一个声音回答：“你知道你昨晚上的棍子打着谁了吗?”

“我不知道，你管不着。”

“恐怕你很快就不敢这么说了。你要是打算留下你这条命，那除了逃跑就没有别的办法。那人现在已经死了，他就是安德鲁神父呀!”

“我的天哪!”康第大叫一声。他把全家人叫醒，粗声粗气地命令道："你们都快起来，赶紧逃命——要不然就待在这儿等死！"

不到五分钟时间，康第一家就到了街上，慌忙逃命去了。约翰·康第揪住王子的手腕，拉着他在黑暗的路上拼命跑，同时低声警告道：

"你这发疯的傻子，千万不许乱说，也别说出咱们的姓名。我马上就要改个新名字，叫法院那些狗东西找不着抓我的线索。你给我管住自己的嘴巴！"

他又凶狠地对家里的其他人说：

"万一咱们走散了，大家就上伦敦桥那儿去，谁要是走到了桥上最后的那家麻布店，就站住等其他人，然后咱们就一同逃到南华克去。"

这时候，这伙人忽然从黑暗中冲了出来，来到明亮的泰晤士河岸。这里灯火通明，人声鼎沸，聚集着成千上万唱歌、跳舞和呐喊的人。一眼望去，只见泰晤士河的下游沿岸到处都是火，伦敦桥也被灯光照得很亮，南华克桥也是一样；整条河都被灿烂闪烁的彩色灯光照得通红，不断爆炸的花炮使整个天空充满了五彩缤纷的光辉，几乎使黑夜变成了白昼，河岸上到处都是狂欢的人群；伦敦全城似乎沸腾了一般。

约翰·康第暴怒地咒骂了一句，命令全家退却，可是已经来不及了。他们一家人很快就被万头攒动（形容许多人聚集在一起。攒，cuán）的人群吞没，随即无可奈何地被冲散了。王子这时一心想逃脱，可康第仍旧揪着他没有松手。康第拼命地挤，企图从人群中钻出去，于是他粗鲁地推了一个健壮的水手一把。这个水手可能喝醉了酒，相当兴奋，他伸出一只大手按在康第的肩膀上说：

“喂，伙计，你跑得这么快，要去哪儿？所有的老实人都在痛痛快快地庆祝，难道你还想着去干点儿坏事吗？”

“用不着你瞎操心，我爱干吗干吗，”康第粗鲁地回答道，“你快撒手，让我过去。”

“你这么凶，我偏不让你过去，我告诉你，你必须先喝一杯酒给王子祝贺才能走。”那水手坚决地挡住去路，说道。

“那好，把杯子给我吧，快点，快点！”

这时别的狂欢的人也开始对他们感兴趣了，大家喊道：

“把爱杯（一种有好几个柄的大酒杯，可以几个人用来轮流喝酒）拿来，把爱杯拿来！叫这个怪脾气的坏蛋喝爱杯，要不咱们就把他推到河里去喂鱼。”

于是马上就有人拿了一只很大的爱杯来，那水手用一只手抓住杯子一边的把柄，另一只手捏着一条想象中的餐巾，遵照古礼把爱杯递给康第；康第也就不得不根据旧时的风俗，用一只手握住爱杯另一边的把柄，另一只手揭开杯盖。这么一来，当然就使王子暂时没有人揪住。他不失时机地马上逃离康第身边，往身旁那些树林似的人腿当中一钻，逃得无影无踪了。眨眼之间，他就消失在那动荡的人海里，想要寻找他，就像从大西洋里捞一枚六便士的银币那么困难。

他很快弄清楚了眼前的状况，再也不往约翰·康第身上想了。另外，他还清醒地意识到：有一个假王子正在冒充着他自己，正在受伦敦城的宴饮祝贺。王子很容易推断出那就是贫儿汤姆·康第，他有意利用他那千载难逢的机会，成了一个篡（cuàn）位者。

因此王子面前只有一条路：赶到市会厅（伦敦市举行各种盛大集会的公共会场），宣布自己的身份，揭露那个小骗子。他还打定了主意，他会给汤姆留一段时间忏悔祈祷，然后按照当时惩治叛国罪的法律和惯例，对其处以绞刑，开膛破肚，肢解尸体。

成长启示

当王子被拖回康第家之后，汤姆的母亲总觉得这个孩子身上有一种汤姆所没有的、难以说明的特点。在康第家，只有汤姆的母亲模糊地察觉到了“儿子”的异常。这是母亲的一种本能，也是母爱的一种体现。母亲之所以对孩子了如指掌，是因为她对孩子关怀入微，体贴备至。感恩伟大的母爱吧，因为母亲是世上最爱我们、最了解我们的人！

要点思考

1. 康第一家为什么没有认出“汤姆”是假的？他们对他的反常表现是如何理解的？

2. 汤姆的母亲为什么会对“儿子”产生怀疑？她是怎样去验证的？

写作积累

●令人作呕　战战兢兢　翻来覆去

集万千宠爱于一身　人声鼎沸　无影无踪

●在另一个角落里，有一个衰老的母夜叉披着灰白的头发，瞪着一双凶恶的眼睛，缓缓地走过来。

●这个回答使得那个母夜叉一下子惊呆了，她牢牢地在原地站住，好像脚底下钉了钉子一般，几乎连气都透不过来了。

第四章　王子与救星

导读

王子来到了热闹非凡的市会厅，向在场的人们宣布自己才是真正的王子，却遭到了人们的嘲笑和辱骂。当王子被困在一群暴徒中孤立无援的时候，他的救星迈尔斯·亨顿挺身而出，用一把长剑击退了众人，救走了王子。在他们一路奔逃的途中，王子听见了一个让人震惊的消息——“国王驾崩了！”

一　在市会厅

在一队豪华的游艇的陪伴下，御船庄严地穿过一片灯火辉煌的船只，顺着泰晤士河往下游驶去。空中飘荡着音乐，河边到处升起庆祝的火焰；远处的篝火把天空照得通红，将城市笼罩在一团柔和的光亮之中；城市的上空高耸着许多细长的尖塔，上面都挂满了耀眼的灯笼，远远看去，就好像投向高空的镶着宝石的标枪一般；那一队御船飞快地划过去的时候，两岸响起了震耳欲聋的欢呼声和礼炮声。

汤姆·康第此时正靠在他那些绸缎的腰枕当中，在他看来，眼前的这番盛况实在是有着无法形容的庄严，简直就是一个惊人的奇迹。但是在他身边的伊丽莎白公主和洁恩·格雷公主的眼中，这一切都算不上多么稀奇。

那一队御船到了杜乌门之后，就被拖着驶进清澈的华尔河（它的河床现在早已覆盖在一大片房屋底下，有两世纪之久了），一直开到巴克勒斯伯里，沿途经过的一些房屋和桥梁都拥挤着狂欢的人，而且亮如白昼，最后船队终于在伦敦古城的一个小湾里停住了，正好停在了伦敦古城的中心。汤姆下了船，他和他那些威武的侍从一起走了一小段路后，就到了市会厅。

紧接着，戴着金链子、穿着大红礼服的伦敦市市长和市参议员们，按照正式礼仪出来迎接汤姆和那两位公主；再由传令官做前导，一路通报王子殿下驾到；还有侍卫拿着权标和宝剑在前面走，引着他们到大会厅上首（位置较尊的一侧）的一个富丽堂皇的华盖（古代帝王所乘车子上伞形的遮蔽物）下面。伺候王子和两位公主的侍从官和宫女都到他们的座位后面站着。

在位置低一点的一桌席上，朝中大臣和其他显贵、伦敦城的富豪们坐在一起；下议员们都在大会厅当中那许多席位上坐下了。伦敦古城的守护神——巨人戈格和麦戈格，此时正居高临下（处在高处，俯视下面。形容处于有利的地位或傲视他人）地欣赏着他们下面这一番盛况，古往今来，他们那两对眼睛已经不知看了多少套这样的把戏了。随后一声号响，接着一阵传令声，一个胖胖的膳司在左边墙的高处出现了，后面跟着他的手下们，他们小心谨慎地抬着一盆冒着热气、供人切开享用的御餐牛腰肉走来。

饭前祷告之后，汤姆就站起来（这是随侍的大臣教给他的）——全厅的人也跟着站了起来——他和伊丽莎白公主从一只金质大爱杯里各自喝了一口酒，随后就把酒杯递给了洁恩公主，再从她那里传给在座的其他人，所有人都喝了一遍之后，御宴就开始了。

半夜时分，宴饮的狂欢到了极点。一位曾经亲眼看见这场热闹景象的史官，在史书中留下了这样一段记载：

“大厅里腾出了一片空地，进来了一位男爵和伯爵，他们都穿着土耳其风格的洒金的锦缎长袍，头戴艳红色天鹅绒帽子，身上挂着两把系着金色大丝带的宝剑。随后，又来了一位男爵和一位伯爵，他们穿着俄国式的黄缎长袍，上面镶着白缎子的横条，每条白色缎带子当中还配着一条大红缎带，头戴灰色皮帽，脚穿前头尖尖翘起的靴子，手里都拿着一把斧头。他们后面又来了一位骑士，再后面是海军大臣，还有五个贵族和他同行。这些人穿的是深红色天鹅绒的紧身衣，脖子前后部分都露了出来，紧身衣上面披着大红缎的短袍，头上戴的是舞蹈式的帽子，上面插着野鸡毛。他们是仿照普鲁士的服装打扮的。在他们之后，有一百个左右的火炬手紧跟而来，像摩尔人那样，穿着大红和绿色缎子的衣服，脸上涂着黑色的颜料。他们后面进来了一个演哑剧的人。然后化装的歌手们载歌载舞起来，侍从和宫女们也跟着狂舞，那热闹非凡的场面真是叫人过目不忘。”

二　遇到救星

汤姆高高地坐在上位，凝视着这场“狂欢”的舞蹈，专

心致志地望着下面那些穿着华丽的人影像旋风似的舞动时呈现出的那种千变万化的混成一团的色彩奇景。就在这个时候，那穿着破衣服的真正的王子却来到了市会厅门口，他大吵大闹地要进去，并且大声地宣布着他的权利和不幸的遭遇，告诉人们端坐在上位的其实是冒充的王子！外面的人群对这场风波极感兴趣，大家拼命地挤上前去，伸长脖子来看这个前来捣乱的小乞丐。随后他们开始嘲笑和辱骂他，故意激怒他来寻开心。虽然耻辱激起的泪水盈满了眼眶，可是他坚持站住不动，以威严的皇家气派对抗着那群暴徒。跟着又是一阵辱骂，新的嘲笑刺痛着他，于是他大声喝道：

“我再给你们说一遍，你们这群无礼的坏蛋，我是王子！我现在虽然无依无靠，没有人给我说句公道话，或是在我遭难的时候出手相助，可是我绝不能被你们赶走，我还是要坚持站在这里！”

“不管你是不是王子，在我看来，你真是个有骨气的孩子，而且你再不是无依无靠！我站在你身边，足以证明我说的这句话不假。我告诉你，我迈尔斯·亨顿跟你做个朋友虽然算不了什么，可是却能在你需要时挺身而出。你不用再开口了，孩子，我知道怎么对这些下贱的小畜生说话。”

说话的人身材高大，体格壮健，他的服装、气派和态度都表明他是个落魄贵族。他的紧身衣和大脚短裤用料都十分讲究，可是已经褪了色，显得有点儿破旧，那上面镶的金丝带也变得颜色暗淡了；他的绉领已经又旧又皱了；垂边帽上插的翎毛也已经断了，显出一副寒碜（hán chen，丢脸，不体面）相；他腰间别着一把细长轻巧的剑，插在一只锈了的铁鞘里；他那架子很大的派头却又表明他是个爱好吹牛的狂妄家伙。

这家伙的话遭到了一阵热烈的讥讽和耻笑。有人喊道："这又是一个假王子！""当心点，别胡说，朋友，也许他这人不好惹！""可不是吗，看他那凶巴巴的样子——瞧他那双眼睛！""把那孩子从他那儿抢过来吧——把这小畜生丢到洗马池里去！"

有人立刻受了这句话的鼓动，伸手去抓王子；那位陌生人反应也快，他马上就抽出了他那把长剑，随便挥舞了几下，就把那多事的人打倒在地了。随后许多人齐声嚷道："打死这个狗东西！打死他！打死他！"一大群暴徒向这位武士围拢过来，他退到一堵墙那儿，背靠墙站着，像个疯子似的向周围挥动他的长剑。挨了剑的人一个个东倒西歪，可是更多的暴徒像潮水似的从那些扑倒的身体上继续涌上前来，怒不可遏地向这位勇士猛冲。他似乎是再也支撑不下去了，眼看就要性命不保。恰在此时，忽然响起了号声，有人嚷道："快让路呀，国王的传令官来了！"随即就有一队骑兵向那群暴徒急冲过来，大家只好四散逃开。那勇敢的陌生人立即把王子抱在怀里，迅速远离人群，逃出了险境。

让我们回到市会厅里面来吧。忽然，一阵响亮的号声压倒了那庆祝的狂欢声，大家立刻鸦雀无声（形容非常静）了；然后听见王宫里派来的传令官开始扯着尖嗓子念谕旨，所有的人都肃立静听着。最后的一句话念得特别严肃，那就是：

"国王驾崩了！"

在场的所有人一致把头垂到胸前，大家静默着把这种姿势保持了几分钟；然后全体同时跪下，向汤姆伸出手去，发出一阵洪亮的呼声：

"国王万岁！"这声音似乎把屋宇都震动了。

不知所措的汤姆望着这个惊心动魄的场面，不由得用他那双迷乱的眼睛东张西望，最后他木木呆呆地向跪在他身边的两位公主望了一会儿，然后又望着赫德福伯爵。他忽然灵机一动，有了一个主意，脸上也露出了欢喜的神色。他靠近赫德福伯爵的耳边，低声说道：

“请你老老实实地回答我！我想要颁布一道谕旨，一道除了国王以外谁也没有权力颁布的谕旨；要是我把它颁布出来，大家会不会服从？该不会有人反对吧？”

“不会，国王，全国都不会有人敢反对。陛下是英国的一国之主，您是国王——您说的话就是法律。”

汤姆用坚决而诚挚的声调，兴高采烈地回答道：

“那么从现在开始，国王的法律就是仁慈的法律，再也不是血腥的法律了！快起来，到塔里去，宣布国王有谕，诺阜克公爵免死！”

在场的人被这几句话惊呆了，并且很快就把这个消息传播出去，整个市会厅都传遍了。赫德福伯爵急忙从御前走开的时候，又有一阵山呼海啸般的欢呼爆发了：

“血腥的统治结束了！大英国王爱德华万岁！”

三　摆脱“父亲”

迈尔斯·亨顿和王子逃离了那一群暴徒之后，立即穿过偏僻的小巷，匆匆向河边奔逃。他们在路上没有受到阻挡，一直跑近了伦敦桥，然后又被攒动的人群挤着往前走，亨顿紧紧地握着王子——不，其实是国王的手。那个让人震惊的消息已经四处传开，这孩子同时从无数人的口中听到了——

“国王驾崩了！”这个不幸的消息使这漂泊无依的孩子心中发冷，浑身哆嗦。他心中充满了深切的悲恸（tòng）；因为那位威严的暴君虽然对别人暴虐无比，但对他却一向慈爱。热泪涌到他眼眶里来，使他视线模糊，一切都看不清楚了。那一瞬间，他感到自己是上帝的生灵中最孤苦无依的——这时候又有另一片呼声像响雷似的震动了夜空：“爱德华六世国王万岁！”这使他高兴得眼睛发亮，一股得意的情绪顷刻渗透全身，连手指尖上都感觉到了（运用夸张的修辞手法对人物进行神态、心理描写，细腻传神，感染力强）。“啊，”他心里想，“这显得多么神奇而又庄严呀——我当了国王！”

这两个人在桥上穿过人群，慢慢地往前走。伦敦桥是一座存在了六百年的桥，在那些年代里一向都是一条熙熙攘攘（形容人来人往，非常热闹）的通道，它两旁紧密地排列着许多商店，楼上全是些住家的房屋，从河的一边一直伸展到对岸。这座桥本身就可以算是一个市镇：那上面有啤酒铺，有面包房，有小客栈，有服饰杂货店，有食品市场，有手工业工场，甚至还有教堂。这个地方可以说是一个狭窄的市镇，只有一条三百多米长的街道，它的人口正好够一个村镇的人数，那里的居民人人互相熟识，并且认识彼此的父母和祖先——连各人的家庭琐事也都一清二楚。这个地方当然也有它的贵族阶级——那些上流的面包世家、屠宰世家等，应有尽有，他们在那些世代相传的古老的房屋里已经住了五六百年，对这座桥的悠久历史和稀奇传说知道得清清楚楚。他们常常说一些桥上的事情，编出一大篇的瞎话来，内容丰富，自有一种桥上的派头。这种地方的居民必然是无知、狭隘而又自负的。每天都有络绎不绝的行人、车马从这条街上穿过，乱嚷乱叫的人声，还有牛吼、马嘶、羊叫，再加上那些兽蹄嘚嘚的响声混成一片，真是热闹极了；那些住在桥上的人自然认为这番景象是人间唯一的奇观，把他们自己多少当成欣赏这种奇观的专利者。

在桥上出生和长大的人们无论到别的什么地方，都觉得生活空虚无聊，令人无法忍受，因为这座桥曾经让他们见识过最热闹、最神奇的景象。

亨顿的住所就在这座桥上的小客栈里。他带着他那位小朋友走近门口的时候，有一个粗暴的声音说：

“好，你总算回来了！我老实告诉你，这回你可别想再逃跑了；如果把你这一身贱骨头捣成肉酱，能叫你长点记性的话，下回你也许就不会让我们等这么久了。”——约翰·康第一面说着，一面伸出手去，要抓住这个孩子。

迈尔斯·亨顿把他挡住，说：

“先别忙着动手，朋友。我看你大可不必这样野蛮，这孩子是你的什么人？”

“你少管闲事，你不知道他是我的儿子呀。”

“胡说！”王子愤怒地喊道。

“说得好，有胆子，不管你那小脑瓜是正常的还是犯神经病，我都相信你。这个浑蛋到底是不是你的父亲，也没有关系；只要你情愿跟我在一起，我就不许他把你抓去打骂，他吓唬你的话也只是白说。”

“我愿意跟你在一起，我愿意——我不认识他，我讨厌他，我就算死也不跟他走。”

“好，那就这么决定吧，不用再说别的了。”

“你说得倒轻松，我倒要看看你能怎么样！”约翰·康第一面大声说道，一面迈着大步走过亨顿身边，要去抓那个孩子，“我得教训教训他……”

“你这个畜生，你要是胆敢碰他一下，我就把你一剑戳穿，就像戳死一只家禽一样！”亨顿挡住他，一面把手按在剑柄上一面说。康第连忙把手缩回去了。“你给我听着，”亨顿继续说，“刚才有一群像你这样的暴徒想要欺负这个孩子，也许还想要他的命，我把他救了下来；难道你以为现在我会不管他，让他遭你的毒手吗？无论你是不是他的父亲，说老实话，我觉得你是在撒谎——像他这么个孩子，即使是让人家利利索索地弄死，也比落到你这种畜生手里受活罪强得多。你马上给我滚开，还得滚远一点，因为我这个人生来就没有多大耐性，不爱跟人家多说废话。”

约翰·康第一面低声说着一些威胁和咒骂的话一面走开，很快就消失在人群中，不见踪影了。

四　成为主仆

亨顿订了一顿饭，要求他们送上楼去，然后带着他所保护的孩子，爬上三层楼梯，到了他的房间。那是个简陋的屋子，里面有一张破床和几件旧家具，点着两支光线微弱的蜡烛。王子拖着沉重的脚步走到床边，一下子扑倒在那上面，他又饿又累，几乎是筋疲力尽了。这时已经是凌晨两三点钟，他将近有一天一夜的工夫，一直都在站着或者走着，并且水米未进。他困倦地低声说道：“开饭的时候请你叫我一声。”随后他马上酣睡起来了。

亨顿眼带笑意，自言自语道：

“哎呀，这个小乞丐上人家屋里来，霸占了人家的床铺，看上去还那么若无其事，心安理得，好像什么都是归他所有似的。他发起疯来，胡说八道，居然自称为王子，并且演得有板有眼（形容言语行动有条不紊，富有节奏或章法）。这个可怜的野孩子，一定是因为受的折磨太多，变得神经错乱了。好吧，我既然救了他，就要做他的朋友，因为我已经喜欢上这个敢说大话的小坏蛋了。他反抗那些肮脏的暴徒，用他那种高傲的藐视态度还击他们，真是有着十足的军人气概！他这张面孔显得多么可爱、多么清秀、多么温柔啊！我一定要救他，一定要治好他的创（chuāng）伤；是呀，我还要做他的兄长，照顾他，保护他；谁要是打算伤害他，我就得叫那个家伙赶快给自己准备寿衣！”

亨顿弯下腰去俯视着这孩子，以慈爱的眼光打量着他，同时用那棕色的大手温柔地轻拍着他的脸蛋儿，把他那乱蓬蓬的鬈发往后面抚平。孩子的全身微微颤动起来，亨顿见状喃喃地说：

“哎呀，我这人怎么这样大意，居然让他躺在这儿，不给他盖点东西，他要是染上致命的风湿症怎么办？但如果我把他抱起来，放到床铺里面去，就会把他弄醒，要知道他此刻非常需要睡眠。”

他看了看四周，想找到一点多余的被盖，可是没有找到，于是他就脱下了自己身上的紧身上衣，给这孩子裹上，嘴里自言自语道：“我已经穿惯了单薄的衣裳，受惯了刺骨的寒风，我是不大怕着凉的。”随后他就在屋子里来回走动，好让自己暖和一些，他继续说道：

“他那受了创伤的心灵使他觉得自己是王子；要说现在我

们居然还有一个王子的话，那可真是一件怪事，因为原来那位王子，现在已经是国王了。而这颗可怜的心只怀着那么一个幻想，不肯把事实看清楚，看不出现在应该抛弃王子的称号，自称国王……我在国外坐了七年地牢，与家里完全失去了联系，如果我父亲还在世的话，他一定会看在我的面子上，欢迎这可怜的孩子，对他慷慨相助；我那好心肠的哥哥亚赛也会欢迎他；我的兄弟休吾……要是他打算干涉我的话，我就要敲破他的脑袋，这个狡猾的、坏心眼的畜生！对，我们就往那儿去吧——马上就走。”

楼下送饭菜的仆人端了一份冒热气的饭菜进来，把它放在一张小松木桌子上，摆好椅子，然后出去了；像这样的穷客人他是要让他们自己去伺候自己的。他出去的时候，把门使劲一带，“砰”的一声把那孩子惊醒了。那孩子一翻身就坐了起来，高兴地向四周扫了一眼；随后脸上又愁云密布，他长叹了一声，喃喃自语道：“哎呀，原来是一场梦。真是倒霉啊！”后来他又看见了迈尔斯·亨顿盖在他身上的紧身上衣，然后把视线从这件衣服移到亨顿身上，明白了这位好心人为他而牺牲了自己的温暖，于是他就和气地说道：

“你对我不错，真的，你对我太好了。拿去穿上吧——现在我不需要它了。”

然后他就站起来，走到脸盆架跟前，站在那儿等着。亨顿开心地说：

“现在我们可以痛痛快快地饱餐一顿了，饭菜刚刚送来，又香又热的，还在冒气哪，你睡了个小觉，再好好地吃一顿，又会成个精精神神的小伙子了，你放心吧！”

那孩子没有回答，他只是一动不动地望着这个带剑的魁梧武士，神情里充满了惊讶，还略有几分不耐烦的意味。亨顿感到莫名其妙，于是他问道：

“怎么啦?”

“喂，我得洗洗脸。”

“咳，原来是这么回事呀！你爱干什么都行，不用向我迈尔斯·亨顿请示。我的东西你尽管用，千万不要客气，我很欢迎你。”

那孩子照旧站着不动，不仅如此，他还把一只脚不耐烦地在地板上跺了一两下。亨顿简直搞不清楚是怎么回事，他说：

“怎么了，这是怎么回事?”

“请你把水倒上，少说废话!”

亨顿强忍着才没有放声大笑，心里想着，“天哪，这小家伙演得真像!”于是他就敏捷地走上前去，按照那傲慢无礼的小家伙所吩咐的做了；然后他就站在旁边，不禁因诧异而发起呆来，直到后来，又是一声命令，“过来——给我毛巾!”这才使他猛然惊醒过来。他从那孩子的鼻子下面拿起毛巾，递了给他（细节描写、动作描写，从一个小细节中体现出王子一贯养尊处优，“衣来伸手”已经成为一种生活习惯），然后顺便把自己的脸也洗了洗；他在洗脸的时候，这个被他收养的孩子已经在桌子跟前坐下了，准备开始用餐。亨顿迅速地洗完脸，然后把另外那把椅子往后一拉，正要坐下来吃饭，可是这孩子愤怒地说：

“且慢！你竟敢在国王面前坐下吗?”

这一声怒喝使亨顿大吃一惊。他小声嘀咕说：“唉，这个可怜虫的神经病真是跟上了时代呀！刚刚有了新国王，他的神经病也跟着变过来了，现在他在幻想中居然成了国王！哎呀，我可得顺着他这个妄想才行——没有别的办法——要不然他就要叫我上塔里去坐牢了！”

他决定奉陪到底，跟这个孩子好好开开玩笑。于是，他高兴地把那把椅子从桌子前面搬开，在王子背后站着，尽他所能地按照宫廷礼节伺候这个孩子。

王子用餐的时候，他那皇家的尊严稍微减少了一点威风，他越吃越开心，因此也乐于交谈了。他说：

“我记得你好像说过，你叫迈尔斯·亨顿，是不是？”

“是的，国王。”亨顿回答说。然后他心里又这么想：“我要是一直顺着这个可怜孩子的神经病的话，那我就必须称他为国王陛下，决不能弄得不伦不类；既然扮演了这个角色，我就不能有任何顾虑，否则我就会扮演得不好，把这桩好心好意的事情也弄糟了。”

五　互诉来历

王子喝完第二杯酒之后，更加有了兴致，于是他说：“我想要了解你这个人——你把你的情况告诉我吧。你的举动很有英勇的气派，而且有高贵的气质——你是贵族出身的吗？”

“禀告国王陛下，我家忝（tiǎn，谦辞，表示辱没他人，自己有愧）列贵族之末。家父是个从男爵，他是理查·亨顿爵士，住在肯特郡僧人洲附近的亨顿第。”

“这个名字我想不起来了。再往下说吧——把你的来历都告诉我。”

“陛下，我的来历可说的不多，不过讲一讲或许可以供您半小时的消遣。家父理查爵士是很富有的，而且生性慷慨。

我还是个小孩子的时候，家母就去世了。我有两个弟兄：我的哥哥名叫亚赛，他的心肠正像家父一样；我的弟弟休吾是个卑鄙无耻的家伙，他诡计多端，贪得无厌，心地十分狠毒，专爱暗算别人，是个十足的小人。他生下来就是那样，十年前我最后一次看到他的时候，他还是那样——他才十九岁就成了个名副其实的坏蛋，那时候我才二十岁，亚赛二十二岁。除此之外家里没有别人，只有我的表妹爱迪思小姐——那时候她才十六岁——温柔漂亮，心肠很好，是个伯爵的女儿，她家就只剩下她一个人，一笔很大的财产和那头衔都归她继承了。家父是她的监护人。我和她彼此相爱，可是她从生下来就和亚赛订了婚，家父不肯毁除婚约。但是，亚赛爱上了另外一个姑娘，他鼓励我和爱迪思小姐不要灰心，让我们坚持下去，将来总有一天，日子拖久了，再赶上个好运气，我们各自的好事都会如愿以偿的。没想到的是，休吾爱上了爱迪思小姐的财产，虽然他口头上说他爱的是她本人——不过他向来说一套做一套，心里想的又是另一套。但是他的诡计在这位姑娘身上并没有施展开，他能骗得过我的父亲，可骗不了别人。我父亲在我们弟兄三个当中最喜欢他，也最信任他，完全相信他的话；因为他是最小的孩子，还有一张很甜的嘴，最会哄人，所以总是能够博得家父的欢心；他撒谎的本领又非常高明——这些特长又正好能够大大地助长家父那盲目的疼爱。说老实话，我脾气是有些暴躁，不过我那种暴躁是不会伤害别人的，因为除了对我自己之外，它对谁也没有害处，也不丢谁的脸，更没有任何罪恶和卑劣的意味，对我那高贵的身份也没有什么不好的影响。

“可是休吾恰恰利用了我这种毛病来施展诡计——他知道

我们的哥哥亚赛身体不太好，很可能会短命，因此他估计着只要把我扫除出去，那他就可以为所欲为了——于是，我这位兄弟把我的毛病巧妙地进行夸大，说成是一种罪过，到最后他还捏造事实，硬说他在我的房间里发现了一根丝绳的梯子——其实那是他自己设法弄到我屋里去的——他就凭着这个证据，再加上收买了几个仆人和另外一些撒谎的坏蛋帮着做伪证，使家父深信我打算违抗他的意思，把我的爱迪思带走，和她结婚。

“于是，家父勃然大怒，他把我从家里驱逐出去，叫我离开英国，在外面流放三年，说那样或许可以使我成为一个军人或有出息的人，并且还可以使我变得聪明一些。于是我就参加了欧陆战争，我在长期的考验中尝尽了艰难困苦，遭受过一些严重的打击，冒过许多的风险；就在最后一场战斗中，我终于被俘了。此后，年复一年，我在一个外国的地牢里被整整关了七年。最终我凭借自己的机智和勇气，获得了自由，然后逃回家乡来；我是刚到这儿的，穷得既没有钱，又没有好衣服穿；至于这无聊的七年里，亨顿第和那里的人以及其他一切究竟发生了一些什么变化，我更是一无所知了。禀告陛下，我的所有情况已经说完了。”

“你受了无耻小人的陷害！”王子说，他眼睛里闪出了愤怒的光，“但是我要给你申这个冤——凭主的十字架起誓，我一定要这么做！这是国王的谕旨。”

然后由于亨顿遭到冤屈的故事触动了他的心事，他也滔滔不绝地说开了自己最近的不幸遭遇。这位倾听者听完王子的讲述之后，不禁目瞪口呆，他心里想道：

“瞧，他的想象力多么丰富！他的脑子可真不简单，能编出这么离奇的故事，无论这个脑子是疯了还是正常的，如果不够聪明，是绝不能编出这么一个有条有理、绘声绘色的故事的。可怜的、受过重创的小心灵啊，只要我还活在人间，我绝不让它再受伤害。我要永远把这个小家伙当作心爱的人，当作我的小兄弟。我一定要治好他的毛病！——是呀，要使他头脑清楚，恢复正常——然后他就可以成名——将来我就可以骄傲地说：‘是呀，他是我的人——是我收养了这个无家可归的小流浪儿，并且看出了他的长处，我说过日后他会声名远扬——你看，我说得没错吧？’”

王子又开口了——他用的是深思的、平静的语调：

“是你救了我，使我免受伤害和耻辱，也许还救了我的性命，因此也就挽救了我的王位，这种功劳应该受到大大的奖赏。你把你的愿望说出来吧，只要不超出我的王权范围，我就可以让你如愿以偿。”

这个异想天开的建议使亨顿从他的幻想中惊醒过来。他正想向“王子”谢恩，声明他所做的只是分内之事，并不奢望得到什么奖赏，可是他脑子里突然有了一个比较聪明的主意；于是他请求“王子”让他安静片刻，考虑考虑“国王”赏他的这番恩典——王子对他这个主意，郑重地表示同意，王子说这种行为非常正确，对待意义重大的事情，最好还是不要立即做出决定。

亨顿思考了几分钟，心里暗道：“对，就这么办吧，顺着这孩子这一个钟头下来，我知道老这么下去，是非常累人、非常不方便的。对，我就提出这个要求吧。我没有随便抛弃这个机会，真是万幸。”于是他单膝跪地说道：

“那些微不足道的效劳本是做臣子的分内之事，并无功劳可言；但陛下既然开恩，认为应予嘉赏，那我大胆恳求陛下恩准一事。国王陛下，您知道，将近四百年前，英国国王约翰与法国国王有仇，当时两位国王宣布圣旨，命令两国各出一位武士在比武场中交战，按照所谓上帝的裁判解决争端。两位国王和西班牙国王都亲自到场来观看这场战斗，裁判胜负。这时候法国的武士出场了，但是英国武士们一看他勇猛无比，都不敢出来和他交手。这件事情非常重大，如果英国不出战，对英国国王颇为不利，大有弃权认输的趋势。当时英国最强的武士柯绥勋爵被囚禁在伦敦塔里，同时被剥夺了爵位和财产，并且还因长期囚禁，变得身体瘦削。这时候有人请他出来应战，他同意了，于是顶盔贯甲，准备出场；但是那个法国人一眼看见了他那高大魁梧的身形，又听说了他的大名，便临阵脱逃了，结果法国国王就输了。此事过后，英国国王恢复了柯绥的爵位和财产，并且对他说道：‘你有何愿望尽管说出来，我一定准许，即使要与我平分国土，我也会答应。’当时柯绥就像我现在这样跪着，回答说：‘国王，我只请求一件事情：我希望我和我的后代能有在大英国王面前不脱帽子的特权，从今以后，只要王位存在一日，这种特权就永不取消。’英国国王恩准了他的请求，四百年来，直到如今，这个历史悠久的世家的家长在国王陛下面前依然可以戴着帽子或是头盔，不受限制，别人是一概不许这样做的。现在我举这个前例来帮助我考虑我的愿望，恳求国王恩准，赐给我一种特权。我的愿望是：我和我的后代永远可以在大英国王陛下面前坐下！”

“起来吧，迈尔斯·亨顿爵士，我现在封你为爵士，”王子庄严地说——他用亨顿的剑举行了爵位的授予典礼——

“起来坐下吧，你的请愿已经被批准了。英国一日存在，我的王位一日继续，你和你的后代的这种特权就一日不取消。”

王子沉思着走开了，亨顿跌坐在一把椅子上，暗自想道：“这真是个好主意，总算帮我解除了一大困难；我这两条腿站得简直酸得要命了。假如我没有想到这个办法，我一定得站上几个礼拜，直到这可怜的孩子的神经病痊愈了才行。”过了一会儿，他又继续想道：“这么一来，我就成了这孩子梦幻王国里的一名爵士了！对于我这个实事求是的人来说，这实在是一个奇怪的爵位。我不能笑——千万不能笑出来，因为这件事情在我心目中虽然是虚幻的，他可是觉得真有其事。并且对我来说，也有一方面不能算是假的，因为这件事情也确实反映了他有着温柔而慷慨的内心（心理描写，详细地描述了亨顿当时的心理活动，从中体现了他善良仁慈、善解人意的性格特点，读来令人感动）。”停了一会儿，他又想：“啊，万一他当着别人的面叫出我那漂亮的头衔来，那可怎么好！我的荣誉和我的衣服这么不相称，岂不让人家笑话！可是不管那些了，他爱怎么称呼我就怎么称呼吧，我反正是无所谓的。”

两个伙伴很快感觉到了浓浓的倦意和睡意。王子说：

“给我脱掉这些破布片吧。”——他指的是他的衣服。

亨顿没有反对，他只是向屋子里张望了一眼，伤心地自言自语道：“他又像刚才一样，把我的床铺占去了——唉，我怎么办呢？”王子看出了他的尴尬，就说了一句话，替他解除了难题。王子困倦地说：

“你去挡住门口睡吧，顺便把门守好。”话音刚落，他就无忧无虑地睡着了。

“可爱的小伙子，他真应该生为国王才好呀！”亨顿赞叹地低声说道，“他扮演这一角色真是太成功了。”

随后他就挡在门口，一面在地板上伸直身子躺下，一面心满意足地说：

“我过去那七年住的比这还要糟糕哪，要是像眼前这样就埋怨的话，那未免太对不起上帝了。”

六　王子失踪

黎明到来之时，他就睡着了。将近中午，他睡醒起来，那受监护的孩子还在梦乡，他用一根小绳子量他的身材。刚好在他量完了的时候，王子醒来了，开始抱怨怎么那么冷，又问亨顿刚才干什么来着。

“已经做完了，国王，”亨顿说，“我有点事情要出去一趟，马上就回来。您再睡一会儿吧——您需要多睡一睡才行。好吧，我给您把头也盖上——这样您就会暖和得快一点。”

他的话还没有说完，王子又回到梦乡去了。亨顿悄悄地溜了出去，三四十分钟之后，他又悄悄地溜进来了；他拿着一全套男孩子的旧衣服，布料是廉价的，还有一些破损的痕迹；但是这套衣服总体还算整洁，而且在这个季节还很适宜。他坐下来，开始检查他刚买来的这几件东西，悄声自语道：

“钱包要是没那么瘪的话，就可以买一套好一点的，希望他不嫌弃瘪肚子钱包买来的东西才好。可怜的小东西……这件外衣看起来还不错，给它缝上几针就好了。这一件比较好一点，不过也得缝一两针才行……这双鞋也很好，还很结实，总可以叫他那双小脚不冷，也不会进水——并且这对他还是很稀罕的新鲜东西哪，因为他一定是习惯了光着脚走路，一年四季，不管冷热都是一样……”

男人穿针引线果然是够费劲的。只见他一只手把针拿稳，另一只手捏着线往针孔里钻——男人家的穿针法向来是这样，往后千年万载或许也会是这样，这种穿针法和女人家的办法是恰恰相反的。一次又一次，那根线老是穿不过去，有时候钻到针的这一边，有时候钻到那一边，还有时候顶在针头上弯过来（排比的修辞手法，再现了亨顿穿针时的窘态，从一个侧面体现了他对王子的关爱和付出）；可是，他很有耐心，因为他以前从军的时候已经有这种经验了。后来他终于穿好了，然后拿起那件等待已久的外衣开始缝补。他一边缝补一边嘀咕着：“客栈的住宿费已经付清了——还没有送来的那顿早饭也给过钱了——剩下的几个钱再买两头小驴，还够对付路上两三天的花费。把这两三天熬过去之后，就可以享受亨顿第等着招待我们的美味大餐了——”

“哎哟，真糟糕！”亨顿叫道，“我把针戳到指甲底下去了！这不要紧，也并不是什么新鲜事，可是究竟还是不大舒服——我们到了那儿就痛快了，小家伙，放心吧！一到那儿，你的灾难就消除了，你那不幸的病也就会好了——这儿针缝得多整齐呀，真了不起！”——他把那件外衣举起来，用得意的眼光盯着它——“啊哈，终于做好了——这个活儿做得真不错，而且速度很快。现在我得叫醒他，给他穿上衣服，倒水给他洗脸，伺候他吃饭，然后我们就得赶快到南华克的特巴客栈旁边那个市场去，买……国王，请您起床吧！——他不搭理呀——嗬，国王！他睡得这么香甜，根本听不见我说话，我恐怕只好冒犯御体，推他一下才行。啊！天哪！”

他推了个空，于是朝床上一看——那孩子不见了！

他大吃一惊，瞪起眼睛向四周望了一会儿，这才发现那孩子的破衣服也不见了，他顿时火冒三丈，扯开嗓子叫客栈老板。这时候有一个茶房端着早餐进来了。

“快说，你这鬼东西，不说实话我就要了你的狗命，”这位武士大吼道，“那孩子上哪儿去了？”他很凶地往那茶房跟前冲过去，把他吓得一时说不出话来。

几秒钟之后，这茶房才用颤抖的声音上气不接下气地把亨顿所要知道的消息告诉了他。

“老爷，您刚离开这里，就有一个小伙子跑来了，他说老爷您叫那孩子马上到您那儿去，还说您在桥上靠南华克那一边等他。我就领着他上这儿来；他把那孩子叫醒，说明来意的时候，那孩子埋怨了两声，怪他不该那么早就吵醒他。但是他还是马上就把那身破衣服捆在身上，跟着那小伙子走了，一边走一边说老爷您应当亲自来接他，不该那么没有礼貌，派个生人来——所以……”

“所以你就是个笨蛋！——笨蛋，那么容易上当——你们这些东西真该死！不过也许没有谁会伤害他。可能没有谁对这孩子安什么坏心眼儿。我去找他吧。快把饭摆好。”

“罪该万死！我问你！那小伙子只有他一个人吗？”

“就只有他一个人，老爷。”

“真的吗？”

“真的，老爷。”

“你这蠢头蠢脑的家伙，还是再仔细想想吧，好好地想一想，不要慌，伙计。”

那茶房想了一会儿之后，回答道：

“他来的时候，确实是没有人跟他一道来。可是，现在我想起来了，他们俩到了桥上，走进人群中的时候，就有一个无赖模样的人从附近一个什么地方钻出来；正当他快要跟他们俩走到一起的时候……”

“然后怎么样？快说！”急躁的亨顿怒吼着打断了他的话。

“就在这时候，人群把他们包围起来了，刚好掌柜叫我回来，我就再也没有看见什么了……”

“快滚开，你这笨蛋！你这些废话真叫我发疯！站住！你往哪儿跑？你赶紧告诉我，他们是往南华克那边去了吗？”

“是的，老爷，您听我说，这件事可不能怪我……”

“你还在这儿！继续说废话？滚开，要不我就揍死你！”那茶房见状立即一溜烟地跑掉了。亨顿在他后面跟着，又从他身边走过，三步并作两步地赶快跑下楼去，嘴里嘟囔着：“肯定就是那个下流的坏蛋，他说那孩子是他的儿子哩。我把你弄丢了，我的可怜的小疯子陛下——这实在叫人想起来就伤心——我已经对你产生了深厚的感情哩！不！上帝保佑，我不会失去你！因为我就算要找遍全国各地，也一定得把你找到。可怜的孩子，他的早饭已经摆在那儿了——还有我的一份哪，但是我现在根本不知饥饿了——好，让老鼠去吃吧——赶快！赶快！这是当务之急！”他在桥上绕来绕去地穿过喧嚣的人群的时候，好几次自言自语地说：“都怪我，可是他还是去了——他去了，是呀，因为他以为那是迈尔斯·亨顿请他去的，可爱的孩子啊——要是别人让他去，他绝不会去的，我可以确定！”他翻来覆去地老是这么想，好像这个念头能让他觉得愉快一些似的。

成长启示

尽管不相信眼前这个“疯孩子”的话，亨顿还是心甘情愿地扮作王子的仆人，精心地照料着这个无依无靠的孩子。从亨顿身上，我们可以看出他有温柔善良的心灵，有豁达开朗的性格，也有特立独行、侠肝义胆的个性。

要点思考

1. 在市会厅,汤姆和王子各有怎样的经历?

2. 试复述迈尔斯·亨顿的来历。他为什么甘愿做那个“疯孩子”的仆人?

写作积累

●怒不可遏　鸦雀无声　筋疲力尽　有板有眼

愁云密布　喃喃自语　不伦不类　诡计多端

●汤姆高高地坐在上位，凝视着这场“狂欢”的舞蹈，专心致志地望着下面那些穿着华丽的人影像旋风似的舞动时呈现出的那种千变万化的混成一团的色彩奇景。

●这使他高兴得眼睛发亮，一股得意的情绪顷刻渗透全身，连手指尖上都感觉到了。

第五章　汤姆当国王

导读

贫儿汤姆当了国王，时间一天天过去了，他不仅没有暴露身份，反而将国王当得有模有样。他像真正的国王一样坐朝议事、接受拜见，并且机智断案，赢得了臣民们的叹服和爱戴。就这样，汤姆很快就习惯了这个新奇的安身之所。这时，曾经让他担心不已的享用御餐的时间终于到了……

一　梦与现实

就在同一天将近黎明的时候，贫儿汤姆·康第从一阵噩梦连连的睡眠中惊醒过来。他在黑暗中睁开了眼睛，安静地躺了一会儿，想要厘清他那些混乱的念头和印象，希望从那里面找出一些有意义的东西来。忽然，他用狂喜而低沉的声音喊道：

“我明白了，我全都明白了！谢天谢地，我可算醒过来了，太好了！走开吧，烦恼！回来吧，快乐！嗬，南恩！白特！快把你们身上的稻草甩开，上我这边来吧，我要告诉你们一个神奇的梦，这个梦真是荒诞离奇，黑夜的妖魔编出来的怪梦，也从来没有叫人这么吃惊的，你们听了也绝对不会相信！……嗬，南恩！哎呀，白特！……”

一个模糊的人影出现在他身边，恭顺地问道：

“国王，您有什么圣旨要吩咐？”

“圣旨？……啊，我真倒霉呀，我记得你的声音！快说吧，你说——我是谁？”

“您是谁？回禀陛下，昨天您是王子，今天您是我最仁慈的国王，大英国王爱德华。”

汤姆把头埋在枕头当中，难过地低声抱怨道：

“唉，原来这不是个梦！你去休息吧——别来打扰我了，我的烦恼让我自己承担吧。”

汤姆又睡着了，接下来，他做了一个愉快的梦。好像是在夏天，他独自在一片名叫好人场的大草场上玩耍，忽然来了一个驼背小矮子，他只有一米六的身高，脸上长着很长的红胡子。那小矮子来到他跟前对他说：“你去那个树墩了旁边挖挖看吧。”他就照办了：结果挖出了十二个亮晃晃的新便士——真是一笔惊人的财宝！但是这还不算最好的事情，因为那小矮子接着说：

“我认识你，你是个好孩子，理应得到奖赏；你的苦难就要结束了，因为你得好报的日子已经到了。你每隔七天上这儿来挖一次，每次都可以挖到这么多钱财，十二个新便士。你要保守秘密，千万不能跟人家说，要不就不灵了。”

说完，那小矮子就不见了，汤姆就拿着他这份意外之财，飞跑到垃圾大院去，一面跑一面想：“我每天晚上交给我父亲一个便士，他会以为那是我讨来的，心里一高兴就不会打我了。教我的那位好心的神父，我每个礼拜也给他一个便士；剩下的四个就给妈妈、南恩和白特。现在我们再也不会挨饿受冻，再也不用害怕发愁，不用活受罪了。”

他在梦中一路跑得气喘吁吁，终于跑到了他那肮脏的家里，他兴高采烈地把四个便士扔到他母亲怀里，大声喊道：“这些全都是给您的！——给您和南恩还有白特的——这是上帝奖赏给我的钱，既不是讨来的，也不是偷来的！”

兴奋而又吃惊的母亲把他使劲地搂在怀里，喊道：

“时候不早了——陛下可以起床了吗?”

啊?这可不是他所希望听到的话，好梦一下子被吵醒了——他又惊醒过来。

他睁开双眼，衣着华丽的总御寝大臣正跪在他的床边。那个骗人的梦给他带来的快乐随即消散了，他很快看出了他自己仍旧是一个俘虏和国王。卧室里站满了披着紫色斗篷的大臣——他们这穿的是丧服——另外还有许多侍奉国王的仆人。汤姆在床上坐起来，透过床边的丝绸帐子悄悄打量着外面那一群讲究的人物。

侍奉国王穿衣这一项重大工作开始了，在此过程中，那些大臣依次来到小国王跟前跪拜，并且对他丧失父王的不幸表示哀悼。大侍从官拿起一件衬衣，然后递给总内侍官，总内侍官又把它递给次御寝大臣，他又把它递给温莎御狩林总管，他又把它递给三级近侍官，他又把它递给兰开斯特公爵领地王室大臣，他又把它递给御服大臣，他又把它递给纹章局长，他又把它递给伦敦塔典狱官，他又把它递给皇家总管大臣，他又把它递给世袭大司巾，他又把它递给英国海军长官，他又把它递给坎特伯利大主教，他又把它递给总御寝大臣，这位大臣这才把这件经过传来传去最后还是送到了他手里的衬衫接过来，给汤姆穿上。可怜的、看得眼花缭乱的小伙子啊，这景象使他联想到救火的时候递水桶的场面。

每穿一件衣服都要依次经过这么一番缓慢而庄严的程序，汤姆对这种礼节感到厌烦起来，后来当他终于看见他那条绸子的长裤顺着那一排大臣递过来时，知道这件事情马上就完成了，觉得心头几乎涌出了一种感激之情。但是他高兴得太早了。总御寝大臣把那条裤子接过来，正要往汤姆的腿上穿，可是忽然脸色变得通红，他连忙把那条裤子推到坎特伯利大主教手里，惊慌地低声说道："你瞧，阁下。"同时还指着一个与这条裤子相连的什么东西。大主教脸色一下子变得煞白，他连忙把这条裤子递给海军长官，也悄悄地说了一声："你瞧，阁下！"海军长官几乎吓得透不过气来，连忙把这条裤子递给世袭大司巾，他连一声"你瞧，阁下"都说不出来了（通过对各位大臣越发惊惶的语言、神情和动作的生动描述，设下多重悬念，营造紧张气氛，充分调动读者的兴趣，让文章变得引人入胜，同时也让讽刺的效果得到进一步加强）。这条裤子顺着那一排大臣依次往回递过去，一路照例都伴着一声诚惶诚恐（惶恐不安）的低声惊喊："你瞧！你瞧！"——直到最后递到大侍从官手里，才算完事。这位大臣吓得脸色惨白，瞪大眼睛望了那条裤子一会儿，然后粗声低语道："该死，裤脚的花边上掉了一个穗子！——快把御裤保管大臣送到塔里去关起来！"他说完这句话，就靠在总内侍官肩膀上，借此平复一下自己恐惧慌乱的心情，等着别人另外拿一条没有弄坏穗子的裤子来。

但所有的事情都有结束的一刻，汤姆·康第终于穿好了衣服，可以起床了。于是专管倒水的官把水倒好，专管洗脸的官给他洗了脸，专管拿擦脸巾的官拿着擦脸巾站在他身边，后来汤姆终于按照规矩完成了清洁的步骤，准备着让御理发师给他打扮。最后他经过这位美容能手的精心打扮，头上戴着紫色翎毛顶饰的帽子，上身披着紫色缎子的斗篷，下身穿着紫色缎子的大脚短裤，成了一个仪表堂堂的俊小伙儿。现在他仪态优雅地从那些毕恭毕敬的大臣当中穿过，向着早餐的餐室走去；他走过的时候，这些人就向后退，给他让出路来，并且还跪在地上。

二　坐朝议事

用过早餐之后，按照帝王的仪式，汤姆在大官们和五十个拿着金色战斧的侍从卫士的陪伴下，被引到坐朝的殿里，那就是他处理国家大事的地方。他的“舅父”赫德福伯爵在宝座旁边站着，准备提出忠诚贤明的意见，以助国王思考。

已故的国王指定执行遗嘱的那些显赫人物来到汤姆面前，请求他批准他们的几项决议——这只是一种形式，但又并不完全是一种形式，因为这时候还没有指定摄政王。坎特伯利大主教报告了遗嘱执行委员会关于已故国王陛下治丧事宜的命令，最后读出了各位执行委员的签名，那就是：坎特伯利大主教、威廉·圣约翰勋爵、英国大法官、爱德华·赫德福伯爵、约翰·罗素勋爵、约翰·李斯尔子爵、德拉谟主教柯斯柏……

汤姆并没有用心听——这个文件前面有一句话一直困扰着他。这时候他转过脸去低声向赫德福伯爵说：

“他说丧礼定在哪一天举行？”

“下个月十六日，国王。”

“这真是个奇怪又愚蠢的主意，他的遗体放得了这么久吗？”

可怜的小伙子，他对于皇家的风俗还不熟悉呢；他看惯了垃圾大院那些可怜的死人很快地被人打扫出去，和这种办法完全不同。但是赫德福伯爵说了一两句话就使他放心了。

一位国务大臣呈上委员会的一道命令，指定第二天十一点钟接见各国大使，请求国王批准。

汤姆用征询的眼光望着赫德福伯爵，赫德福伯爵低声说：

“陛下应该表示准许，他们是为了陛下和英国刚刚遭受的重大不幸，特地来替他们本国的国王表示哀悼的。”

汤姆就依照他的吩咐做了。另一位大臣开始宣读一份关于已故国王的王室开支报告的绪言，说明前六个月里的开支共达两万八千镑——这个大得惊人的数字把汤姆·康第吓得一下子透不过气来；后来他听说这笔开支里有两万镑还没有支付，是先欠着的，于是他又吓了一大跳；再后来他又听说国王的财库几乎已经空了，他那一千二百名仆役因为王室拖欠他们的工资而处于困窘状态，就更是大吃一惊。汤姆满怀焦虑地说：

“很明显，我们就要倾家荡产了。我们应该搬到一所小一点的房子里去住，把仆人全部遣散才对，而且必须这么办，因为他们除了耽误事情之外什么用处也没有。让他们来帮那些忙，简直是叫人活受罪，叫人心里感到羞耻，这些事对谁做也不合适；除非被服侍的是个木头人，根本没有大脑，也没有手，自己什么事也不会干。我知道有一所小房子，在河那边，靠近鱼市，就在毕林斯门附近……”

汤姆的胳膊上被人使劲按了一下，很显然那人是想叫他停止再说这种傻话，他脸红了一阵；但是别人脸上却没有露出任何神色，丝毫看不出他们是否注意了这些奇怪的话，或者是否对此感到关心。

紧接着又有一位大臣报告，已故国王曾在遗嘱中决定授予赫德福伯爵以公爵衔，称桑莫赛大公爵，并将他的儿子晋级为伯爵，他的兄弟汤玛斯·赛莫尔爵士晋级为侯爵，另外其他大臣也得到了类似的晋升，因此委员会决议在二月十六日开会，宣布这些恩典，并予以确认；同时还宣布，由于已故国王遗嘱中并未赐予受封人以相当的封地，使他们用以维持新授爵位的开支。委员会深知已故国王对此事的意旨，因此认为应赐予赛莫尔“地租五百镑的土地”，赐予赫德福之子“地租八百镑的土地”——还宣布新登位的国王陛下同意这种办法。

汤姆正想随口说几句话，表示不应当忙着把已故国王的钱都随便花光，而不清偿债务；但是善于察言观色的赫德福伯爵赶紧推了推他的胳膊，才使他没有说出这种考虑不周的话；于是他颁布谕旨，表示同意，但是他嘴里虽然没有说出来，内心却深感不安。这时候他沉思了一会儿，想起了他现在正在做着了不起的大事，而且非常轻而易举地就做完了，于是他心里突然起了一个愉快的念头：为什么不封他的母亲为垃圾大院的女公爵，并且给她一份领地呢？可是有一个伤心的念头立刻赶走了他这种想法：他不过是个名义上的国王，那些老练而严肃的长辈和大贵族才是他的主宰；在这班人的心目中，他的母亲不过是个精神失常的小疯子想象中的人物；

他们听到他的提议，根本就不会相信，而且很快又要请医生来给他看病了。

无聊的事情继续进行着，非常讨厌。大臣们念了一些宣言、请愿书和特许状等，以及各式各样的重复冗长和令人厌倦的公务文件。后来汤姆难过地叹了一口气，小声地自言自语道："我究竟犯了什么错，仁慈的上帝居然叫我离开了田野，离开了自由的阳光和空气，把我抓到这里来，叫我当个国王，受这种折磨呢？"然后他垂下脑袋，昏昏沉沉地打了一会儿盹；于是帝国的大事就因为缺少了这个庄严的工具（运用了比喻中的"借喻"这种修辞手法，将"国王"比喻成"工具"，语言诙谐，生动形象，同时也体现出作者对那些权贵的嘲弄态度）履行批准的权力，只好暂停下来了。一片静默笼罩在这个熟睡的孩子周围，国家的贤人们也在此刻停止了他们的深谋远虑。

三　接受拜见

经过两位监护人赫德福伯爵和圣约翰勋爵的许可，汤姆每天上午都跟伊丽莎白公主和洁恩·格雷公主在一起痛痛快快地度过一个钟头；不过这两位公主都因为老国王的驾崩，多少还有些悲恸；在她们拜见结束的时候，汤姆的"姐姐"——也就是后来历史上的"血腥玛丽"（即后来即位的"玛丽一世"，她是一位顽固的天主教徒，在她统治的5年中，有300余位新教徒被烧死在火刑柱上，终于，她以其暴行获得了英国人民对其"血腥玛丽"的称谓）——前来拜见，这使他大为扫兴，唯一值得庆幸的是，这次拜见占用的时间很短。他独自安静了一会儿，然后又有一个大概十二岁的瘦削的男孩子被引到他面前来，这孩子的衣服除了绉领和手腕那儿的花边是雪白的以外，其余的地方全是黑的。他除了肩膀上戴着一个紫色缎带子打的孝结之外，就没有其他服丧的标志。他低着光头，犹犹豫豫地走到汤姆跟前，把一条腿跪在地下。汤姆坐着不动，仔细地把他打量了一会儿，然后他说：

“起来吧，孩子。你是谁？你来干什么？”

那孩子站起来，优雅自如地站着，可是脸上露出一种焦急的神色。他说：

“您一定还记得我吧，国王。我是您的代鞭童。”

“我的‘代鞭童’？”

“是的，陛下。我是汉弗莱——汉弗莱·马洛。”

汤姆觉得他的监护人应该事先把这个孩子的情况向他说明一下才对，现在的形势可真是令人为难。他怎么办呢？——假装认识这个孩子，然后一开口又露出破绽，叫人家看出自己从来就没有听说过他吗？不，那是不行的。忽然，他想出了一个妙计。他在心里想，类似这样的意外事件是随时都可能发生的，因为赫德福伯爵和圣约翰勋爵既然是遗嘱执行委员会的委员，就难免会有紧急的公事随时把他们从他身边请到别处去；所以他在这种情况下还是要靠自己想出个主意来，应付临时的变故才好。对，有办法了！他可以哄一哄这个孩子，看看效果如何。于是他就摸一摸脑门子，装出为难的神气，说道：

“我好像是想起你一点儿来了——但是我因为遭了痛苦，脑子简直不灵了，记忆有点模糊——”

“天哪，可怜的主人！”代鞭童激动地喊道。随后他又自言自语地说：“他们果然说得不错——他的确是疯了——哎呀，可怜的人！可是我真该死，怎么就忘了！他们告诉过我，谁也不许表现出他看出了国王有什么毛病的样子哩。”

“近来不知怎么的，我的记性简直是跟我开玩笑，真有些奇怪，”汤姆说，“可是你不用担心——我很快就会好——只要稍微给我提供一点线索，就能帮我把忘记了的事情和人名都记起来（并且还不止这些，就连我从来没听到过的，我也能记起来——这孩子以后就明白了）。快告诉我，你到底是干什么的。”

“这并不重要，国王，不过陛下要是愿意听，我就说一说吧。最近这两天，陛下学希腊文弄错了三回——都是早上上课的时候——您还记得吗？”

“不错——我想我还记得。我现在好像想起来了——你再往下说吧。”

“老师因为陛下学得不好，说您那是三心二意，他大发脾气，说是要狠狠地抽我一顿鞭子才行——他还要……”

“抽你鞭子?!”汤姆大吃一惊，大声问道，“他怎么为了我的过错而要抽你一顿呢？”

“啊，陛下您又忘了。您只要功课学得不好，他每次都是打我呀。”

“对了，对了——我忘了。你私下里教我——结果我学得不好，他就认为你教得不得法，所以就……”

“啊，国王，您怎么会这么说？我是您最下等的仆人，怎么敢教您呢？”

“那么你还有什么过错？‘代鞭童’到底是个什么古怪职业？难道我真的疯了吗，还是你疯了呢？你老老实实地给我解释一下。”

“但是，陛下圣明，这没有什么可解释的。谁也不能惩罚您的御体；所以您要是有什么过错，就由我来受罚，这就是我作为‘代鞭童’的职务，也是我的生活。”

汤姆瞪大眼睛望着那个沉静的孩子，同时心里暗想道：“瞧，这可真是个稀奇古怪的行业；我觉得很奇怪，他们怎么不雇一个孩子来替我让人家梳头和打扮？要是那样，我真要谢天谢地了！——他们要是肯那么办，我宁愿亲自挨鞭子，并且还感谢上帝给我这么对调。”于是他大声说：

“老师真的打你了吗，可怜的朋友？”

“还没有呢，陛下，本来是定在今天处罚我，可是恐怕会取消这个命令，因为这跟我们所遭的丧事不相称；我不清楚到底怎么回事，所以就大胆地到这儿来，把陛下答应替我说情的事给您提醒一下——”

“跟老师说吗？让你免了这顿鞭子吗？”

“是啊，您果然还记得！”

“我的记性正在恢复，你看得出。放心吧——你不会挨鞭子的——我一定想法子帮忙。”

“啊，多谢，好心的国王！”那孩子又请了一个安，欢呼道，“我向陛下提出这个请求，也许已经够胆大了；但是……”

汤姆看见汉弗莱有些犹豫，就鼓励他继续往下说，他说他心情正好，愿意多多开恩。

“那我就斗胆说出来吧，因为这是对我关系重大的事情。现在您已经当了国王，不是王子了，您可以随意颁布命令，没有人敢表示反对；所以您现在要是再学那些枯燥无味的功课，弄得心烦意乱，您一气之下可能会把书烧掉，找些轻松的事情开开心。但那么一来，我可就完蛋了，我那些无依无靠的姐妹也就跟着我一同完蛋了！”

“完蛋了？怎么会那样？”

“仁慈的国王啊，我是靠我的背吃饭的，我的姐妹也指着我的背吃饭，我的背要是闲着，我们就要挨饿了。您要是不读书了，我就会失业，因为您不需要代鞭童了。请您不要开除我吧！”

汤姆被这可怜孩子的苦恼事情所感动了。他以帝王的慷慨语气说道：

“孩子，你不用担心。我决定让你终身担任这个职务，并且还让你的后代永远世袭下去。”说着他举起剑来，在这个孩子肩膀上轻轻地拍了一下，大声说道：“起来，汉弗莱·马洛，大英王室的世袭代鞭童！忘记悲伤吧——我一定会再读起书来，并且还要学得乱七八糟，使你的职务变得繁忙起来，那么他们为了公平合理，就不得不给你加两倍工钱了。”

汉弗莱感动极了，他热烈地回答道：

“多谢您，高贵的主人，您这样皇恩浩荡，实在是远远超出了我的美梦。从此以后，我一生一世都会快乐了，马洛家的子子孙孙都会感恩戴德（对别人所给的恩德表示感激）的。”

汤姆很机智，他看出了这个孩子对他很有用处。

他鼓励汉弗莱多说些话，这孩子也很愿意说。他相信他的话能帮着“治好国王的病”，心里很高兴；因为他每次说到这位小国王在皇家书房里和其他地方所经历的各种新鲜事情，只要稍微提醒一下其中的一些细节，小国王那生病的大脑就能够把那些情况清清楚楚地“回忆”起来。谈了一个钟头之后，汤姆就觉得他对于朝廷里的人物和事情获得了许多很有价值的信息；因此他决定每天利用这个来源，探听消息；为了这个目的，他要下一道命令，规定汉弗莱每次进宫的时候，只要国王没有接见别人，就让他到国王的私室里来。

汉弗莱刚退下不久，赫德福伯爵就来了，他给汤姆带来了新的麻烦；他说遗嘱执行委员会的大臣们唯恐有什么关于国王得了疯病的谣言泄露出去，在全国传扬开来，所以他们认为再过一两天之后，国王应该开始当众用餐。只要国王精神饱满，神色正常，再加上特别注意，保持泰然自若的风度和斯文优雅的举止，那就一定能安定人心，比其他任何办法都更加有效。

然后，赫德福伯爵就开始巧妙地指导汤姆，委婉地提醒他在这个隆重的场合中所要遵守的礼节；但是，汤姆在这方面并不大需要帮忙，这使赫德福伯爵大为满意——关于这件事情，汤姆利用了汉弗莱告诉他的信息，因为汉弗莱从那迅速传播的宫中闲谈中听到了风声，曾经向汤姆提到过他在几天之内就要当众用餐。但是汤姆保守了秘密，没有把这些事实告诉伯爵。

赫德福伯爵一看国王的记忆力恢复得不错，就故作轻松地提了几件事情来测验他，试试他的记忆力究竟好转到了什么程度。结果有好几处地方都令人大感欣慰——凡是汉弗莱提供了线索的地方，汤姆都答得很好——整体看来，赫德福伯爵是非常高兴的，而且也增强了信心。结果他因为信心太高，居然大胆提出了一个问题，他满怀希望地说：

“现在我相信陛下只要好好思考一下，一定能把玉玺的谜解开——遗失玉玺，昨天还是一件重大的事情，不过今天已经不算什么了，因为它的有效期限已经随着先王的驾崩而终止了。陛下可否试着想一想？”

汤姆对此深感茫然——玉玺这东西，他是从来没有听说过的。他迟疑了一会儿，就天真地抬起头来问道：

“伯爵，玉玺是什么样子的?”

赫德福伯爵大吃一惊，但是很快就镇静得几乎叫人看不出来，他低声自言自语地说：“唉，他的脑筋又出问题了！——要是叫他继续想事情，恐怕会更糟糕。”然后他巧妙地把话题转开，希望把那不幸的玉玺从汤姆的脑子里赶出去，他很容易就达到了这个目的。

四　汤姆断案

第二天，外国使节带着派头十足的随从来了，汤姆非常庄严地坐在宝座上接见了他们。刚开始的时候，他还对那个辉煌的场面很感兴趣，但是由于接见的时间太长，又很枯燥，使节们的致辞也多半雷同，他渐渐地感到厌倦起来，并且还想起家来了。汤姆不时地说着赫德福伯爵教给他的话，极力让自己表现得令人满意，但是他对这种事情太生疏了，而且表现得很不自然，所以只能做到勉强过得去的地步。他外表看上去像个十足的国王，心里却不大能有个国王的感觉。后来这个礼节结束的时候，他才觉得高兴起来。

这一大的大部分时间都被“浪费”了，当国王这些分内的苦事，甚至连专门供国王消遣和娱乐的两个钟头，对于他来说都是一种负担，是在“浪费”时间。只有他和他的代鞭童单独相处的一个钟头，才是他觉得绝对有利的事情，因为他一方面得到了娱乐，同时又获得了急需的知识，真是一举两得。

汤姆·康第当了国王的第三天和头两天大体相同，但是他总算有一方面轻松了一些——他不像刚开始那样不自在了；他渐渐习惯了他的环境和遭遇；他依然感到浑身不自在，但并不总是那样；时间一分一秒地过去了，他也觉得那些大人物在他面前对他那么恭敬，越来越不使他感到痛苦和难堪了。

假如不是有一件事情使他担心，第四天快到的时候，他就不会十分着急了——那件事情就是当众用餐，这是要从第四天开始的。日程里还有些更重大的事情——那天他还要临朝主持一次会议，大臣们将要在会上听取他的意见和命令，明确他对全球各国打算采取的外交政策；赫德福还要在那一天正式被选为摄政（代君主处理政务）大臣；另外还规定了要在那一天处理一些别的重要事情。但是在汤姆看来，这些事情都比叫他当众用餐还要轻松一点。他觉得自己一个人吃饭，却有无数双好奇的眼睛在看他，无数张嘴在悄悄地评论他的举动——如果他运气不好，犯了错误，也要受人议论——这实在是件备受折磨的事情。

然而那第四天是不可阻拦的，它终于还是来到了。

那一天，汤姆精神不振，心神恍惚，这种情绪继续下去，他简直摆脱不了。上午的一般公事在他手头迟缓地挨过去，使他感到厌烦。于是他又觉得那种坐牢似的心情开始笼罩全身。

下午较晚的时候，他在一个宽大的朝见室里和赫德福伯爵谈话，无聊地等待着许多重要官员和大臣预定的举行朝拜的时刻。

后来汤姆走到一个窗户跟前，兴致勃勃地向皇宫大门外面热闹的大马路看去——他并不是单纯地对此感兴趣，而是满心渴望着亲自加入那种热闹和自由的生活——过了一会儿，他看见一大群乱嚷乱叫的、形形色色的、最穷和最下等的男男女女以及孩子前面领头的一些人，从大路上面走过来。

“我真想知道发生了什么事情啊！”他充满了一个孩子对那种情景的好奇心，大声说道。

“您是国王！”伯爵庄严而恭敬地说，“陛下是否可以让我执行圣旨?”

“啊，太好了，照办吧！啊，我很高兴，照办吧！”汤姆兴奋地大声说道，随即又心满意足、自言自语地说：“真是，当个国王并不完全是无聊乏味的——这种生活也有它的回报和好处。”

伯爵叫了一个小侍来，派他到侍卫队长那儿去传达命令：

“国王下旨，拦住那一群人，问清楚他们为什么那么热闹。”

几秒钟后，就有一长排皇家卫队穿着亮晃晃的钢制盔甲，从大门里出去，在那一大群人前面拦住了他们的去路。很快，一个报信的差使便回来了，他报告那一群人是跟着去看一个男人、一个女人和一个年轻的姑娘被处死刑，他们犯的罪是扰乱治安和破坏王国的尊严。

将这些可怜的无辜百姓处死——而且还是惨死呀！这个念头使汤姆大受震动。在同情心的支配下，他忘记了自己不过是一个国王的替身，而不是真正的国王。他根本没有想到这几个犯人所触犯的法律，也没有想到他们给予受害者的痛苦或损失，他除了可怜那几个即将被处以绞刑的犯人的悲惨命运以外，什么也想不到。他脱口而出地发布了一个命令：

“把他们带到这里来！”

侍童听到命令之后，深深地鞠了一躬，就向后退出这个房间，传达谕旨去了。汤姆感觉到一阵强烈的自豪，重新体会到做国王的苦痛换来的好处。他心想：“从前我看老神父那些故事书的时候，就幻想自己是个君王，对所有人发号施令，谁也不敢违抗我的意旨。那些幻想在今天竟然变成现实了。”

这时候，有几扇门敞开了，有人通报了一个又一个响亮的头衔，跟着就是顶着这些头衔的人物进来了，于是这地方的一半很快就被这些贵族和他们华丽的衣裳挤满了。但是汤姆对于这些人的到场像是没有感觉到似的，因为他对另外那件更有趣的事情非常好奇，一心一意地想着它。他心不在焉地坐在宝座上，转过眼睛去望着门口，表现出极为期待的神情。大臣们一看到这种情形，就极力不去打搅他，开始窃窃私语起来，既谈国家大事，又谈宫廷闲话。

又过了一会儿，就听见一些军人整齐的步伐声越来越近，犯人们在一个副执法官的看管之下，由一小队国王的卫队监护着，来到国王面前。那位文官向汤姆行过跪拜礼之后，站在旁边；那三个死囚也跪下来，一直跪着不动；卫队在汤姆的椅子背后站定了。汤姆好奇地把那几个犯人仔细打量了一番。那个男人的长相和穿着似乎并不陌生，这在他心中引起了一种模糊的回忆。“我好像觉得以前看见过这个人……但是想不起是什么时候和在什么地方了。”汤姆开始思考起来。正在这时候，那个人迅速地抬头望了一眼，又迅速地低下头去，因为他没有胆量正视国王那种威严的风度。但是汤姆总算把他的样貌瞥了一眼，这也就足够了。他心里想：“现在我完全想起来了，这就是在刮着大风、冷得要命的新年第一天把查尔斯·威特从泰晤士河里打捞出来，救了他一命的那个人——那是个勇敢和高尚的行为——可惜他又干了坏事，把自己弄得这么倒霉……我还没有忘记那个日子，连时间都还记得；这是因为过了一个钟头以后，十一点的钟声响起，我让奶奶狠狠地揍了一顿，这一顿打得特别厉害，跟这顿毒打比较起来在那之前和之后发生的事情，简直算得上是爱抚了。”

于是汤姆就下令把那个妇人和姑娘暂时带出去，然后他就对那位副执法官说：

“请问，这个人犯了什么罪?”

那位小官跪下来回答说：

“禀告陛下，他用毒药毒死了一个人。”

汤姆对这个犯人本来是非常同情的，他对他曾经救出那个快淹死的孩子的英勇行为也非常钦佩，现在他这种心情却受到了致命的打击。

“事情确定是他干的吗?”他问道。

“事实非常清楚，国王。”

汤姆叹了一口气，说：

“把他带走吧——他是罪有应得的。真可惜，他本来是个勇敢的好汉哩——不——不，我是说他长得好像很勇敢的样子。”

犯人突然紧握双手，绝望地扭动着，同时用一些断断续续的、满含恐惧的话向“国王”哀求：

“啊，尊敬的国王陛下，求求您可怜可怜我吧！我是没有罪的——他们给我加的罪名也是证据不足的——可是我要说的不是那个；给我判决的死刑已经定了，已经不能更改；可是我在临死之前还要请求一个恩典，因为我的死法实在是叫我受不了。请国王陛下开恩吧，请您大发慈悲，恩准我的请求吧——请您发个圣旨，给我处绞刑吧！”

汤姆吃了一惊，他没想到会有这样的结果。

“哎呀，我的天哪，这真是个奇怪的请求！他们给你判的死刑不是这样吗？”

“啊，好心的国王，不是这样的！要把我活活地煮死！”

这话简直要把人吓死，几乎把汤姆吓得从椅子上跳起来了。他刚一清醒过来，马上就大声喊道：

“我同意你的请求，可怜的人！即令你毒死了一百个人，也不应该让你死得那么惨。”

犯人重重地磕下头去，把脸都碰到地下了，他热情地说了一大堆感激的话——末尾是这么一句：

“万一您将来有一天遭到不幸——那当然是上帝不许的事情！但愿人家记得您今天对我的恩典，报答您的好心！”

汤姆转向赫德福伯爵，说：

“伯爵，给人判这么残酷的刑罚，难道是有法律根据的吗？”

“陛下，照法律规定，治投毒犯的确是用这种刑罚。德国惩处造假钱的犯人，是把他们扔进油锅炸死——还不是一下子就丢进去，而是把他们用绳子捆着，慢慢地往下放，先炸脚，再炸腿，再……”

“啊，伯爵，请别再往下说了，我受不了！”汤姆喊道，他用双手把眼睛蒙起来，想以此来摆脱赫德福伯爵刚才描绘的惨景。“我请你立即下个命令，修改这条法律——啊，千万不要再让可怜的老百姓受这种活罪了。”

赫德福伯爵脸上流露出了喜悦之情，因为他也是个仁慈宽厚的人——在那个刑罚严酷的时代，他那个阶级里的人有这种好心肠，真是少见。他说：

“陛下，您这些高贵的话从此把这种刑罚终止了。这件事一定会载入史册，永远是您皇家的光荣。”

副执法官正想把他的犯人带走，汤姆做了个手势，示意他等一等，然后他说：

“我还要把这件事情弄明白。这个人刚才说过他的罪行证据不足。你把你所知道的告诉我吧。”

“禀告国王，审案的时候问明，有三个见证人说那是在上午正十点钟，有两个说还要迟几分钟，这个人走进了艾林顿小村里一户人家，那里躺着一个病人，当时只有病人在家，并且还睡着了。这个人一进那里就又出来了，跟着就走掉了。他走了之后，病人连抽筋带呕吐，痛苦万分，还不到一个钟头就死了。”

“有谁亲眼看见他投毒了吗？发现毒药了没有？”

“啊，这倒没有，国王。”

“那么怎么会知道有人投毒了呢？”

“禀告陛下，医生证明除非中了毒，否则病人临死的时候是不会出现那种症候的。”

在那个简单的年代，这就是有力的证据。汤姆看出了这个证据的重要性，就说：

“医生对疾病的症候是了解的——也许他们对了。但这事情对这个可怜的人似乎是不利的。”

“证据还不止这个，陛下，另外还有更厉害的呢。有许多人证明有个巫婆曾经预言过这个病人会被人毒死，现在那巫婆早已离开那个村子不知道上什么地方去了；但她曾经悄悄地对着他们的耳朵小声说过这种话，而且还说放毒的是个陌生人，是一个有着棕色头发、衣着普通的陌生人；这些特征跟这个犯人是完全相符的。陛下，这个事实既然是有巫婆预言过的，当然就非常可信，请您承认这是个有力的证据吧。”

在那个迷信的时代，这也是个非常有力的证据。汤姆觉得这桩事情已经确定无疑了，如果重视证据的话，这个可怜人的罪状就算是证实了。但是他还是给了犯人一个机会，他说：

“如果你还有什么要替自己辩护的话，就快说吧。”

“我说也没用，国王。我是没有罪的，但是我无法证明。我没有朋友，否则我可以证明那天我根本就不在艾林顿；并且我还可以证明他们所说的那个时间，我离那儿有四千多米的距离，因为我在华宾老码头那儿；噢，还有呢，国王陛下，我还可以证明，他们说我在给人家投毒的时候，我正在给人救命呀。有一个孩子在河里快淹死了……”

“别再说了！执法官，你快说那是哪一天的事情！”

“禀告陛下，那是新年第一天，上午十点钟，或是稍迟几分钟，那时候……”

“好！把犯人释放了吧——这是国王的意旨！”

他这句感情用事的话又使他脸红了，于是他极力掩饰他这个不合国王身份的冒昧之举，补充了一句：

“只凭这种没有价值、简单草率的证据，就对一个人处以绞刑，真是使我生气！”

一阵低沉的钦佩之声在御前的人们当中迅速地传开了。那并不是出于敬佩汤姆所宣布的命令，因为他赦免了一个定了罪的放毒犯，在场的人没有几个会觉得他不该被处死，大家所敬佩的只是汤姆在这件事情上表现出的智慧和精神。人们这样低声议论道：

“他并不是个疯子国王——他的脑筋非常灵活。”

“他那些问题问得多么机智，他处置犯人的手段多么果断，跟他本来的天性多么像呀!”

“感谢上帝，他的疯病已经好了！这不是个小糊涂蛋，而是一个真正的国王，他简直像他的父亲一样有气魄。”

赞扬的声音此起彼伏，汤姆耳朵里当然也听到了一点。这使他大大地安心了，周身充满了愉悦的感觉。

但是他的好奇心被更多地激发了出来，他急切地想知道那个妇人和那个姑娘究竟是遭了什么致命的大祸。于是他发出命令，把那两个吓得哆哆嗦嗦、哭哭啼啼的可怜虫带到他面前来。

“她们两个犯了什么罪?”他问执法官。

“禀告陛下，有人告发她们犯了邪恶的大罪，并且有了充分的证据，因此法官就按照法律判处她们绞刑。她们把灵魂出卖给魔鬼了——这就是她们的罪状。”

汤姆打了个寒战。有人曾经教过他，要憎恨犯这种罪的人。但是话虽如此，他还是不打算放弃这个机会，偏要追根究底，于是他问道：

“她们是在哪里干的这件事情？什么时候干的?”

“在一所破教堂里干的，时间是十二月的一天半夜里，陛下。”汤姆又打了个冷战。

“有谁在场?”

“只有她们两个，陛下，另外还有‘那个家伙’。”

“她们承认了吗?”

“没有，她们没有承认，国王，她们极力否认。”

“那么，这事是怎么知道的?”

“陛下，有几个证人看见她们上那儿去，于是就怀疑起来，后来又有些确凿的事实证明了这种怀疑是真的。特别重要的是她们利用这么得来的魔力，引起了一场暴风雨，结果把附近一带完全毁坏了。有四十多个见证人证明了确实有这场风暴；其实要找一千个见证人也没有问题，因为大家都遭了这场暴风雨的灾害，当然都会记得很清楚。”

“这件事看起来很严重。”汤姆把这个邪恶的罪行在心里反复地想了一会儿，然后问道：

“这个女人在这场暴风雨中也遭受损失了吗?”

在场的人当中有几位老人点了点头，承认这个问题问得很高明。但是执法官没有看出这一问有什么重大的意义，他干脆利落地回答道：

“她当然也受灾了，陛下，她住的房子被大风刮跑了，她自己和她的孩子都被弄得无家可归。这是她应得的报应，大家都这么说。”

“她运用魔力让自己遭受了这么大的灾难，我看她买来的这种魔力就算只花了一个铜板，那也是受骗了；而且她居然把她的灵魂和她的孩子的灵魂作为代价，也完全表明她是疯了。她既然是疯了，也就不知道自己所干的事情，所以也就谈不上犯罪了。”

那些年长的人再一次点头，称赞汤姆的英明。有一个人低声地说：“如果像谣言所说的，国王自己是个疯子，那么凭上帝的神意，让我所知道的某些人也染上他这种疯病，倒可以使他们的脑筋更清楚一点哩（语言讽刺，辛辣地嘲笑了当时昏庸残暴的统治阶级，同时也委婉地赞美了汤姆的英明和仁慈）。”

“这孩子多大年龄?”汤姆问道。

“九岁，陛下。”

"请问你，法官，按照英国法律，一个孩子也可以跟人家订约，出卖自己吗？"汤姆转过脸去，问一位有学问的法官。

"国王，法律不许儿童决定或是参与重大事情，因为他们的头脑还不成熟，还不能对付大人的智慧和阴谋。魔鬼如果愿意的话，他可以买一个孩子，孩子也可以同意，但是英国人可不行——只要是英国人，他们的合约就被视作无效。"

"英国法律不允许英国人有这样的特权，反倒让魔鬼有这种自由，这似乎是一件很不公平的、不合基督教精神的事情，制定这条法律是欠考虑的！"汤姆认真激动地大声说道。

他对这件事情的新颖观点引起了许多人微笑，并且有许多人把它记在了脑子里，预备在宫廷里到处传播，证明汤姆不但在心理健康方面有进步，而且还很有创新思想。

那个年长的犯人已经停止哭泣了，她怀着逐渐增加的希望和喜悦，全神贯注地倾听着汤姆的话。汤姆看出了这种情形，对眼前这处于危难绝境中的女人，他的同情心更强烈了。随后他说：

"她们是怎么引来暴风雨的？"

"陛下，她们用脱下袜子的办法。"

这使汤姆惊讶不已，他急切地问道：

"这真是一件奇事！她们这种做法，随时都能引起这么可怕的后果吗？"

"随时都可以的，国王——只要这个女人有这种愿望，并且还念些必要的咒语，无论是在心里或是在嘴里念都行。"

汤姆把脸转向那女人，迫不及待地说：

"我想看见一场暴风雨！你现在就施展魔法吧！"

在场那些迷信的人一下子都吓得脸色惨白起来，大家都想赶紧走出这个地方，只是没有流露出来——汤姆对这一切都不在意，因为除了他所要求的那一场魔法以外，无论什么事情都不能引起他的注意。他看见那女人脸上显出一种诧异和为难的神情，就很兴奋地补充了两句：

“不要害怕，施展你的魔法吧——我绝不会怪你。不但如此——我还要释放你——谁也不许动你一下。”

“啊，国王陛下，我并没有什么魔法——我是被人冤枉的。”

“你不要有任何担心，尽管大胆做吧，我绝不会叫你吃亏。你来制造一场暴风雨吧——哪怕是一场最小的也不要紧——我并不需要大暴风雨，也不需要有害的，只要有一点儿样子就行——你只要这么做，我就饶了你的命——把你放出去，还让你带着孩子，这是国王的特赦，你在全国都不会受任何人的伤害和欺负。”

那妇人流着泪扑倒在地，大声发誓说，她实在没有制造这种奇迹的魔力，否则既然服从国王这个命令，就能够得到这么大的恩典，她哪怕只是为了救她孩子的命，也心甘情愿去做。

汤姆又鼓励了一阵——那妇人仍旧坚持她的申辩。最后他就说：

“看来这个女人说的是实话。假如我的母亲处在她的位置，也有魔鬼的本领，为了救自己的孩子，只要她施展魔法就行，她一定片刻都不迟疑，马上就会唤起暴风雨，把全国都毁得一团糟！因为天下所有的母亲天生都是一样的心肠。现在你无罪了，太太——你和你的孩子都没有事了——因为我觉得你们是无罪的。现在你已经被赦免了，再没有什么可怕的了——你马上把袜子脱掉吧！——你要是能给我掀起一场暴风雨，我就会马上让你变得富有！”

那得到赦免的可怜人感恩不尽，于是她开始遵命行事。汤姆虽然目光热切地望着，但多少还有几分提心吊胆。与此同时，大臣们都显出明显的焦虑和不安。很快，那妇人就把自己的袜子脱光了，还脱掉了她的小女孩的袜子，她显然是努力想要掀起一场暴风雨来报答国王的恩德，但是结果却让人大失所望。汤姆叹了一口气说：

“好吧，可怜人，你不必再费劲了，你的魔力已经消失了。你放心走吧，随便什么时候，如果你恢复了你的魔力，千万不要忘记我，一定要来给我掀起一场暴风雨呀。”

五　当众用餐

御餐的时间快到了——但是奇怪得很，这个时刻的到来并没有引起汤姆多大的不安，恐惧的心理更是几乎没有。那天上午的经验已经让他信心大增，这个可怜的小家伙经过四天的习惯之后，已经很熟悉他这个新奇的安身之所了，比一个成年人在这里过了整整一个月还要熟悉哩。从他身上可以很好地说明，小孩子适应环境的能力往往比成年人还要强。

现在，在大宴会厅里，那儿正有人替汤姆安排着一切，为他即将进行的排场十足的御餐做着精心的准备。那是个宽大的房间，墙上和天花板上都绘着图画，墙柱都是涂着金漆的。门口站着高大的卫士，他们都穿着富丽而鲜艳的服装，拿着长柄的戟，像雕像一般笔挺地站在那儿。宴会厅的周围有一道高高的回廊，那上面有一个乐队，还拥挤着许多穿戴整齐的男男女女的市民。在那个房间当中的一个高台子上，摆着汤姆的餐桌。接下来，让古代的史官来讲述吧：

“一位侍从拿着权标走进屋里来，和他同来的另外一位，手里拿着台布；他们两人非常恭敬地跪拜了三次之后，拿台布的侍臣就把台布铺在餐桌上，然后他们又跪拜了一次，才一同退出；随后又进来了两个侍从，一个还是拿着权标，另外一个拿着一只碟子、一只盐瓶子和面包，他们像先来的那两个人一样下跪之后，再把带来的东西放在桌子上，又行过礼节才出去；最后进来了两位衣冠楚楚（形容穿戴整齐、漂亮）的贵族，其中一个拿着一把餐刀，这两个人以万分虔诚（恭敬而有诚意，多指宗教信仰。虔，qián）的态度跪一番之后，走到桌子跟前，用面包和盐把桌子擦了一遍，他们都显出一种无限感恩的神情，仿佛国王在场一般。”

庄严的准备工作结束了。这时候，那发着回声的长廊里远远地传来了一阵吹号的声音，紧接着，传来一阵模糊的喊声：“给国王让路！快给最圣明的国王陛下让路！”这些声音不断地被重复着，而且越来越近了，后来军号的声音，几乎就在我们面前响起来，交汇着响亮的喊声：“给国王让路！”这时候光彩夺目的队伍出现了，大家排着队、迈着整齐的步伐从门口走进去。现在，我们再次让史官来叙述吧：

“走在前面的是侍从、男爵、伯爵、嘉德勋章爵士，他们全穿得很讲究、没有戴帽子；其次是大法官，他左右有两个侍从，一个拿着一把装在红鞘里的御剑，另一个拿着国王的御笏（hù）；后面来的是国王本人——他一出现，就有十二支号和许多鼓一齐响起来致敬，表示热烈的欢迎，长廊里的人们也在此刻全部起立欢呼，‘上帝保佑国王！’他身后跟着随侍的贵族，左右有他的御前侍卫，就是他那五十名侍从卫士，都拿着金色的战斧。”

眼前的一切都是光彩夺目、喜气洋洋的。汤姆的心跳急促起来，眼睛里闪着快乐的光芒。他的举止优雅自如，毫无装模作样的痕迹，因为看着周围那些赏心悦目的情景、听着那些悦耳的声音，他感到由衷的高兴。在这样的场合下，穿着那种非常合身的华丽衣裳，他已经有些习惯了，自然就不会显得怎样别扭，因而行为举止都显得大方自然极了。汤姆记得他所受过的指示，他把那顶着翎毛的头微微点了一下，表示答谢敬礼，并且还亲切地说了一声：“谢谢你们，善良的臣民。”

他来到餐桌前面坐下，并没有脱去帽子；他这么做的时候，丝毫也不紧张，因为戴着帽子吃饭是国王们和康第家唯一相同的习惯，以他们对这种习惯的熟悉程度而论，这两家原是不相上下的。随侍御驾的行列分开了，他们很美观地排列成几组，仍然光着脑袋站着。

现在，伴随着悦耳的音乐声，御前卫士们进来了——他们是全英国最高大、最有力的勇士，本来就是根据这个标准选拔出来的。——但是我们还是让史官来叙述吧：

“御前卫士们进来了，他们都光着脑袋，穿着大红制服，背上绣着金色的玫瑰花；这些人来回地走着，每一次都端进一盘菜肴。这些菜肴由一位侍从接过来，然后按照那些人递菜的仪式把一道一道的菜接到手，放在餐桌上，同时试食官把他所端来的每一道菜都分一口给每个卫士尝试，以防有毒。”

汤姆高高兴兴地大吃了一顿，不过他老是感觉有无数双眼睛望着他把每一口食物送到嘴里，盯着他吃下肚去：哪怕他吃的东西是一种猛烈的炸药，足以把他炸得飞到半空，血肉横飞，也不能引起他们更强烈的兴趣吧？整个进餐过程中，他特别注意到要从容优雅，也同样注意到什么事都不能亲自动手，而要等着那专职的官员跪下来替他做。一直到把这顿饭吃完，他总算没有犯什么错误——真是一次完美的胜利。

御餐完毕之后，他又由那壮丽的侍从行列陪伴着走了出去。一路上，他的耳朵里再次充满了响亮的号声、隆隆的鼓声和雷鸣般的欢呼声。于是他觉得他虽然可以说是熬过了当众用饭的难关，但是如果让他受这种考验，就可以使他摆脱当国王要做的其他更为难的苦事，那就算让他每天吃几次这样的苦头，他也乐意为之。

成长启示

已当上国王的汤姆做了一个奇怪的梦，他每周都可以挖到十二个便士，他打算除了每天上交一个给父亲之外，还要给教他的神父一个，剩下的全给母亲和姐姐。虽然这只是个虚幻的梦境，却体现了汤姆知恩图报、善良厚道、乐于为他人着想的精神，也反映了汤姆并不是一个贪图荣华富贵的人。

要点思考

1. 从汤姆坐朝议事可以看出来他有怎样的才能？你觉得他是个称职的国王吗？

2. 之前一直让汤姆紧张不安的“当众用餐”一事真的来临时，他为什么竟然一点儿都不恐惧了？

第六章　王子流浪记

导读

王子受到了亨顿精心的照顾，可是到了第二天，他就被康第的朋友骗走了，从此身陷游民和歹徒团伙之中。在那里，他被封为“疯子一世”，被逼着和他们一起乞讨和行骗。王子趁机逃走，先逃进了一户农家，又在看见康第追来后，逃进了森林里。谁知，他才逃离虎口，又进了狼窝，密林深处，等待王子的是一位杀人隐士……

一　被骗带走

迈尔斯·亨顿急匆匆地往伦敦桥靠南市那一头走去，一边走一边睁大眼睛搜寻他所寻找的那几个人，盼望着很快就能赶上他们。但是，结果却让他大失所望。他东问西问，总算在南市打听到一点儿消息，追踪了一段路程之后，就完全失去他们的踪迹了，他简直不知如何是好。但是他还是拼命地找，一直找到天黑。夜幕降临了，他的腿都跑酸了，肚子也饿得要命，而他的愿望仍旧是一场空；于是他在特巴客栈吃了晚饭，就去睡觉了，打算第二天清早再动身，到全城各处去彻底搜寻一番。他躺在床上开始推想：只要有机会，那孩子一定会想方设法从他那真假不明的父亲手里逃掉；他会不会回到伦敦去，找他原来住过的地方呢？不，他不会那么办，那样会有再被人抓住的风险。那么，他究竟会怎么办呢？他没有朋友，也没有其他人可以依靠，直到后来遇到我迈尔斯·亨顿，才算是有了救星，所以只要他无须冒着风险去伦敦，他一定就会设法再把这个朋友找到；他会往亨顿第的方向去，因为他知道亨顿正准备回家去，他到那儿去也许能把亨顿找到。对，亨顿觉得这件事情有眉目（méi mu，事情的头绪）了——他绝不应该再在南市耽误时间，必须立刻穿过肯特郡，向僧人洲前进，一路搜寻森林，并四处打听。

现在，我们开始谈谈那失踪的王子吧。

客栈里的茶房在伦敦桥上看见那个无赖"快要"跟那个年轻人和王子走到一起，但是事实上他并没有真的跟他们走到一起；他只是紧跟在他们后面走。他看见那个年轻人领着王子穿过南市，走了一段曲折的路，不久就走到郊外的大路上了。这时候王子生气了，他停住了脚步，不肯往前走了——他说亨顿应该到这儿来见他，而不应该命令他去找亨顿。亨顿竟敢这样傲慢无礼，他实在受不了，所以他决定不再往前走一步。那年轻人说：

"你打算待在这儿，然后让你受了伤的朋友躺在那边的树林里没人管吗？那也好，随你的便吧。"

王子的态度立刻就改变了（与先前的态度形成强烈对比，体现了王子对亨顿真诚的关切之情）。他厉声问道：

“他受伤了？谁胆敢把他打伤了？不过现在先不管这个吧，再领着我赶紧往前走吧！快点，小子！你脚上绑着铅块吗？他受伤了，是不是？哼，即使是一个公爵的儿子干的，我也饶不了他！”

那儿离树林还有一段距离，但是很快就走完了。那年轻人看了看四周，发现地上插着的一根树枝，那上面还拴着一小块碎布片，随后他就引着路走进树林里去，还不时地寻找类似的树枝，过一会儿就会发现一根；这些树枝显然是些带路的标志，把他引到他要去的地方。后来他们终于来到了一片空旷的地方，那儿有一座被烧焦了的废弃农舍，附近还有一个即将倒塌的谷仓。四周没有一个人影，无边的寂静笼罩着一切。那年轻人走进谷仓里去，王子急切地在后面紧跟着。那儿没有人！王子将惊讶和怀疑的眼光投向那年轻人，问道：

“他在哪儿？”

他得到的回答只是一阵嘲弄的大笑。王子勃然大怒，他拿起一块木头，正要往那年轻人身上打过去，忽然又听见另外一阵嘲弄的大笑。这是那个无赖发出来的，他一直远远地跟着。王子转过身去，很生气地说：

“你是谁？你到这里来干什么？”

“别装傻了吧，”那个人说，“安静点儿，我的化装不至于让你认不出自己的父亲了吧？”

“你不是我的父亲，我根本不认识你。我是国王。你如果把我的仆人藏起来了，赶紧去把他给我找来，否则你干了坏事，我一定要叫你吃苦头的。”

约翰·康第用缓慢而严厉的声调回答说：

“你确实是疯了，我也不想处罚你，可是你要是惹我生气，我就非收拾你不可。你在这儿胡说八道不要紧，反正也没有人听见，可是你这张嘴要是到外面乱说，惹出是非来，看我怎么揍你！我犯了杀人案，在家里待不下去了——你也不能再待在家里，因为我得要你帮忙才行。我已经改了姓，改成了霍布斯——约翰·霍布斯，你也改名叫作贾克——千万要记住。好，你快说吧。你母亲在哪儿？你姐姐她们都在哪儿？她们都没有上约定的地方来——你知道她们上哪儿去了吗？”

王子板着脸回答说：

“你别再说那些让我摸不着头脑的话，惹我心烦。我的母亲已经死了，我姐姐她们都在王宫里。”

站在附近的那个年轻人再次爆发出一阵嘲弄的大笑，王子想要向他扑过去，可是康第——按他现在的名字，就是霍布斯——把他挡住，说道：

“别笑了，雨果，你别招惹他了。他的神经错乱了，你对待他的这种态度叫他心烦。你坐下吧，贾克，安静点儿，我还要给你点东西吃哩。”

“霍布斯”和雨果压低声音交谈起来，王子从这两个讨厌的家伙身边走开。他悄悄来到谷仓另外一头的阴暗地方，发现在那儿的土地上铺着很厚的稻草。他就在那上面躺了下来，顺手扯了一些草盖在身上权当毯子，随即就陷入了沉思之中。眼下，他有许多伤心事，但所有的痛苦都被一件最主要的伤心事所淹没——那就是，他的父王去世了。对世界上的其他人来说，亨利八世的名字是使人战栗的，它使人联想到一个杀人如麻、残暴歹毒的恶魔；但是对于这个孩子来说，这个名字只意味着一位慈父，所唤起的是他温柔和慈爱的面容。

他心里回想起他和父亲之间一连串相亲相爱的往事，想着想着，他的眼泪就止不住地流了下来。下午的时间就这样过去了，这孩子终于因困倦和悲哀，渐渐地睡着了。

二　疯子一世

不知道过了多长时间，他终于睡醒了。他闭着眼睛躺在那儿，迷迷糊糊地回忆自己究竟是在什么地方，刚才发生过一些什么事情。这时候他听到了一阵雨点打在屋顶上的闷响，随即又有一阵尖声的嬉笑和粗声的哄笑混合起来的声音传来。这阵讨厌的笑声把他完全惊醒了，于是他把头上盖的稻草揭开了，寻找这种扰人的声音的来源。让他大为惊骇（hài）的是，映入他眼帘的情景是如此可怕和难看。谷仓另一头的地上正燃烧着一堆熊熊的火，火的周围有一群男女混杂、衣衫褴褛（衣服破破烂烂。褴褛，lán lǚ）的流浪汉和歹徒，他们横七竖八地睡在那儿；通红的火光把他们照得怪可怕的；这些角色，他在书里和梦中都从来没有见过。他们当中有皮肤黑黄、身材高大、体格健壮的男人，他们披着长发，穿着稀奇古怪的破烂衣服；也有中等身材、相貌野蛮的青年，穿着类似的衣裳；还有戴着眼罩的瞎眼乞丐；还有拄着丁字杖或者木棍的瘸（qué）子；还有一个相貌凶恶的小贩，带着他贩卖的一包东西；此外还有一个补锅匠，一个磨刀匠，一个剃头匠兼外科医生，各人带着本行的行头；女人当中有一些是小女孩，有一些是大姑娘，还有一些是满脸皱纹的老婆子，她们个个都是大嗓门、满嘴脏话、邋里邋遢（指人肮脏不整洁，不修边幅。邋遢，lā ta）；另外还有三个脸上生疮的小娃娃；还有两条饿得很瘦的土狗，脖子上套着绳子，它们是给瞎子引路的。

夜晚开始了，那一伙人刚刚饱餐完毕，开始狂欢作乐，大家把酒罐子递来递去，喝个不停。一阵欢呼声爆发了：

“来唱个歌！蝙蝠和木腿阿三唱个歌吧！”

几个瞎子当中的一个站起来，揭掉他那双完好无损的眼睛上蒙着的眼罩，准备唱歌。木腿阿三把他那条累赘的木腿取下来，用他那条健全的真腿站在他那位坏蛋同伴身边。然后他们就亮开嗓子，唱了一首嘻嘻哈哈的小调，每唱到一节最后的时候，全体伙伴都跟着合唱起来。后来唱到了最后一节，大家的热情就达到了顶点，所有人都跟着一起唱，把最后一节从头唱到尾，声音洪亮得连屋梁都震动了。那一段动人的歌词是这样的：

别了，我们的窝，
莫忘怀，遥远的路在我们面前；
别了，土地，等待我们的
是树上的吊索和不醒的长眠。
我们将在夜里荡秋千，
在空中摇摇晃晃；
留下我们的破烂衣衫，
让刽子手拿去分赃。

唱完之后，大家就开始谈话，他们并不是用歌词那样的贼帮黑话来谈，他们只有在担心让外人听见的时候，才用黑话交谈。他们在谈话中发现“约翰·霍布斯”根本就不是一个刚入伙的生手，而是曾经在这一帮人里受过训练的角色。大家叫他讲一讲近来的经历，当他提到自己“偶然”打死了一个人的时候，大家都表示由衷地敬佩；随后他又说明那个人是个神父，于是他就得到了所有人的鼓掌欢迎，并且还不得不陪每个人喝一杯酒。老伙计们兴高采烈地欢迎他，新朋友们也以能和他握手为荣。人家问他为什么一去就好几个月，他回答说：

“伦敦城比乡下好，并且近来这几年还比乡下安全些，因为法律太严厉，而且执行起来也很认真。要不是因为出了那桩事情，我还是会在那儿待下去的。我本来已经打定了主意要长住伦敦，再也不到乡下来了——但是后来出了这个案子，我就只好逃出来了。”

他问现在帮里有多少人，名叫“帮头”的贼帮首领回答说：

“整整二十五位，偷东西的、扒口袋的、讨百家饭的、骗钱财的，连那些不务正业的丫头和恶婆娘都算在内。一多半都在这儿，其余的往东边走，打冬天的起发（打起发，一种当时的贼话，意思是行乞、行窃或抢劫）去了。咱们等天亮就跟上去。”

“我在这儿没看见肉疙瘩，他到哪儿去了？”

“可怜的小伙子，他今年夏天不知在什么地方跟人家吵架，让人家打死了。”

“听着真是让人难过，肉疙瘩是个能干的人，也挺有胆量哩。”

“对，他确实是这样的。他的姑娘黑贝西还跟我们在一起，可是她现在不在这儿，跟他们往东去了；她是个好姑娘，举止也挺温和，并不常常喝醉，一个礼拜里顶多也不过醉四天吧（一周喝醉四天左右的人就已经算是守规矩的了，由此可见这些游民的生活是多么的粗俗、放纵）。”

“她一向挺守规矩的——我还记得很清楚——真是个好姑

娘，很值得夸奖。她母亲跟她可没法比，那是个爱吵架的、脾气臭的刁婆娘，但是天生有些鬼聪明，比一般女人强。”

“她就因为这点鬼聪明，才把命丢掉的。她因为会占卜，还有些算命的本事，后来就出了名，人家叫她巫婆。官家把她抓去，用慢火把她活活地烤死了。”

帮头叹了口气，听的人也同情地叹息着，一阵伤心沮丧的情绪暂时降临在这一伙人身上。看来，连硬心肠的流浪者的感情也并非完全麻木的，他们在特别的情况下，也会因为别人的不幸而感到悲伤。但是这些哀悼者随后又一起畅饮了一番，很快就把精神恢复过来了。

“咱们的伙伴还有谁遭了殃吗?”康第问道。

“还有几个——是呀，特别是新入伙的——比如那些小庄稼人，他们的地让人家夺掉了，变成了牧羊场，他们就被弄得走投无路，只好挨饿。他们到外面讨饭吃，让人家抓来捆在大车后面，上身被脱得精光，然后用鞭子抽打，打得皮开肉绽；他们接着去当叫花子，又挨鞭子，各自还让人家割掉一只耳朵；当他们第三次去讨饭的时候，结果人家拿烧红的烙铁在脸上烙上记号，卖他们去当奴隶，他们逃出来，又让人家抓回去，活活地给绞死。但是放心吧，我们这伙人里还没有谁这么倒霉。喂，约柯尔、朋斯、霍纪，你们站出来——把你们身上的装饰都亮出来看看!”

他们三个就站起来，把身上的破衣服脱掉一部分，露出背来，那上面布满了以前挨打的时候留下的一道道鞭痕。他们当中有一个把头发拨开，露出被割去左耳的地方；另外有一个露出了肩膀上烙的字母，他开口说道：

“我叫约柯尔，以前是种庄稼的，刚才帮头说的故事跟我的亲身经历几乎一模一样啊。以前我是一个农夫，有妻子和孩子，但现在，我失去了土地，在乞讨的途中，妻子和孩子也都饿死、病死了。我继续乞讨，最后被当成奴隶卖掉了！英国的奴隶呀——就是你们面前站着的这个人。我从主人那儿逃出来了，我要是让人家逮着的话——哼，咱们英国的法律刑罚这么厉害——我得让人家绞死呀！”

阴沉沉的空中忽然传来一个响亮的声音：

“你不会被绞死的！——那条法律从今天起就作废了！”

大家都转过头望去，看见王子正急急忙忙地走过来；等他在火光中出现，大家看得清清楚楚的时候，就纷纷探询起来：

“这是谁？怎么回事？你是谁呀，小东西？”

这孩子在大家的惊讶和探寻的眼光之中大大方方地站着，用帝王的尊严和风度回答说：

“我是英国的国王爱德华。”

于是大家疯狂大笑，一半是表示嘲笑，一半是表示他们喜欢这个异想天开的玩笑。王子生气了，他严厉地说：

“你们这些无礼的流浪汉，国王给了你们这么大的恩典，你们就是这样表示感谢的吗？”

他继续愤怒地说了一些别的话，还做了一些激动的手势，但是他的话被大家的狂笑声和嘲笑的喊声淹没了。“约翰·霍布斯”大声嚷了好几次，才好不容易让大家安静了下来。他说：

“伙计们，他是我的儿子，是个爱做梦的家伙，是个傻瓜、疯子——别理他——他一心想着自己是国王哪。”

“我确实是国王呀，”爱德华转过脸去对他说，“总有一天你会知道，那时候你就该倒霉了。你刚才供出了自己杀人的罪——你会被处以绞刑的。”

“你打算去告我呀！——你？我要是抓着你的话……”

“喂！喂！”魁梧的帮头赶快插嘴，这才救了王子。他一边嘴里帮着忙，一边伸出拳头，一拳把康第打倒，“你对国王和帮头都不尊敬吗？你要是再在我面前这么无礼，我就要亲手把你绞死。”然后他又对王子说：“孩子，你千万不能吓唬自己的伙伴。你到别处去可得管住自己的嘴，别说自己人的坏话。要是你这疯子乐意当国王的话，那你就当吧，但是你别惹出祸来。你快把刚才说出来的称呼甩开吧——那可是犯死罪的，我们这些人虽然犯了些小小的过错，算是坏人，可是我们当中谁也不会坏到背叛国王呀，我们对国王都是很忠心、很敬爱的。你看我说的是不是真话吧——喂，大家一齐喊：‘大英国王爱德华万岁！’”

“大英国王爱德华万岁！”

响应的呼声从那各色各样的一群人当中像响雷一般发出来，以致那歪歪斜斜的房屋随着这阵喊声震动了。王子的脸上浮现出一丝喜色，他微微地点一点头，用庄严而自然的语调说：

“我谢谢你们，我善良的子民。”

这个预料之外的结果又使大家笑得直不起腰来。等到稍微恢复了几分安静的时候，帮头就温和又不失严肃地说道：

“别这样了，孩子，这不是个聪明的玩笑，并且还不合适。你要是非得靠胡思乱想来寻开心，那也不要紧，可是你得改个称呼才行。”

有一个补锅匠尖声地喊起来，提出一个建议：

“疯子一世，傻子国的国王！”

这个称号立刻就受到了众人的欢迎，每个人都拉开嗓子响应，大家吼成了一片：

“傻子国国王疯子一世万岁！”跟着便响起了一阵又一阵打雷似的哄笑。

“把他拥过来，给他戴上王冠！”

“给他权杖！”

“请他登上宝座！”

“给他穿上御袍！”

几乎在这个小可怜虫还没有来得及喘一口气的时候，那些人就拿起一只锡盆当作王冠给他戴上了，他的身上也让他们披上了一条破毯子，算是御袍；他们还把他推搡（sǎng）到一只木桶上登了“宝座”，又把补锅匠的焊烙铁塞到他手里，当作权杖。然后大家围着他齐刷刷地跪下，发出一阵嘲讽的哭诉声和哀求声：

“慈悲的国王啊，请您给我们开恩吧！”

“高贵的陛下啊，请您饶恕我们这些可怜虫吧！”

“可怜可怜您的奴才吧，请国王赐我们一脚，叫我们痛快痛快吧！”

“皇恩浩荡的国王啊，请您把御脚在地下踩一踩，让它沾上点皇家的福气，好让我们来吃那地下的土，把我们也变得高贵一点吧！”

那个幽默的补锅匠上演了那天晚上最精彩的节目，得到了人们的一致喝彩。他跪下来，假装要亲吻王子的脚，结果被王子愤怒地踢了一脚；他挨了这一脚，就到处找人讨一块布片，要贴在他脸上被王子踢过的地方。他说那块地方一定要好好地保护起来，不让肮脏的空气接触，还说他可以到大路上去到处走，揭开来给别人看，谁想看就必须给他一百个先令，他一准能靠这个发财。他的笑话说得非常有趣，因此成了那伙流浪汉眼中的明星人物。

愤怒和屈辱的眼泪在那王子的眼眶里直打转，他心里这么想："就算我冤枉了他们，他们也不应该对我这么狠心呀——可是我已经答应给他们施恩，一点也没有亏待他们——他们却还是这样对待我！"

三　在游民中

这些游民在黎明时分就出发了，开始了他们的远行。头顶是阴沉的天，脚下是泥泞(nìng)的地，空中有冬季的寒气。这一群人的快乐情绪完全不见了，有的垂头丧气、默不作声，有的烦躁而易怒，谁也不轻松愉快，大家都觉得口渴。

帮头把"贾克"交给雨果负责，并且命令约翰·康第离这孩子远一点，不要惹他；他还警告雨果，不许对他过于粗暴。

过了一会儿，天气渐渐晴朗起来，厚厚的云层散开了一些。那群人不再哆嗦了，他们的精神也开始好转，越来越愉快，后来就开始互相戏弄，并且还捉弄大路上的过往行人。这就表示他们的心情已经恢复了，重新找到了生活中的乐趣。人家碰见他们这帮家伙就让路，对他们那些无礼的捉弄都温顺地忍受着，简直不敢回嘴。有时候他们把篱笆上晾着的麻布织品抢走，主人只是睁眼望着，也不敢抗议，反而好像是因为他们没有把篱笆一起拿走而表示感谢似的（语言夸张，幽默风趣，生动地体现了人们对游民既厌恶又害怕的心情）。

后来，他们侵入了一个小农庄，在那儿毫不客气地命令人家招待他们。这个农家的主人和他一家人颤抖着把全部食物都拿了出来，供给他们一顿早餐。他们从主妇和她的女儿们手里接过食物的时候，对她们开些粗俗的玩笑，还要给她们取些有意侮辱的绰号，冲着她们哈哈大笑。他们把骨头和菜叶往那农人和他的儿子们身上扔，使他们老是躲来躲去，要是打中了，他们就兴奋地尖叫。临别的时候，他们还警告这家人，如果把他们干的事情传出去，让官府知道了，他们就要回来烧掉这所房子，把他们全家人都烧死。

中午的时候，经过一段艰苦的长途步行之后，这帮人在一个相当大的村子外面的一道篱笆后面停住了。大家休息了一个钟头，然后就分散成好几队，从不同的地点进入这个村庄，各自施展他们的绝技。“贾克”被分派和雨果同去。他们到处乱逛了一会儿，雨果老在找机会偷点东西，可是一无所获——于是后来他说：

“这个地方真是糟糕，我找不到什么可偷的，咱们只好去讨钱了。”

“‘咱们’？你说得真好！你去干你这本行吧。我可不去当乞丐。”

“你不当乞丐？”雨果用惊讶的眼光盯着王子，大声喊道，“请问你是什么时候改行的？”

“你这是什么意思？”

“什么意思？你不是一辈子都在伦敦街上到处讨钱吗？”

“我？你这浑蛋！”

“你别随便骂人——省着点用吧。你父亲说你向来是个讨钱的，该不会是他撒谎了吧？”雨果嘲笑地说。

“你觉得那家伙是我父亲吗？是呀，是他撒谎。”

“算了，别在这里装疯卖傻了，伙计；你拿它来寻开心倒不要紧，可别自找苦吃。我要是把你这句话告诉他，他非狠狠地揍你一顿不可。”

“用不着麻烦你去说，我自己会告诉他。”

“我很喜欢你这种不怕死的骨气，实在是喜欢，可是我不佩服你的见识。咱们过的日子本来就够难受的了，干吗要发神经去挨上一顿揍呢。别再来这一套了吧，我可是相信你父亲的。当然，他也不是不撒谎，我们当中最棒的家伙也撒谎哩，可是这桩事情他可用不着撒谎。撒谎是一种好本领，聪明人绝不会随便糟蹋它。好吧，算了，你既然不打算去讨钱，那咱们到底干什么才好呢？去抢人家的厨房怎么样？”

王子很不耐烦地说：

“你不要再胡说八道了，我心里烦得很！”

雨果刚要生气地教训他，忽然转了个话题说道：

“安静！有个人来了，他的样子还挺和气哩。我现在假装得了急病倒在地下。等那个陌生人走到这里，你就哭起来，跪在地下，紧接着你就大声喊叫，说：‘啊，先生，他是我可怜的、受病痛折磨的哥哥，我们现在相依为命，您看在上帝的面子上，发点慈悲，对这疾病缠身的、无依无靠的可怜虫望一眼吧；丢一个便士给这个快死的人吧！’——你可得记住，一直哭一直哭，不把他的钱哄到手就哭个不停，你要不这样做我准叫你吃苦头。”

然后雨果就开始摇摇晃晃地倒在地上，然后呻吟、叫喊，眼珠子直转。那个陌生人快到身边的时候，他就惨叫一声，开始装出剧痛的样子，在灰土中翻来覆去直打滚。

“哎呀，哎呀！”那仁慈的陌生人惊呼道，“啊，可怜的人，可怜的人，他多么痛苦呀——喂，让我把你扶起来吧。”

“啊，好心的先生，您别扶我，我这个病一发作就不能碰，碰一下就痛得要命，我弟弟最清楚这一点。看在上帝的面子上，好心的先生，给我一个便士吧，让我买点东西吃吧。别的您不用管，让我自己受罪吧。”

“一个便士？可怜的人，我给你三个便士吧。”——他连忙伸手在口袋里摸钱，拿出三个便士来。“你拿着吧，可怜的小伙子，我很愿意帮你的忙。喂，小孩儿，过来吧，你帮我把你这有病的哥哥扶到那边那个房子里去吧，我们可以在那儿……”

“我不是他的兄弟。”王子打断了他的话。

“什么？你不是他的兄弟？”

“啊，听哪！”雨果呻吟着说，同时暗自咬牙切齿。

“他连他的亲哥哥都不认了——眼看他哥哥就要病死了呀！”

“小孩儿，他要是你的哥哥，你可真是太狠心了。真丢人！——他简直连手脚都不大能动了。他要不是你哥哥的话，又是谁呢？”

“乞丐和小偷！他拿到你的钱，还想扒了你的口袋哩。你要是愿意把他的病治好的话，我给你开个仙方，只要给他肩膀上揍两棍，别的你就不用管了，让老天爷安排吧。”

可是雨果并没有等着人家实验那个仙方，他就立刻站起来，一阵风似的跑掉了；那位先生在后面直追，一面跑，一面拼命地嚷着捉贼。

四 逃进农家

王子终于找到了脱身的机会，于是他立即往相反的方向逃跑，直到脱离了危险，才放慢了脚步。他找到第一条大路，就顺着它走，不久就把那个村子甩在身后了。他尽量迅速地往前赶，一直走了几个钟头，一边走一边提心吊胆地回头看看，以防有人追他，后来他终于摆脱了恐惧心理，慢慢放松起来。这时候他才感觉到又累又饿，于是他就在一个农家门前停下来，但是他正要开口说话，就被人一声喝住，被很粗鲁地赶走了。原来是他身上的衣服对他不利。

他继续向前走去，心里又气愤又委屈，决心再也不让自己这么受人怠慢了。但是饥饿毕竟控制了自尊心，于是天快黑的时候，他就来到另一个农家去碰碰运气，可是这回他比上次碰的钉子更大，人家不仅把他臭骂了一顿，还威胁他如果不马上走开，就要把他当作游民逮捕起来。

夜晚来临了，寒气袭人，双脚疼痛的王子继续慢吞吞地走着。他不得不继续走，因为他只要一坐下来休息，马上就觉得寒气直钻骨髓。他在又冷又黑的夜里缓缓移动着，这种感觉和经历对他来说都是新奇的，当然也是痛苦难熬的。每过一会儿，他会听见一些声音从远方传来，再由他身边飘过，渐渐地低下去，变为寂静无声。他听不出这些声音究竟是由什么东西发出来的，只见一种模糊飘荡的影子，所以他觉得这一切都像是有一伙妖魔在作怪似的；这不免使他发抖。他偶尔也会瞥见远处有一道光一闪而过，好像是从另一个世界射出来的似的；如果他听见羊铃叮当的响声，牛群沉闷的叫声，或者狗哭诉似的嚎叫，那也是遥远的、模糊不清的，总是一阵阵飘过去就听不见了。这些遥远的声音使王子感觉到一切生命和活动都与他相隔很远，感觉到他自己是孤苦伶仃、举目无亲的，正站在一片无边无际的旷野的中心（心理描写，将抽象的心理活动描绘成具体的画面，形象地写出了王子的困境，语言极富感染力，能让读者产生共鸣）。

王子就在这些恐怖的境况之中，跌跌撞撞地前进，偶尔被头上沙沙作响的树叶吓一跳，因为那种响声很像有人在窃窃私语。后来他忽然看见近处一只铁制灯笼放射出来的忽明忽暗的光。他向后退到阴影里等待着，那只灯笼放在一个谷仓敞开的门口。王子等了一会儿，里面没有什么响声，也没见人的身影。他静立在那儿，冷得直发抖，那舒适的谷仓又对他诱惑力很大，因此他后来终于不顾一切危险，决定要进去。他快速地、偷偷地迈步往里走，当他迈过门槛的时候，就听见后面有人说话。他连忙闪避到谷仓里的一只大桶背后，弯下身去藏起来。两个农家的长工提着灯笼进来了，他们一面开始工作，一面谈话。王子趁他们提着灯笼到处走动的机会，拼命睁开眼睛四处看，发现这个谷仓另一头好像有个不小的牛栏，他把它的方位牢牢记住了，预备等到只剩下他一个人的时候，就摸索着上那儿去。他还看清楚了半路上一堆马毯的位置，打算到时候征用一下，给大英国王使用一夜。

没用多久，那两个人就做完了他们的工作出去了，他们随手在外面把门扣上，带着灯笼走了。浑身发抖的王子在黑暗中尽量迅速地往那些毯子那边走；他把它们拿起来，然后小心地摸索着到牛栏里去了。他把两条毯子铺在地下当床铺，然后把剩下的两条盖在身上。虽然毯子又薄又旧，而且不大暖和，还发出一种刺鼻的马臭，但这时候他感觉自己已经是个很快乐的国王了。

王子不仅又饿又冷，而且又累又困。最后还是疲惫的感觉占了上风，因此，他很快就进入了半醒半睡的状态。他将要完全入睡的时候，却清清楚楚地感到有个什么东西碰到他身上来了！他立刻吓得完全清醒过来。那个神秘的东西在黑暗中轻轻地碰了他一下，这几乎使他的心跳停止了。他躺着不动，屏住呼吸倾听着。但是并没有什么东西动弹，也没有什么声音。他继续倾听。又等了很长的一段时间，仍旧没有什么动静。因此他终于再一次打起瞌睡来，但是他突然又觉得那个神秘的东西碰了他一下！真是恐怖，这使得这个一向怕鬼的孩子感到惊慌失措。他是否应该离开这个相当舒适的地方，逃避这不可思议的恐怖呢？可是逃到哪儿去？谷仓的门已经被关上了，根本就出不去，那么就在原处待着，眼睁睁地忍住这种活受罪的滋味？不。那么，还有什么办法呢？啊，只有一条路可走，他很清楚——他必须伸出手去，找到那个东西！

很多事情都是这样，想想倒是容易，真正壮起胆子来试一下可就难了。他三次小心翼翼地向黑暗中稍微把手伸出去一点，每次都吓得喘着气猛缩回来——并不是因为他的手真的碰到了什么东西，而是因为他觉得一定是快要碰到什么了。当他第四次再往前摸过去时，他把手伸远了一点，轻轻地触到了一个又软又温暖的东西。这一下几乎把他吓呆了，他想象着那东西是一具死去不久的、还有些温热的尸体。他觉得他宁死也不愿意再摸它一下了。但是，人类的好奇心有一种非凡的力量，过了不久，他的手又哆哆嗦嗦地摸了过去。后来，他的手碰到了一绺（liǔ）长发，他打了个寒战；但是他没有停下，而是顺着那绺头发往上摸，结果就摸到了一个什么东西，感觉像是一根暖和的绳子；再顺着那根绳子往上摸，终于摸到了一头老老实实的小牛！原来，他刚才摸到的根本就不是什么头发，也不是绳子，而是小牛的尾巴。

王子不免感到由衷的惭愧，因为一只睡着了的小牛这么个小东西，他竟然受了那么大的惊，吃了那么大的苦；但是他其实不必这样想，因为使他恐惧的并不是那头小牛，而是那头小牛所代表的一种根本不存在的东西；在以前那种迷信的年代，随便哪个小孩在这种情况下都会和他有同样的举动，并且也会同样吃苦的。

王子接着就高兴起来，有了这头小牛给他做伴，他感到自己并不是那么寂寞了。多日以来，他都孤苦伶仃、没有朋友，因此现在能有一个下贱的畜生和他在一起，他也是很欢迎的。何况他在自己的同类那里遭到了那么无情的虐待，受了那么大的打击，因此他现在觉得自己终于有了这么一个生物当伙伴，虽然它也许没有什么高尚的品德，却至少有一颗柔软的心和温和的脾气，无论如何总算使他感到了真正的安慰。所以他决定抛开自己的高贵身份，和这头小牛交朋友。

小牛离他很近，伸手就能够着。他一面抚摸着小牛那温暖而光滑的背，一面想到他还可以利用这头小牛派点别的用场。于是他就把他的床铺重新整理了一下，紧紧铺在小牛身边，然后他贴着小牛的背睡觉，扯起毯子把他自己和他的朋友都盖起来（这一细节，体现了王子善良博爱的品性）。没过几分钟，他就觉得温暖舒适极了，简直就和他从前在威斯敏斯特宫里躺在鹅绒床上一样。

愉快的感觉立刻就产生了，生命显得有趣味了。他摆脱了压迫和罪恶的束缚，摆脱了那些无耻和野蛮的盗匪；他获得了温暖，找到了栖身之所；总而言之，他快活了。夜间的风肆虐起来，在外面一次次狂暴地扫过，把这座老谷仓吹得震动起来，到处嘎啦嘎啦地响。但是这在王子听来居然都成了美妙的音乐，因为他实在是很舒适、很愉快。让它尽情地去吹，让它尽情地去吼吧。他都不在乎，反而还觉得很有趣。他只要跟他的朋友偎得更紧一点，心里就有一股十足的温暖惬意的滋味，随后就满心欢喜地进入了那安静甜美的睡乡。远处狂风还在刮个不停，各种牲畜还在哀鸣，还有一阵一阵的暴雨在屋顶上扫过；可是大英国王却睡得很酣畅，没受到任何搅扰；小牛也是一样，因为它是个老老实实的畜生，既不会被狂风暴雨所打搅，也不会因为和王子同榻（tà，狭长而较矮的床，泛指床）而睡不安稳。

王子一早醒来的时候，发现一只浑身湿透而又如同鬼灵精的老鼠在夜里爬到这里来，把他的胸口当作舒适的床铺睡着了。现在它受了惊动，慌慌张张地逃跑了。这孩子笑了一下，说："可怜的笨蛋，为什么要这么害怕？我和你一样倒霉啊！我自己也走投无路了，要是我也欺负走投无路的，那可就太无耻了。不但如此，我还得感谢你给我带来的好兆头，因为一个国王竟然沦落到连老鼠都在他身上搭铺，这就是说他的运气快要好转了，因为他显然不能比这更倒霉了。"

他从地上站起来，走出牛栏，正在这时候，他听见了孩子们的声音。谷仓的门打开了，两个小姑娘走进来。她们看见他，马上就停止了谈话，也不笑了；她们停住了脚步，站在那儿好奇地注视着他；她们随即开始低声交谈，然后走近一点，又站住盯着他，低声交谈。后来她们终于鼓起勇气，当着他的面大声地议论起他来了。有一个说：

“看，他的脸蛋儿长得挺俊的。”

另外那一个接着说：

“头发也很漂亮。”

“就是衣服够破的了。”

“瞧他那样子准是饿坏了。”

她们再走近一点，很害羞地围着他转，从各方面仔细打量他，好像他是一种什么新奇的动物一般；但是同时她们的戒备心理也很强，就像担心他可能是一种随时都会咬人的动物似的。最后她们还是在他面前站住，互相拉着手，做出警戒的准备，同时用她们那两双天真的眼睛把他看了个清清楚楚，然后她们当中有一个鼓足了勇气，直截了当地问道：

“小孩儿，你是谁？”

“我是国王。”这孩子郑重地回答。

那两个女孩子一下子把眼睛睁得很大，露出了吃惊的神情，她们这样持续了半分钟，没有作声。后来还是好奇心打破了沉默：

“你是国王？什么国王？”

“英国的国王。”

那两个孩子互相看了一下，又看了看他，然后又互相看着，一副又怀疑又慌张的样子。然后，其中一个说道：

“你听见他说的话了吗，玛吉丽？——他说他是国王哩。这话靠得住吗？”

“怎能靠不住呢，普丽西？难道他还会说谎吗？你听我说吧，普丽西，这话要是靠不住，那就是他在撒谎。他肯定不是撒谎喽。你想想吧。因为凡是靠不住的话都是谎话——你反正得不出别的结论来。”

这番论证说得很好，很严密，一点儿没有漏洞，这就使得普丽西的半信半疑的心理站不住脚了。她想了一会儿，然后就叫王子说真话：

“你如果真是国王，那我就相信你。”

“我真是国王。”

问题就这样解决了。她们没有再盘问，也没有任何争论，就承认了他的国王身份。接着，那两个小姑娘就开始问他怎么会上这儿来的，怎么会穿得根本不像个国王的样子，问他打算上哪儿去，还问了他许多别的事情。他现在感到非常欣慰，终于可以痛痛快快地把他的不幸遭遇说出来了，而且不会被人嘲笑，也没有被怀疑。他无比激动地讲述着自己的故事，甚至连饥饿都暂时忘记了。那两个好心的小姑娘一边听他讲述，一边表示非常深切和诚挚的同情。但是后来他说到最近的遭遇，她们听说他已经很久没有吃过东西，就马上让他别再讲下去了，叫他赶紧到她们家里去，好好地吃上一顿早餐。

现在王子十分高兴，他心里想：“等我以后恢复身份，我一定要记着尊重儿童，记住这两个孩子怎样在我遭难的时候信任我，相信我的话；而那些大人们、自以为比小孩子聪明的人却拿我开玩笑，把我当作一个撒谎的人。”

那两个小姑娘的母亲很亲切地接待了王子，对他充满同情，因为他那流离失所的惨状和那似乎是神经错乱的头脑触动了她那温柔的心。她是个寡妇，家里相当穷，因此也饱受苦难，对不幸的人非常怜悯。她猜想这个疯癫的孩子大概是从家里或者朋友那儿跑出来的；于是，她极力想要问清楚，他究竟是从什么地方来的，这样她才能想办法把他送回去；但是当她提到附近的市镇和村庄，还有这些地方的一些事情，这孩子的神色和他的回答表示那些都是他所不熟悉的。他极为自然地谈到宫廷里的事情；当他谈到他那已故的“父王”的时候，他还不止一次地痛哭起来；每逢话题转到比较粗俗的事情上面去，他马上就失去兴趣，一声不响了。

这妇人困惑极了，但是她还是没有放弃。她一边做饭一边想办法，打算从这孩子口中套出他真正的秘密。她谈到牛——他表示不感兴趣；又谈到羊——结果还是一样——这证明了他原先是个牧童的猜想是错的。她又谈到磨坊，谈到补锅匠、织布匠、铜匠、铁匠等各行各业的人；又谈到监狱、疯人院和收容所；可是说来说去，全都没有结果。不过也不算完全没有收获，因为她认为在许多事情都谈过了之后，她总算缩小了范围，只有家庭的仆役没有谈到了。不错，他一定是给谁家当过用人。她知道现在终于把猜测的方向找对了，于是她就把话题引到那上面去，但结果还是让她失望。关于扫地的话题他表示厌烦，关于生火、擦地板和洗刷的工作也全都引不起他的兴趣。然后这位主妇以近于绝望的心情谈到了烹饪（rèn）的问题。让她惊喜的是，王子脸上立刻就喜形于色了！哈，她心里想，这次终于摸清了他的底细，她对自己的机智感到非常得意。

这时候，她那疲惫的舌头终于可以休息一会儿了。王子一直饥饿难耐，又闻到锅里正冒出一阵阵香味，所以一听人谈到吃的问题，就兴致大增。于是，他就滔滔不绝地说了起来，几分钟之内就提到了许多菜名。那妇人就在心里暗想：

“我果然猜对了——他原来是给人家厨房里做帮工的！”后来他又说了许多菜的美味，并且谈得津津有味，劲头十足；于是这位主妇又想道：“天哪！他怎么会知道这么多的菜，并且还都是非常讲究的呀？只有有钱人家的席上才会摆这些菜哩。啊，我明白了！他虽然是个穿得破破烂烂的流浪儿，以前他没有发疯的时候，一定是在王宫里当过差；对，他一定在国王的御厨里帮过忙！我得试他一下。”

她急于验证自己的判断，于是就吩咐王子替她看一会儿火——暗示他，只要愿意的话，他还可以另外多做几道菜——然后她就走出去，还把两个女儿也叫了出去。王子嘟囔着说：

“在古时候，英国有一个国王——亚尔弗烈大帝，也让人家吩咐着干过这种事情。现在也有人叫我来干，也就不算有损我的尊严。不过我要做得比那个古代皇帝好一点，因为他把饼子烧煳了。”

他的想法是很好的，但是做起来并不如愿。这位国王也跟从前那一位一样，一边做菜一边想起了皇家大事，结果就发生了同样的不幸——锅里的菜烧坏了。这个时候，幸亏那妇人回来了，挽救了那顿早餐，没有让它完全毁掉。她将王子大骂了一顿，使他从梦想中清醒过来。但当她看到王子因为把她所吩咐的事情弄糟了而非常难过的样子，她就立刻缓和下来，恢复了和蔼可亲的样子。

这孩子美美地饱餐了一顿，马上就心满意足起来。这顿饭有一个奇特的地方，那就是双方都没有计较身份，可是双方都接受了这番盛情而彼此却根本不知道（总领句，引起下文，激发读者思考）。那位主妇本来打算就像她对其他任何一个流浪汉或是一条狗那样，拿些残汤剩饭招待这个流浪儿，叫他到一个角落里去吃；但是她因为刚才骂了他一顿，心里很后悔，所以打算设法补偿一下，于是就让他跟她这一家人坐在一起，和她们这些比他体面的人一同吃饭，看起来与她们保持平等。王子这方面却因为这家人对他那么好，而他却把受托的事情弄糟了，觉得非常抱歉，于是他就叫自己屈尊一下，没有独自占据人家的餐桌，也没有叫那妇人和她的女儿们站在旁边伺候，而是和这家人处于平等地位，共同进餐，借此弥补刚才的过失。有时候，少讲点规矩，对大家都有好处。这个好心的女人暗自称赞自己宽宏大量，能如此优待一个流浪儿，因此一整天都很快活；王子也因为自己对一个身份低微的农家妇女那么谦虚而感到同样的自豪。

吃过早饭之后，这位主妇就吩咐王子洗盘子。这个命令使王子感到为难，可是他再次想到了亚尔弗烈大帝，于是就答应了下来。

他的工作做得很糟糕，这是出乎他意料的，因为他原以为洗洗木头盘子和木头调羹（tiáo gēng）是很容易的事。谁知这个活儿却很麻烦，他用了好大一会儿工夫才终于把它做完了。这时候他就渐渐有些焦急，想要离开这里，再往前走；可是他要摆脱这个擅长精打细算的主妇，也没有那么简单。她又给了他一些零碎活儿，他都规规矩矩地替她做了，而且做得相当好。随后她又叫他和那两个女孩一起削几个苹果；但是他对这个工作不太熟练，于是她又让他去磨菜刀，后来她又叫他梳了很久的羊毛。他觉得像他目前这种了不起的纡尊降贵（降抑尊贵的地位。纡，yū）的精神，已经大大地超过了亚尔弗烈大帝，将来一定能在故事书和历史书里被传为美谈，因此他也就有点儿想要告辞了。后来，吃过午饭后，这位主妇叫他把一筐小猫拿去淹死，他就决定必须马上告辞了。他觉得他帮助那个女人做事，总得有个界限；现在趁着淹小猫的机会就此告辞，似乎是很合适的。但就在这时候，偏巧有两个人来到了她们家的大门口。来人正是约翰·康第，还有雨果！

在这两个坏蛋还没有来得及看到他的时候，他就发现他们的身影了；于是他就暂时不去想离开的问题，赶快提起那一筐小猫，悄悄地从后门溜了出去。他把那些小猫放在外面一个小屋里，然后急忙钻到后面一条狭窄的巷子里去了。

五　杀人隐士

一道很高的篱笆挡住了他的视线，使他看不见那户人家了，在强烈的恐惧之下，他使出了所有的力气，飞快地向远处一个树林跑过去。他一直不敢往回看，直到跑进了足以掩蔽自己的树林深处，才回过头去，一眼就看见老远有两个人影。那就足够了，他可没有时间仔细打量他们，就赶快往前跑，一直跑进了树林中光线微弱的深处，才放慢了脚步。又过了一会儿，他相信自己已经相当安全了，于是站住了。他用心地听着，但是林中一片严肃深沉的寂静，四处都是一样，令人感到阴森森的。没过多久，他那紧张的耳朵又听见一些声音，但它们都很遥远、神秘，似有似无，这些声音比它们所打破的沉寂更叫人害怕。

起初他打算就在原地待着，度过那一天剩余的时间；但是不久就感到一阵寒气侵入了他冒汗的身体，他不得不恢复活动来暖和　点。他一直穿过森林前进，希望马上就可以钻出去，走到一条大路上，可是他失望了。他继续往前走去，但是他越往前走，树林就越是稠密，后来光线开始暗淡下来，王子发现，夜幕很快就降临了。想到要在这么一个可怕的地方过夜，他不禁打了个冷战；于是他就尽力再跑快一点，结果速度反而越来越慢，因为此时他已经看不清楚了，迈步都迈不准了；结果总是被葛藤缠住，被树根绊倒，被荆棘挂住，很难走动了（排比句，罗列出了王子在密林中行走所遇到的种种障碍，既写出了他奔逃之艰辛，也侧面展现了其疲惫不堪的惨状）。

当他终于在前方看到一道亮光时，他实在是太高兴了！他一边向四周张望着，一边小心翼翼地走近。那道光线是从一所小棚子上一扇没有装玻璃的窗户里射出来的。这时候，他听见里面有三个声音，于是打算跑开藏起来，但是他立刻就改变了主意，因为那个声音好像是在祈祷。他悄悄地溜到那扇窗户外面，踮起脚尖来，偷偷地往里面看去。那间屋子是很小的；地面是天然的泥土，已经被踩实了；屋角有一个铺着灯芯草的卧铺，上面放着一两条破烂的毯子；附近有一只杯子、一只盆子、一只水桶、两三只罐子和炒菜的锅；还有一只三条腿的凳子和一只短短的条凳；炉灶里还有一堆柴火的余烬在冒烟；在一个只点一支蜡烛照明的神龛前面，跪着一个老年人，他身旁有一只旧木箱，上面摆着一本书和一颗人头骨。这个人的身材又高又瘦；他的头发和络腮胡子都很长，而且全是雪白的；他穿着一件羊皮长袍，从脖子一直垂到脚跟。

“这是个神圣的隐士！”王子心里想道，“我现在真是幸运啊。”

等隐士站起来的时候，王子敲了敲门。一个深沉的声音回答说：

“请进！但是你要把罪恶留在门外，因为你将立足的地方是圣洁的！”

王子走进门去，然后又站住了。隐士把一双闪闪发光、惴惴（形容又发愁又害怕的样子。惴，zhuì）不安的眼睛转过来望着他，问：

“你是谁?”

“我是国王。”回答的声音是单纯而沉着的。

“欢迎，国王！”隐士热情地喊道。然后他一边狂热地忙活着，一边不住声地说：“欢迎，欢迎。”他把条凳靠近炉灶摆好，请王子在上面就座，又往火里扔了几捆柴，最后就兴奋不已地迈着大步来回走着。

“欢迎！有许多人曾经到这个圣地来求得保佑，但是他们都不配，结果全让我赶走了。一个国王不惜离开王位，抛开国王那种无谓的豪华，穿起破衣服来到这儿，决心要把一生献身于圣洁的生活，让肉体受罪，苦苦修行，这样的人是受欢迎的！——我决定让他在这里终身安居，一直到死为止。”王子很想打断他的话，向他解释一番，但是隐士根本不理睬他——或者压根儿没有听见他的话，只顾继续说他那一套，而且声音越来越高，越来越起劲。“你在这里一定能平安无事。上帝既然感动了你，使你放弃了那种空虚而愚蠢的生活，上帝就不会让人轻易找到你的避难之所，恳求你回去再过那种日子。你可以在这里研究《圣经》；你可以每天都祈祷，或者冥想人间的愚行和虚妄之事，以及来世的高尚生活；你可以用干面包皮和野菜充饥，每天只喝白水，你一定能获得安宁；你可以穿一件马毛编的贴身衬衣，每天用鞭子抽打你的身体，使灵魂纯洁。这里非常僻静，无论谁来找你，都会扑个空；上帝决不会让他找着你，也决不会让他伤害你。”

这位老人停止了高声谈话，开始低语，并且继续走来走去。王子趁着这个机会，开始申述他的遭遇；他滔滔不绝地说着，语调因不安和恐惧显得颇为激动。但是隐士继续喃喃低语，根本不理睬他的话。后来他一面低语，一面走到王子身边，用动人的声调说：

“别说话！我告诉你一个秘密！”他弯下腰去正想说出这个秘密，又控制住了自己，做出静听的姿势。一两分钟之后，他就踮着脚尖走到窗口，把头伸出去，向着外面无边的夜色悄悄张望了一会儿，然后又踮着脚尖走回来，把他的脸紧靠着王子的脸，低声说道：

“我是个大天使（又称天使长或总领天使，是常见于宗教传统之中的天使）呀！”

王子吓了一跳，心里想道：“我宁愿请上帝让我再跟那些歹徒在一起，也不愿意像现在一样，成为一个疯子的俘虏啊！”他感到恐惧极了，并在脸上表露无遗。隐士用激动而低沉的声音继续说：

“我看出你感觉到我这里的气氛了！你脸上有敬畏的神色！无论谁来到我这儿，都不免受这种影响，因为这就是天堂的境界。我只要一眨眼的工夫，就可以往返天堂一次。五年前，我就是在这里被封为大天使的。那天，上帝派来了一些天使，专程来把这个尊贵的职位委派给我。天使们到了这里，使这个地方一下子充满了耀眼的光辉。他们向我跪下了，国王！真的，他们向我跪下了！因为我比他们更加伟大。我在天堂的神殿里走过，亲眼见过上帝，还跟圣祖们谈过话。你不要怕，摸摸我的手吧，好好摸一摸吧。好了，现在你摸过亚伯拉罕、以撒和雅各（亚伯拉罕、以撒是希伯来人的先辈，即上文所说的“圣祖”。雅各是以撒的儿子）握过的手！”他停了一会儿，故意使他的话更加有力；他忽然变了脸色，愤怒地大声说道：“是的，我是个大天使，但也只是个大天使而已！——我本来是该当教皇的人！这是千真万确的。二十年前，我在梦中听到上帝这么说的；啊，真的，我本是可以当教皇的！——我应该当教皇，因为这是上帝的旨意——但是国王解散了我的教会，于是我这可怜的、无名的修道士就变得无依无靠了，被抛弃到冷酷的尘世，还被剥夺了那个非凡的使命！”于是他又开始叽里咕噜地抱怨，还用拳头捶打额头，时而怒气冲冲地发出一句恶毒的诅咒，时而又很感伤地说：“现在我就只是一个大天使——我这本来该当教皇的人！”

他持续不断地说了一个小时，那可怜的王子只好干坐在那儿受罪。后来这老人的狂怒消失了，变得非常和蔼可亲，声调也温和起来。他离开了幻想的境界，开始说些普普通通的、富有人情味的闲话，说得非常亲切自然，因此他很快就完全赢得了王子的好感。这年老的忠实教徒把那个孩子移到离火炉更近的地方，使他更舒服一些；他用他那慈祥而灵巧的手治好了他身上那些跌伤和擦伤的小地方，然后就动手准备晚餐——他一面不断地闲谈着，一面不时地伸手摸一摸这孩子的脸，或是拍一拍他的头。于是没过多久，王子被那位“大天使”所引起的反感和恐惧都转变成对这个老人的尊敬和喜爱了。

他们两人吃晚饭的时候，这种愉快的气氛还在持续着。后来隐士在神龛前面做过祈祷之后，就把这孩子送到隔壁的一间屋子里去睡觉，并替他把被子盖好。他那种温柔慈祥的态度，简直像做母亲的一样；他跟这孩子亲吻了一下才离开，然后回到炉火旁边坐下，心不在焉地拨弄着燃烧的柴火。过了一会儿，他就住手了，紧接着用手指在脑门子上轻轻敲了几次，好像是要回想一件忘记了的事情。显然他是想不起来了。后来他突然一下子跳起来，走进他客人的那间屋子里去，说：

“你是国王？”

“是的。”王子用困倦的声音说。

“你是哪个国家的国王？”

“英国的。”

“英国的？那么亨利死了！”

“是的。我就是他的儿子。”

一种凶恶的神色浮现在隐士的脸上，他满怀仇恨地捏紧了他那双瘦削的手。他站了一会儿，急促地喘了几口气，一连啐（cuì，用力吐出来）了几次口水，才用沙哑的声音说：

“你知道就是他把我们赶出来，使我们无家可归的吗？”

没有回答。老人弯下身子，仔细看了看那孩子平静的面孔，听了听他那平静的呼吸，说：“他睡着了——睡得很香哩。”他脸上恶狠狠的表情不见了，换了一种恶毒的笑意，然后就走开了。

他在屋里悄悄地走来走去，到处寻找一件什么东西。他随时停下来听一听，随时摇着头四处张望，迅速地往床上瞅一眼，他老是嘀嘀咕咕地说个不停。后来他终于找到了他所需要的东西——一把锈了的砍刀和一块磨刀石。然后他悄悄地溜回他原先坐的地方，坐下来开始慢慢地磨那把刀。

老人只顾全神贯注地磨刀，好像忘记了周围的一切。每隔一段时间，他就用大拇指摸一摸刀刃，然后满意地点点头。“锋利一些了，”他说，“是的，更加锋利了。”

时间很快地过去了，他一直安安静静地工作，对自己心里的想法感到快意，还偶尔清清楚楚地说出他的心事来：

“他的父亲把我们毁了，现在轮到他下地狱去遭火烧了！是的，让他下地狱去遭火烧！这是上帝的意旨，我绝不能放过这个机会。是的，他逃不了地狱里那永恒的火，那种火是烧得很惨的，毫不留情的——那种火是永远烧着的！”

他就这样一边磨着刀，一边嘟囔着——有时候还发出一阵低声的狞笑——有时候又突然把心里的话说出来：

“都是他的父亲害苦了我。我只当了个大天使——要不是因为他的话，我就当教皇了！”

王子动了一下身子。隐士悄悄地走到床边，跪在地下，弯着身子在那蜷（quán）卧着的躯体上举起刀来。那孩子又动了一下，他的眼睛还睁开了一会儿，但是他什么也没有看见，随即就恢复了平静的呼吸，表示他又睡得很酣了。

隐士静静地等待和倾听了一会儿，仍旧保持着原来的姿势，几乎停止了呼吸；然后他慢慢地把胳臂放下来，随即又悄悄地走开了，嘴里嘀咕道：

“现在快要天亮了——万一他嚷起来，碰巧有人路过这里，那可就不太好了。”

他无声无息地在小屋子里溜来溜去，东捡一块皮条，西捡一根破布，再到别处捡一点什么。然后他又回到床边，小心谨慎地把王子两只脚的踝骨捆在了一起，并没有惊醒他。接着他打算捆上他那两只手腕子；他几次设法把他双手交叉起来，可是就在他要拿绳子去捆的时候，这孩子不是一下子抽开这只手，就是抽开那只手；后来这位“大天使”几乎绝望了，恰巧这孩子又自动把双手交叉起来，于是他抓住时机马上将它们捆了起来。然后，他又把一条绷带兜在孩子下巴底下，再绕到头上来，使劲拴上——他慢慢地、轻轻地打了一个结实的绳结，而这孩子一直睡得很熟，始终没有动弹一下。

六　亨顿救驾

老人弯着腰溜开了，把矮凳子搬了过来。他坐在那儿，身子有一半在那昏暗的、跳跃的光线里，有一半在阴影中；他用渴望的眼神一直望着那酣睡的孩子，耐心地守候着，完全没有注意时间的消逝；他继续磨着刀，一面自言自语，一面狞笑着；他那神情和姿态活像一只巨大的灰色蜘蛛，满意地望着他的网里那一只倒霉的飞虫（用比喻手法传神地写出了老人的阴险和残酷）。

就这样过了很久，他猛然看见这孩子的眼睛是睁开的，睁得又圆又大——正惊恐地瞪着那把刀。老人脸上露出一阵微笑，像一个心满意足的魔鬼似的，他既不改变姿势，也不移动位置，问那孩子说：

“亨利八世的儿子，你做过祷告了吗？”

孩子无助地挣扎着，同时从堵得严严的嘴里勉强发出一点声音，隐士就把这个声音当作这孩子对他的问题所做的正面回答。

“那么你再祷告一回吧，做一次临死前的祈祷！”

一阵冷战传遍这孩子的全身，他吓得脸色惨白。随后他又极力挣扎，想挣脱开束缚——他使劲扭动着身子；疯狂地、猛烈地、拼命地拉，企图挣开被捆住的手脚。但是一点儿用也没有。那个老妖怪始终望着他狞笑，一面还点点头，继续磨着他的刀，随时嘟囔着说：“时间不多了，宝贵得很——快做一次临死的祈祷吧！”

那孩子停止了挣扎，发出一声绝望的呻吟。然后眼泪流出来了，一颗一颗地顺着脸往下滴；但是这副可怜相在这个野蛮的老人面前并没有用。

天马上就要亮了，隐士看出了这点，很凶恶地大声嚷起来，声音里还带着几分紧张不安的意味：

“我不能再耽误时间了！黑夜已经完了，时间过得真快，简直就像只过了一会儿；这一夜要是能拖到一年多好啊！教会毁灭者的孽种，你要是怕看着我下手的话，就闭上你的眼睛……”

这老人边说边跪下去，手里拿着刀，向那呻吟的孩子身上弯下腰去——听！木棚附近响起了人说话的声音——隐士手里的刀掉在了地下，他把一件羊皮袄盖在那孩子身上，浑身颤抖着站了起来。外面的声响更大了，说话的声音随即变得粗鲁而愤怒；然后又有打斗的声音和求救声；紧接着就是一阵逃跑的急促的脚步声。木棚子的门上立刻响起了一连串震耳的敲击声，跟着还有人喊道：

“喂！开门！快点，快点呀！”

啊，这是最悦耳的声音，王子耳朵里听过的最美妙的音乐也比不过这个：因为这是迈尔斯·亨顿的声音！

隐士暗自生气，咬牙切齿地从卧室里迅速地走出去，随手把门关上了；随即王子就听见“小教堂”里传来这么一段对话：

“敬爱的神父！向您致敬！那孩子在哪儿？——我那个孩子？”

“什么孩子，朋友？”

“什么孩子？请不要撒谎，神父先生！——我不爱听这一套。在这附近，我抓住了那两个从我那儿偷走孩子的流氓，他们说那孩子又跑掉了，他们跟着他的脚印找他，一直追到你这门口。他们连他的脚印都指给我看了，现在你别说假话哄人了吧。告诉你，神父先生，你要是不把他交出来，那我就……那孩子在哪儿？”

“啊，好先生，可能您说的是在这里住了一夜的那个皇家流浪儿吧。我告诉您吧，我派他出去做点小事情去了，他不久就会回来。”

“要多久？要多久？快说，别浪费时间——我追得上他吗？他得多大工夫回来？”

“您不用去追，他很快就会回来。”

“那好吧。我等一等看。可是别忙！你派他出去干点小事情？——你不用说了，这准是撒谎——他不会去的，你要是对他这么无礼，他肯定会把你那几根老胡子拽掉。你撒谎了朋友，你一定是撒谎了！他不会为你去跑腿，不管谁叫他去，他都不会干。”

“谁叫他去他都不会干吗？对，是这样的；不过我并不是个人哪。”

“什么！那你究竟是什么？”

“我是个大天使啊！这是个秘密——你千万不要说出去。”

迈尔斯·亨顿惊叫了一声——并不怎么恭敬——接着

就说：

“这倒是可以说明他为什么听你的吩咐！我的确知道他绝不肯动一动手脚伺候凡人；但是天哪，大天使发出的命令，那就连国王也得遵守啊！让我去……嘘！那是什么声音？”

他们谈话的时候，王子始终在隔壁床上躺着。他一直都在拼尽全力，发出痛苦的呻吟，希望声音能传到亨顿耳朵里。可遗憾的是，他的声音一直没有被他听见，至少是没有引起他的注意。所以后来他终于听到他的仆人说了那么一句话，那一瞬间，就好像是一阵清风从新鲜的田地里吹到了一个即将窒息的人身上一般（运用比喻的修辞手法，生动形象地描述出王子当时惊喜交加的感觉）。于是他又使出全副精力，拼命喊了一声，恰好这时候隐士正在说：

“声音？我只听见风在吹。”

“可能是风声。对，一定是。我一直都听见这个声音模模糊糊的……又在响哪！那不是风！这声音真奇怪！喂，我们得把它弄清楚！”

这时候王子高兴得心都要跳出来了。他想大声呼喊，但他的嘴被堵住了，身上盖的那件羊皮袄又把他闷住，这就使他的呼喊没有发出声音。随后这可怜虫听见隐士说出下面这两句话，他一下子懊恼起来：

“啊，我想是从那边的灌木丛里传来的声音。走，我领着你去看看吧。”

王子听见那两个人边说边往外走，脚步声越来越远，终于听不见了——于是屋子里就只剩下他一个人，四周是一片阴森恐怖的沉寂。

等他再次听见脚步声和交谈声返回的时候，就好像是熬过好些年了——这次他听见另外还有一种声音——显然是咔嗒咔嗒的蹄声。然后他听见亨顿说：

“我不在这儿等了，我不能耽误时间了。他准是在这个树林里迷了路。他往哪一边走的？快说——指给我看吧。”

“他……你等一等，我陪你去。”

“好吧——好吧！嘿，您其实比您的外表还要好哪。真是，我觉得再没有哪个大天使有您这么好的心肠了。您愿意骑牲口吗？愿意骑我给那孩子准备的温驯的小驴呢，还是愿意骑我给自己预备的这头坏脾气的骡子呢？我上当了，花钱买了这么个家伙。”

“不——你骑着你的骡子，牵着小驴走吧；我走路还稳当一点，我还是愿意走路。”

“那么，请您帮帮忙，替我抓紧这只小畜生，让我来好好试试，看我能不能骑上这个大家伙。”

随后就听见一阵乱踢乱蹦的声音，还夹杂着一连串响亮的咒骂声，最后那头骡子被狠揍了一顿，终于停止了挣扎。

被捆在床上的王子听见人声和脚步声渐渐模糊，最后听不见了，他真是说不出的难受。这下他觉得一切都完了，他感到绝望极了。“我唯一的朋友受了骗，他现在离开了，”他心里想，“隐士还会回来的，他要……”他想到这里，就又拼命地挣扎起来，想挣脱身上的束缚，结果他终于把那件闷人的羊皮袄甩开了。

这时候他听见门被撞开了！这个声音把他吓得魂飞魄散——就像有把刀子放在他脖子上一样。恐惧使他闭上了眼睛，恐惧又使他把眼睛睁开——没想到，站在他眼前的却是约翰·康第和雨果！

假如他的嘴没有被堵住的话，他一定会大叫一声："谢天谢地！"

一两分钟之后，他的四肢就自由了，捉他的那两个人每人抓住他一只胳臂，架着他急急忙忙地从森林中钻出去了。

七　又落敌手

国王"疯子一世"又一次随着那些游民和歹徒一起流浪了，他成了他们无聊时嘲讽和捉弄的对象；有时候帮头不在场，他还会遭到康第和雨果的欺负。在这些人中，真正讨厌他的，除了康第和雨果以外没有别人。其他的人其实都很喜欢他，大家都佩服他的气魄和勇敢。王子是被指定归雨果管的，在刚开始那两三天里，这家伙尽量在暗中使坏，使这孩子不舒服。一到夜里，在照例举行狂饮会的时候，他老是装作不小心的样子，给那孩子一些小小的侮辱，借此逗大家开心。有两次他都踩到了王子的脚趾——当然那都是"偶然"的。王子为了维护皇家的身份，不屑于跟他计较，就很轻蔑地不加理睬；但是当雨果第三次用这个方法来逗乐的时候，王子就拿一根棍子把他打倒在地，引得那一窝人都兴奋得要命。雨果恼羞成怒，一下跳起来，他拿起一根棍子，向他的小对手猛扑过来。大家立刻就围着这两个角斗者站成一个圆圈，开始打赌和欢呼。但是可怜的雨果根本没有占到上风。他那点疯狂而笨拙的学徒本领遇到了一个师出名门的对手，一个被精于棍棒对打以及各种剑术的第一流名师训练过的对手。只见王子机警而又潇洒地站在那儿，轻松而准确地把那雨点般打来的棍子挡开，然后趁机像闪电似的在雨果头上敲一棒，于是一阵风暴般的喝彩和狂笑就扫遍全场，那些乌七八糟的旁观者简直敬佩得发了狂。十五分钟之后，雨果已经被打得浑身是伤，而且耳朵里灌满了无情的嘲笑声，他就这样败下阵来。而这场战斗中那位毫发无损的英雄则被那一群兴高采烈的歹徒举起来，从他们的肩膀上抬到帮头身边的荣誉席位上，并且在那里举行了一个盛大的仪式，将他封为“斗鸡王”；同时还郑重其事地把他原先那个不大好听的头衔正式取消了；这个帮里还宣布了一条禁令，以后谁要是再叫他那个称号，就要被逐出帮外。

这伙人想尽方法让王子听他们使唤，但是都没有办到。他坚决不肯被他们驱使，不但如此，他还时常企图逃跑。他刚回来的那一天，被扔进了一个没有人看守的厨房里。他不但空手而回，而且还想吵醒那一家人。他又被安排和一个补锅匠一同出去，帮他做活，但是他拒绝工作；不仅如此，他还拿起补锅匠的工具要打他。后来雨果和这个补锅匠两人觉得光为了防止他逃跑，就已经够让他们忙的了。如果还想勉强差使他，就得眼睁睁地看着他摆出皇家的架子，冲他们大发雷霆。有一回他在雨果的监督之下，被派去陪着一个脏兮兮的女人和有病的小娃娃出去讨钱，但是结果同样令人失望——他不肯替那两个乞丐向人哀求，无论叫他干什么他都不愿意。

好几天过去了，这种流浪生活的痛苦，以及这种生活的无聊、粗俗、卑鄙和丑恶，使这个俘虏越来越不能忍受，他觉得他逃脱了隐士的刀，只不过是暂时延缓了一下死期罢了（运用对比，表达了王子对所处的粗鄙丑恶的生活环境的极度憎恶，体现了王子那种不愿同流合污的正义感）。

但是一到夜里，他就在梦中把这些事情忘记了，他又回到了宫殿，当上了国王。当然，这些梦也让他每天醒来时都倍加痛苦。

在决斗之后的那天早上，雨果一起来就在心中打起了报复王子的算盘。他想出来两个办法：一个是让这孩子遭受一种特殊的凌辱，以此打击他那不可一世的帝王威风；如果这一招不成功，他就开始实施他的另一种办法——设法把某种罪行栽到王子身上，然后出卖他，使他落入无情的法网。

为了实行第一个办法，他提议在王子腿上弄一块“疤痕”，估量着这一定会使他感到莫大的耻辱；等到这个疤痕弄好之后，他就打算找康第帮忙，强迫王子到公路上去把他的腿露出来，通过博取人们的同情来讨钱。

雨果把王子曾经得罪过的那个补锅匠找来帮忙，他们领着这孩子出去补锅，刚一走出这个贼窝，他们就把他推倒，补锅匠把他按住，雨果手忙脚乱地把那块抹着药膏的皮子紧紧地捆在他腿上。

王子破口大骂，他说他一旦回宫，就马上把他们两个绞死；但是他们把他牢牢地抓住了，一边欣赏他那无力的挣扎，一边讥笑他的威胁毫无用处。很快，药膏开始腐蚀皮肤，用不着多大工夫，药膏就会把那块皮肤腐蚀掉，形成一片**溃疡**（皮肤或黏膜组织缺损、溃烂。疡，yáng）。正在这时，救星来了——从前说过那一大段话骂倒英国法律的那个“奴隶”忽然出场了，他制止了那两个人的行为，把国王身上的药膏和绷带都撕下来了。

王子想向他的解救者借用他的棍子，把那两个坏蛋狠狠地教训一顿；但是那个人说不行，那样会惹出麻烦来——这件事情且等晚上再说吧，那时候全伙的人都在一起，外界的人也不敢来打搅或干涉。他赶着这三个人回到贼窝，把这件事情汇报给帮头，帮头听完他的叙述，仔细想了一下，就决定以后不再派王子去讨钱，因为他觉得他显然有本事担任一种更高和更好的任务——于是他马上就把他从乞丐这一级提升上去，派他去当扒手！

雨果乐坏了，他本来就想叫王子去偷东西，可是没有办到；现在可好了，因为这是帮头直接发出的命令，王子当然是连做梦也不敢违抗的。于是他就在当天下午制订了一个扒窃计划，希望在进行这个计划的时候，让王子落入法网。他决定要把事情干得巧妙一些，使它看起来像是偶然的和无意的；因为现在斗鸡王已经很得人心了，如果帮里的人知道他用阴谋诡计让斗鸡王落到法律这个共同的敌人手里，他们肯定不会放过他的。

于是，雨果赶紧领着他所要捉弄的对象，游荡到邻近的一个村庄去了。他们两个慢慢地在街上来回溜达着，走过一条又一条街。两个人都格外留神，一个是留神找机会下手害人，另一个是留神找机会跑掉。

雨果的机会首先来了。有一个女人提着一只筐子走了过来，筐子里装着一包鼓鼓的东西。雨果暗自在心里想着："这可是个好机会呀，我要是能把这个栽到他头上，斗鸡王，我很快就能和你再见了，你就等死吧！"他表面上装出耐心的样子等待着，内心却兴奋得要命。等那女人从他们身边走过去之后，他看到时机成熟了，于是低声说："你在这儿站着别动，等我回来。"随即就偷偷地向那女人背后飞跑过去了。

王子心中大喜——只要雨果一直追过去，跑远一些，他就可以逃跑了。

但是，他并没有那么好运。雨果悄悄地溜到那个女人背后，立即把那一包东西抢了过来，裹在胳膊上搭着的一块破毯子里，转头就跑。那女人因为感觉筐子忽然轻了，知道被偷了东西，虽然她没有看见东西是怎么被偷去的，却马上大嚷捉贼。雨果跑到王子身边，把那个包袱塞到他手里，然后一边跑，一边说：

“你跟着我和那些人一齐跑，嘴里喊着‘捉贼！’可是你得当心，千万要把他们引到别处去！”

雨果马上就绕过一个墙角，顺着一条曲折的小巷子飞跑过去——再过一两分钟，他又懒洋洋地溜回来，装出一副与己无关的样子，躲在一根柱子背后，观察着结果如何。

受了侮辱的王子把手里的东西扔在地下，结果那个包袱从毯子里露了出来。正在这时候，那个女人过来了，背后还跟着一大群人。她用一只手揪住王子的手腕子，另一只手捡起自己的包袱，开始大骂这孩子，这孩子不断地挣扎着，想从她手里摆脱出去，可是摆脱不了。

雨果看得清清楚楚——他的仇人已经被人抓住，就要被官家捉去了——于是他就一路笑嘻嘻地走回贼窝去，一边走一边在心里想好了说辞，好去向帮头手下那些人报告这件事情。

王子继续在那女人手里挣扎，同时愤怒地喊道：

“你这蠢东西，快把我放开，你那点不值钱的东西不是我抢的呀。”

越来越多的人围拢过来，威胁着王子，把他乱骂一阵；一个强壮的铁匠围着皮围裙，袖子卷到胳膊肘上，伸过手来抓他，说是要好好地教训教训他。可就在这时候，有一把长剑在空中一闪，平着落在那个人的胳膊上，这就使他老老实实地住了手。拿剑的那人很和气地说：

“哎呀，好人们，我们用不着这么凶，对他斯文一点吧，也不用说那些狠话。这种事情应该依法处置，不能动用私刑。大嫂，你放开这孩子吧。”

铁匠向这健壮的军人瞟了一眼，在心里跟自己比较了一番，然后一面摸着自己的胳膊，一面嘟囔着走开了。那女人也很不情愿地把那孩子的手腕子放开了，那群人很不高兴地看着这个陌生人，但都很谨慎地闭上了嘴。王子一下子跳到他的“救驾功臣”身边，满脸通红，兴高采烈，他大声喊道：

“迈尔斯爵士，你怎么才来，真急死人了！可是，你来得正好，赶紧把这群坏蛋砍成肉酱吧！”

八　成功脱逃

亨顿勉强向王子笑了一下，低下头对他耳语道：

“小点声，我的国王，您说话可千万要小心——不，你千万别开口。相信我吧，我会处理好一切的。”然后他又小声地自言自语说：“迈尔斯‘爵士’！哎呀，我完全忘了我是一个爵士的事了！天哪，这多么奇怪，他那疯疯癫癫的脑子，记性还挺好的！……我这个头衔是假的、毫无意义的，但是也很有意思，因为我觉得与其在真实世界里当个让人轻视的真正的伯爵，还不如在他幻想的王国里当个虚假的受人尊敬的爵士呢。”

人群自动让开，给一个警官让路。警官走过来，正要向王子肩膀上伸过手去的时候，亨顿连忙说：

“等等，好朋友，不用动手——他自己会老老实实地去，这事情让我来负责。你领头，我们跟着走。”

于是，警官带着那个女人和她的包袱在前面走；亨顿和王子随后跟着，背后还有那一群人。王子很想反抗，可是亨顿低声对他说：

“您好好想想吧，国王——您的法律是王室来制定的；如果连国王自己都不遵守自己颁布的法律，他还能指望臣民尊重它吗（反问句，更具说服力，体现了亨顿的睿智和思想的尖锐）？”

“你说得对，我明白了。你放心，大英国王要求所有老百姓遵守法律，我保证当国王自己处在一个老百姓的地位的时候，也一定会遵守。”

当那个女人被传到治安法官面前对证的时候，她发誓说被告席上那个小犯人就是偷东西的人，在场没有人提出反对，因此王子就被宣告有罪了。然后，那个包袱被打开一看，原来里面包着的是一只肥肥的小烤猪。于是法官就显出为难的神情，亨顿也吓得脸色煞白，他不由得打了个寒战，感到浑身发冷；但是，王子并没觉察到什么危险，始终处之泰然。法官心神不定地沉思了一会儿，然后转过脸向那个女人问道：

“你说这个东西值多少钱？”

那女人行了个礼，回答说：

“至少三先令八便士，大人。”

法官面色凝重地向在场的人扫了一眼，然后向那警官点点头，说：

“叫他们出去，把门关上。”

警官照做了。现场留下的只有法官和警官、原告和被告，还有迈尔斯·亨顿。亨顿已经被吓得面如土色，冷汗直流。法官又向那女人转过脸去，用怜恤的声音说：

“这是个可怜的、不懂事的孩子，大概是饿得受不了，现在这种年头，穷苦人本来也是倒霉。你看，他看起来并不像个坏人的样子，可是人饿极了就会……大嫂呀！你知道吗，谁要是偷了价值十三个半便士以上的东西，照法律规定就要被判处绞刑！”

王子吓得睁大了眼睛，但是他极力保持镇定，不声不响；那女人却不这样，她忽然跳起来，吓得浑身发抖，大声喊道：

“啊，老天爷，这可不行呀！哎呀，我无论如何也不愿意绞死这个可怜的小家伙呀！啊，老爷，您赶紧给我想个补救的办法吧——我怎么办，我怎么办才行呀？”

法官非常镇定，他说道：

“当然，现在你还可以改一改价钱，因为还没有写到案卷上去。”

“那太好了，那就把这只猪算作八个便士吧，谢天谢地，我良心上总算不会被这件吓人的事折磨了！”

迈尔斯·亨顿高兴坏了，他忘掉了一切礼节，激动地伸开胳膊把王子搂住，这使王子吃了一惊，感觉自己被冒犯了。那女人很感激地告了别，拿着她的猪走开了；警官替她开门的时候，跟着她走到了外面那个狭窄的过道里。法官开始在案卷里写证词。亨顿向来很机警，他很想出去看看那警官为什么要跟着那个女人出去，于是就悄悄地溜进黑暗的过道里，准备听听动静。结果他听见了下面这么一段对话：

“这只烤猪挺肥，足够饱吃一顿，我买了它吧，这儿是八个便士。”

“八个便士？你想得真美！你可不能这么干。我花了三先令八便士买来的，那是前一任国王造的钱，全是崭新的，才死的亨利老王连摸都没有摸过哪。你那八个便士算什么！”

“你在那里面说的话到底还算不算数？你可是发过誓的，如果你说价钱只有八个便士的时候，说的是假话，马上跟我回去见法官老爷，承认这个罪吧！那孩子还是得被处以绞刑。”

“天哪！我的好人，你不用多说了，我答应你。你给我那八个便士吧，可别跟别人说呀。”

那女人哭泣着走开了，亨顿又悄悄地回到审判室里。警官把他骗来的东西藏在一个隐蔽的地方，也就马上跟着进来了。法官继续写了一会儿，然后向王子念了一篇充满善意的训词，判决他一个短期徒刑，关在普通的监狱里，完了还要当众被鞭打一顿。王子惊骇地张大嘴巴，大概是要发出命令，把这位好心的法官当场斩头；但是他看见亨顿对他做了个警告的手势，于是赶紧闭上嘴，什么也没有说。亨顿牵着他的手，向法官行了个礼，然后他们就跟着警官往监狱那边去了。刚走到街上，怒不可遏的王子就站住了，他把手甩开，大声喝道：

“蠢货，难道你认为我还能‘活着’进一个普通的监狱吗？”亨顿弯下腰去，语气严厉地说：

“不要吵！难道你不信任我吗？千万别再乱说，否则我们更逃不掉。上帝想让发生的事情，你没有办法让它快一些，也没有办法改变它；只能耐心地等待——等事情发生了之后，你就有的是时间，爱骂就骂，爱高兴就高兴（体现了亨顿从容镇定、乐天达观的性格特点）。”

街上行人很少，他们匆匆忙忙地一直往前走，一心想着自己的事情，大家对这几个人都不注意，甚至好像根本没有看见他们似的。爱德华六世心想，不知从前是否有过哪一位国王上监狱去的路上，也遭遇过这种惊人的冷淡。后来，他们来到了一个没有人的市集场所，继续往对面走。等那个警官走到中间的时候，亨顿伸手按在他的胳膊上，低声地说：

“先生，等一等，这里没有人听见，我要跟你说句话。”

“请你不要耽误我的时间，先生，我的职务不许我跟你谈话。”

“但是你还是要等一下，因为这件事情跟你有关系。你转过身去，装作没看见，让这可怜的孩子逃掉吧。”

“你怎么敢跟我说这种话，先生！我要逮捕你，这是依……”

“嘿，你别着急。你千万得小心，不要犯愚蠢的错误。”然后他把声音降低，降成耳语，贴近那个人的耳朵说，“你花八个便士买了那头猪，这件事足以叫你的脑袋搬家呀，伙计！”

那可怜的警官冷不防听到这个，吓得目瞪口呆起来，片刻之后，他终于又说起话来了，于是他就大声地嚷起来，说些威胁的话；可是亨顿很冷静、耐心地等着，一直等到警官说得气喘吁吁的时候，他说：

“我真心地拿你当朋友，不愿意看见你遭殃。你当心吧，我都听见了，你们说的所有话我都听见了。我可以给你证明一下。”于是他就把那位警官和那个女人在过道里说的话一字一句地背了一遍，完了还补上这么两句：

“怎么样——没有漏的内容吧？如果有必要的话，我肯定会在法官面前也背得清清楚楚的！”

这个人一时哑口无言，过了一会儿，他又打起精神，故意装作不在乎的样子说：

“没有别的意思，好先生，我只是逗逗那个女人，跟她开开玩笑。”

“我确实相信你哩，”亨顿说，他的声调里掺杂着一半嘲讽、一半自信的口气，“可是请你在这里等一下，让我跑去问问法官老爷——看看你把烤猪藏起来，是不是真的是在开玩笑……”

他说完就走开了；警官迟疑了一阵，心里烦乱不安，他诅咒了一两声，然后喊道：

“站住，站住，先生——请你等一等——法官！嘻，朋友，他也不见得对我开的玩笑表示理解——回来吧，我们再商量商量。天哪！我好像是很倒霉——只不过是开了个玩笑而已。我是个有家的人，有妻儿老小——好心的老爷，您讲讲道理嘛，您想让我怎么办？”

“这个好办。只要你装哑、装瞎、装什么都不知道，要装到从一数到十万那么久——慢慢地数。”亨顿说。看他的表情，好像是他只要求这个人帮个合情合理的忙，而且是一件很小的事情似的。

“您会害死我的！”警官绝望地说，“啊，请您讲讲道理吧，好先生；请您好好想一想，您看这是多么小的一个玩笑啊——我的确只是想开玩笑的呀。就算不是开玩笑的话，那也不过是个很小的过错，大不了也受上一点小小的责罚，不过是让法官骂几句，警告警告罢了。”

亨顿严肃地回答道：

“你这个玩笑在法律上有个名称——你知道那叫什么吗？”

“我不知道！也许是我不够聪明。我从来没有想到这还有个名称——啊，天哪，我还以为这是别出心裁的哩。”

“确实是有个名称。这在法律上叫作‘乘人之危，诈人钱财’。”

“哎呀，我的天哪！”

“这可是死罪！”

“啊，我犯了死罪了！”

“你乘人之危，强取豪夺了价值十三个半便士以上的财物，只给了很少一点钱。这在法律上看，犯了受贿罪、渎职罪、隐匿罪、严重的贪赃枉法罪——治这种罪的刑罚是绞死；不得减刑，不得赎身，不得享受宽大处理。”

“我站不起来了，扶着我吧，好心的先生！请您发发慈悲——饶了我这个死罪吧，我转过背去，发生什么事我都装看不见。”

“好！你现在变聪明了。你把猪也归还原主吧。”

“好的！我还她，我一定还她——以后我再也不敢了，哪怕是天上掉下来的、大天使送给我的，我也不敢要了。走吧，我现在耳聋眼瞎了。以后我就说您闯进来从我手里强行把犯人抢走了。监狱里的那扇门是很不牢固、很破旧的——等到半夜过后，我就自己去把它敲破。”

“就这么做吧，好人，不会有什么问题的；法官对这个可怜的孩子很慈善，不会因为他逃掉了而掉眼泪，也不会把看守他的人的骨头打断，你就放心吧。”

成长启示

王子落难后，每当他向别人说到自己是王子时，从来没有人相信他，除了那两位农家小女孩。这两个女孩，不仅热心地帮助了王子，还给予了他最为可贵的信任。信任是连通心灵的最坚固的桥梁，我们要感谢别人的信任，并且要待人以诚，待人以善，做个值得别人信任的人！

要点思考

1. 在本章中，王子在流浪过程中遇到了哪些人？谁对他的帮助最大，谁对他的伤害最大？

2. 王子好不容易逃离了隐士，为什么会觉得“逃脱了隐士的刀，只不过是暂时延缓了一下死期罢了”呢？

写作积累

● 衣衫褴褛　邋里邋遢　喜形于色　纡尊降贵

惴惴不安　大发雷霆　气喘吁吁　哑口无言

● 这些遥远的声音使王子感觉到一切牛命和活动都与他相隔很远，感觉到他自己是孤苦伶仃、举目无亲的，正站在一片无边无际的旷野的中心。

● 他那神情和姿态活像一只巨大的灰色蜘蛛，满意地望着他的网里那一只倒霉的飞虫。

第七章　主仆共患难

导读

亨顿带着王子一路往亨顿第赶去，这个离家多年的浪子，一心想回到家的怀抱。可当他终于回到家时，身份却被所有人否认。更糟糕的是，在得知休吾抢了他的新娘，霸占了他的家产后，亨顿与休吾发生了冲突，结果他与王子一起被送到了监狱。在监狱里，主仆二人共患难，他们见识了一些丑恶和不幸，遭受了一些耻辱和痛苦，终于得以脱身……

一　身份被否

亨顿和王子刚走出警官的视线，他就吩咐王子赶紧跑到村镇外面去，去某个地方等着，同时他要回到小客栈去把账结清。半小时之后，这两个朋友就骑上了亨顿那两头不听使唤的牲口，高高兴兴地慢慢往东走。王子身上现在又暖和又舒服了，因为他已经脱掉了那一身破衣服，换上亨顿在伦敦桥上买的那一套旧衣服了。

亨顿很担心这孩子会过度疲劳，怕那样会对他失常的神经不利，使他的疯病不能早日痊愈，所以亨顿就决定不慌不忙地，一段一段慢慢往前走，而不为自己那急切的愿望所指使，日夜兼程地赶回被迫远离多年的家。

他和王子大约走了十六千米的路，就来到了一个相当大的村镇。他们在一个很好的客栈里住下来过夜。于是，从前的关系又恢复了：王子用餐的时候，亨顿就在他背后站着伺候着；王子准备睡觉的时候，亨顿就替他脱衣服；然后自己挡住门口，躺在地板上睡觉，只用一条毯子裹着身子。

第二天和第三天，他们都一边懒洋洋地慢慢往前走，一边聊着他们分手之后所遭遇的惊险经历。亨顿详细地叙述了他寻找王子的经过，还描述了“大天使”怎样领着他到森林中四处瞎转，后来发现无法摆脱他，才引着他仍旧回到木棚里来。那老头儿走到卧室里去，然后又难过地踉跄（liàng qiàng，走路不稳）着走出来，说他以为那孩子已经回来了，在卧室里躺下来休息，但是他并不在那里。亨顿在那木棚子里等了一整天，后来因为觉得王子回来的希望落了空，所以就离开了那儿，再往前追寻去了。

“那位老隐士的确因为陛下没有回来，显得很难过呢，”亨顿说，“我从他的脸色上看出来了。”

“这一点我倒是完全相信！”王子说。于是他把自己的遭遇说了一遍；亨顿听了之后，很懊悔自己没有把那位“大天使”杀掉。

他们在路上的最后一天，亨顿的心情非常好，他嘴里直说个不停。他谈到他年老的父亲，谈到他哥哥亚赛，还说到了他们高尚和慈祥的性格；他谈到他的爱迪思，就高兴得神采飞扬，他心里不知多么欢喜，以至于连提到休吾的时候，也能说出一些温柔的兄弟之情。他把快要到来的与亨顿第的亲人们之间那种久别重逢的情景大大想象了一番；他预料人人都会大为惊喜，热烈地欢迎他的归来。

那是一个景色不错的地方，到处点缀着一些村舍和果园，大路从一望无际的草原中穿过，向远方伸展，中间起伏着许多坡度不大的小丘和洼地，好像一片波涛起伏的海洋。那天下午，这位回家的浪子常常离开大路，爬到小山丘上，看看是否能够从远处望过去，看见他的家。最后他终于看到了，于是他兴奋地喊道：

“快看！那就是我们的村庄，国王，亨顿第就在那附近！你从这儿就可以看见那些塔楼，还有那片树林——那就是我父亲的猎园。啊，现在您知道它有多么气派，多么富丽堂皇了吧？那所房子里有七十个房间，二十七个仆人！那么个地方给我们这种人住，真是舒适得很，是不是？走，我们赶快走吧——我着急得很。”

于是他们拼命往前赶，结果还是三点之后才赶到那个村镇。这两位旅客从镇上匆匆穿过，亨顿嘴里始终在絮絮叨叨（形容说话啰唆）。“这儿就是那个教堂——还是披着那些藤——一点儿也没有增加，也没有减少。”“那儿就是那个客栈，红狮老店——那边还有一个市场。”“这儿就是那个打水机，这儿就是那个五月柱（欧洲五朔节的时候用花或彩带装饰起来，让男女青年围着跳舞的柱子）——什么都没改变；只有人才有些变化，十年的工夫使人都变了；有些人我似乎还认识，可是谁也不认识我了。”他一直滔滔不绝地说着，不久两人就走到了村镇的尽头；然后这两位旅客走上了一条弯曲狭窄的小路，路两旁夹着很高的篱笆；他们沿着这条小路轻快地向前跑了一段路，然后穿过一座气派的门楼，走进一个巨大的花园，那门楼的高大石柱上刻着纹章的图案。一座豪华的宅邸呈现在他们眼前。

“欢迎您到亨顿第来，国王！”亨顿大声欢呼道，“啊，这真是一个无比隆重的日子！我父亲、我哥哥和爱迪思小姐肯定会高兴坏了，一会儿见面的时候，也许他们会只来得及看着我、和我说话，所以对您就会显得有点冷淡——到时候请您不要见怪，过一会儿就好了；因为我只要跟他们一说，您是受我监护的，再告诉他们我多么爱您，他们就会看在我迈尔斯·亨顿的面子上，对您热情起来，把您抱在怀里，永远把他们的房子和他们的心当成您自己的家！”

亨顿随即从骡子背上跳到地上，又把王子扶下来，然后拉着他的手，连忙往屋里跑。他走了几步，就到了一间宽大的房子里；他走进去，匆忙中顾不上礼节，把王子推到椅子上坐下，随即就向着正在火炉旁边的一张写字台那里坐着的年轻人跑过去。

“让我们拥抱一下吧，休吾，”他喊道，“看见我回来了很高兴吧！快去把父亲请来，我好久都没有握着他的手、看见他的脸、听见他的声音了，家里少了一个人，这个家还不能算是个家哩！”

但是休吾一脸惊讶，把身子往后躲，同时很严肃地瞪着眼睛望着这个闯进来的人——他的眼神最初表明他受到了冒犯，接着内心里好像起了一个什么念头，然后脸上就出现了一种惊奇的表情，还掺杂着真正的或是假装的怜悯。随后他就用温和的声调说：

“你的脑筋可能受了什么刺激了，可怜的陌生人；不用说，你一定是在人间四处流浪，吃过许多苦头，受过很多虐待；你的脸色和衣服都表现出来了。但是，你是不是认错人了呢?”

“认错人了？请问，你不就是休吾·亨顿吗?”亨顿高声地说。

对方还是用温和的声调继续说：

“那么你自己是谁?”

“我是谁？你难道还想假装不认识你的亲哥哥迈尔斯·亨顿吗?”

一种诡异的表情在休吾脸上闪过，他大声喊道：

“哈哈！你不是开玩笑吧？难道死人还能复活？如果真有这种事，那真要多谢上帝！我们那可怜的、没有音信的哥哥过了这么多年苦命的日子，又回到我们的怀抱了！啊，恐怕不会有这么好的事情，我请你积德，不要跟我开玩笑吧！快点——到明亮点儿的地方来——让我仔细看看你!”

他拽住亨顿的胳膊，把他拖到窗户跟前，开始从头到脚拼命打量他；把他转来转去，快速地在他周围来回地走，要从各方面证明究竟是不是他；与此同时，这回家的浪子兴奋得满面通红，一会儿微笑，一会儿大笑，不断地点着头说：

“好好看吧，兄弟。你尽管仔细看，尽管打量，看个够吧，亲爱的兄弟——我的确是你的哥哥迈尔斯，一点也不错，对不对？啊，这真是个值得庆祝的日子！天哪，我简直高兴得要命呀!”

他正想扑过去抱住他的兄弟，但是休吾伸出胳膊来挡住了，然后很伤心地把头低下去，垂在胸前，一面很激动地说：

“啊，请上帝开恩，给我一点力量，让我能经得住这令人伤心的失望吧！”

亨顿顿时愣住了，然后他缓过神来，大声说：

“什么失望？难道我不是你的哥哥吗？”

休吾悲哀地摇了摇头，说：

“我真希望你是的，我得叫别人来看看，也许你和他有些相像的地方，我没有看出来，而他们能看得出来吧。唉，恐怕那封信说的一点也不错哩。”

“什么信？”

“六七年前从海外寄来的。信上说我的哥哥阵亡了。”

“那是谣言！你去请父亲来——他会认得我的。”

“死人是请不来的。”

“父亲死了？”亨顿的声音低下去了，嘴唇颤抖着，“父亲死了！——啊，这可真是个悲痛的消息，一下子把我的快乐打消掉一半了。那请你让我见见亚赛哥哥吧——他会认得我；他不仅会认得我，还会安慰我哩。”

“他也死了。”

“我的上帝啊！亚赛哥哥也死了——两个都死了——老天爷把高尚的人都收去了，偏留下我这没出息的活着！啊！我请你发发慈悲！——你可不要说爱迪思小姐也……”

“也死了？不，她还活着。”

“太好了，谢天谢地，我又快活到极点了！快点，我的好兄弟——让她出来见我！如果她说我不是迈尔斯的话——当然，她不会那么说的；她一定会认出我来的。赶紧请她来吧——把那些老用人也叫来，他们也会认得我。”

“那些老用人全都死了，只剩下五个——彼得、大卫、哈尔赛、柏纳德和玛格丽特。”

休吾一边说，一边离开了这间屋子。亨顿站在那儿认真想了一会儿，然后开始在屋里走来走去，嘴里嘟囔着说：

“只有这五个坏心肠的家伙活着，其余那二十二个忠心耿耿的都死掉了——真是怪事。”

他继续来回地走着，嘴里不停地自言自语，他完全把王子忘记了。后来王子严肃而又略带几分真诚地说：

“不要为你的不幸而难过了，好人。世上还有人和你同病相怜啊。他也被弄得身份不明，自己说是什么人，还要受人嘲笑哩。”他这几句话，亨顿还可能认为是有意挖苦他哩。

“啊，国王，”亨顿脸上略微红了一下，大声说，“请您不要把我当成坏人吧——您等一会儿就会明白了。我不是个骗子——爱迪思小姐会这么说；您会听见英国最可爱的人嘴里说出这句话来。我是个骗子？啊，我认识这间老客厅，我认识我祖先的这些照片，也认识我周围这许多东西。我是在这里出生、在这里长大的，国王，我不会欺骗您，假如别人都不相信我的话，我请您千万不要怀疑我——我受不了啊。”

“我相信你。”王子带着孩子般的天真和信任说道。

正在这时，门开了，休吾走了进来，一个衣着华丽的美丽女郎，跟着他出来了，她后面还跟了几个穿号衣的仆人。这位女郎低着头，眼睛看着地面，慢慢地走着。她的脸色中有一种说不出的阴沉。迈尔斯·亨顿扑向前去，大声喊道：

“啊，我的爱迪思，亲爱的——”

但是休吾严肃地一挥手把他挡回去，转身对那女郎说：

“你看看他。你认识他吗？”

那女人一听见亨顿的声音，微微地吃了一惊，脸上也涨红了，开始浑身颤抖起来。她站着不动，在那儿迟疑了好几分钟，然后慢慢地抬起头来，用一种惊骇的眼光注视着亨顿的眼睛；她脸上的血色一点点消失了，慢慢变成一片死人一般的惨白，然后她低沉地说道："我不认识他！"随后她就发出一声呻吟和抑制住的低泣，踉踉跄跄地走出这间屋子了。

迈尔斯·亨顿一下子倒在一把椅子上，双手捂住了脸。过了一会儿，他的兄弟对仆人们说：

"你们有谁认识他吗？"

他们都摇摇头，然后主人就说：

"这些仆人也都不认识你，先生。我想你恐怕是弄错了。刚才你也看见了，我的妻子也不认识你。"

"你的妻子！"亨顿一下子跳起来，一把将休吾推到墙上按住，然后死死掐住休吾的脖子，声嘶力竭地喊道，"啊，你这卑鄙无耻的东西，我全都明白了！是你自己写的那封骗人的信，结果就把我的新娘抢了过去，把家产也霸占了。现在，你赶快滚开，我不想杀你这可怜的小人，来玷（diàn）污我光荣的军人身份！"

休吾满脸涨红，几乎要被掐死了，他歪歪倒倒地跑到最近的一把椅子上坐下，命令仆人们抓住这个行凶的陌生人，把他捆绑起来。他们犹豫着不敢动，其中有一个说：

"休吾爵士，他带着武器哪，我们都是空着手的。"

"带着武器？你们那么多人怕他干什么？逮住他，我命令你们！"

但是亨顿警告他们不要轻举妄动，并加了一句：

"你们应该都知道我的本领——我现在跟从前没什么变化，只要你们高兴，就来试试吧。"

这一句警告的话使这些仆人更加不敢上前了。

“那你们赶紧去拿武器，把门守住吧，你们这些没用的胆小鬼，我另外派个人去把卫兵找来。”休吾说。他走到门口时，回过头来对亨顿说：“你可别打算逃跑，那没有用，你还是老老实实待着，这样对自己有好处。”

“逃跑？请你放心！迈尔斯·亨顿是亨顿第的主人，这里一切都是他的。他要一直在这里住下去——是不会离开的！”

二　旧爱相见

王子坐在那儿沉思了几分钟，然后抬起头来说：

“真是奇怪——太奇怪了。我不明白这是怎么回事。”

“不，这并不奇怪，国王。我了解这个人，他这种行为是很自然的。他天生就是个坏蛋。”

“啊，迈尔斯爵士，我说的不是他呀。”

“不是他？那你说的什么呢？有什么事奇怪？”

“我说的是国王失踪了，大家还不在意呢。”

“什么？哪个国王？我想我不懂你的意思。”

“哼！现在并没有信使在全国各地到处贴告示，说明我的外貌特征，找我回宫，难道你不觉得这是非常奇怪的事吗？一国之主失踪了——不知去向了，难道这还不是十万火急的事吗？”

“哦，您说的不错，国王，我忘记了。”于是，亨顿叹了口气，低声自言自语地说，“可怜的神经错乱的脑子——还在做他那令人伤怀的大梦哪。”

“但是，我有一个办法，可以让我们两个都能够申冤。我来写封信，用三种文字——拉丁文、英文和希腊文——你明天早上就拿着这封信，火速送到伦敦去。你把它交给我的舅父赫德福伯爵，不要交给别人。他看见这封信，就会知道是我写的，那么他就会派人来接我回宫。”

“国王，我们是不是先在此地等一下，让我证明自己的身份，拿回属于我的产业呢？那么一来，我就有办法……”

王子专横地打断他的话说：

“住嘴！你这点微不足道的产业、你这点少得可怜的财富，比起国家和王位的安危还重要吗？”然后他好像是因为语气太严厉而抱歉似的，又用温和的声调说道，“你按照我的命令去做吧，不要害怕；我会恢复你的地位，把你失去的一切都归还给你，当然，比你原有的一切还要多呢。我不会忘记你，一定会报答你。”

他说完就拿起笔来，动手写信。亨顿慈爱地注视了一会儿，然后暗自想道：

“如果只是听声音，我真会以为是国王在说话哩；还别说，他发起脾气来的时候，简直就是个国王哩——他从哪儿学来的这套把戏？瞧他那么自然地乱涂乱画，写出那些莫名其妙的鬼字，心里想象着那就是希腊文和拉丁文——我得赶紧想个好主意出来，好让他打消这个念头，否则明天我就得被他强迫着走开，假装着赶到伦敦去……”

亨顿的心思很快又回到刚才发生的事情上来了。他非常专心地思考着，以至王子把写完的那封信交给他的时候，他随手接了过来，无意识地放在口袋里，自言自语地嘟囔着：“她的举动多么奇怪呀，好像认识我又好像不认识，看起来是那么矛盾。我的样子她怎么会不认识呢？她从来也不会撒谎，可是她偏说她不认识我，这也就充分证明她的确不认识。我看我渐渐明白了。大概是他笼络（用手段拉拢）她——命令她——强迫她撒的谎。这下弄清楚了！这个谜已经解开了。对，她准是受他强迫的。我要去找她，我会把她找到的；现在他既然走开了，那她就会说真话的。她会想起从前我们俩在一起玩耍的光景，她会心软的，一定会承认我。她一向忠诚老实，而且当初是那么爱我——这一点我有把握，谁也不会背叛自己爱过的人。”

他急切地向门口走过去，正在这时，门开了。爱迪思小姐进来了。她脸色苍白，神情忧郁，但是她走路的脚步很稳，举手投足都充满了高雅和端庄之美（寥寥数笔，形象生动，通过对爱迪思小姐的外貌、神态、动作进行描写，既刻画出了人物形象的主要特征，又充分展现了其高贵、优雅、忧郁的气质）。

亨顿兴奋地赶上前去迎接她，但是她做了个几乎看不见的手势，把他挡住，于是他在原地站住了。她坐下来，叫他也坐下。她就这样不动声色地消除了老相识的观念，把他变成了一个陌生的客人。这种令人发狂的意外，让他深感疑虑，不知如何是好。爱迪思小姐说：

“先生，我是来警告你的。要想说服疯子摆脱幻想，也许是不可能的；但是如果劝他们躲避危险，也许还能说得通吧。我劝你千万不要怀着幻想留在这里，因为这是个危险的地方。”她向亨顿脸上定定地望了一会儿，然后令人感动地接着说，“假如我们亨顿家那失踪的孩子还活着的话，他长大了一定跟你这个样子很像，这就使此地对你来说更加危险了。”

“天哪，夫人，我就是他呀！”

“先生。我不怀疑你说的是实话——我不过是警告警告你，没有别的意思。我的丈夫是这一带的主人，他的权力几乎是无限的，他能让人发财，也能让人挨饿（形象地反映出休吾的专横和残酷）。假如你并不像你所自称的这个人，我的丈夫还可能让你继续做这样的梦；可是请你相信我吧，我很了解他这个人，我知道他会干出什么事来；只要他对大家说，你不过是个得了疯病的骗子，马上所有的人就会附和他。”她又向亨顿望了一阵，接着说道，“就算你的确是迈尔斯·亨顿，而且他也知道，附近的人也都知道，那你也还是会遭到同样的危险。你想一想我的话，好好地考虑一下吧——他会否认你，给你加上罪名，没有人敢支持你的。”

“我完全相信你说的，”亨顿刻薄地说，“他的威力确实很大，能叫一个人俯首听命，出卖她的终身伴侣，剥夺他的继承权，还给他加上罪名。”

那位女郎脸上隐约涨红起来，她垂下眼睛望着地下；但是她继续说话的时候，声音里还是没有流露出任何感情：

“我已经警告过你，现在还是要再次警告你离开这里，否则这个人就会要你的命。他是个丧尽天良的恶魔，我是让他上了手铐脚镣的奴隶，知道他的狠心肠。可怜的迈尔斯和亚赛，还有我那亲爱的监护人理查爵士，都摆脱了他，长眠不醒了——你宁愿跟他们在一起，也不要留在这里，被这个坏蛋欺凌。你的出现对他的爵位和财产都是一种威胁，他不会放过你的。你赶紧走吧，不要迟疑。你要是缺钱用，就把这一袋钱拿去，买通那些用人，让他们放你出去，我恳求你。啊，可怜的人，听我的警告吧，趁着还可以逃的时候赶快逃吧。”

亨顿谢绝了她的钱，站在她面前说：

“请你答应我一件事情吧，”他说，“用你的眼睛看着我，现在——你来回答我吧。我是不是迈尔斯·亨顿？”

“不是。我不认识你。”

“你发誓！”

回答的声音很小，却是清清楚楚的：

“我发誓。”

“啊，这真是让人难以置信啊！”

“快跑！你为什么还要耽误时间？赶快逃命吧。”

就在这时候，一些军官冲进屋里来了，随后就是一场激烈的格斗；但是亨顿不久就因寡不敌众被擒住了，王子也被捕了，他们两人都被捆绑起来，送到监狱里去了。

三　老奴认主

监狱的牢房里人满为患，这两个朋友锁上链子，被关在一间大屋子里，里面都是些犯了小罪的犯人。他们共有二十来个同伴，男女老少都有，都戴着手铐、脚镣。这些人一直吵闹不休，王子因为他的天子之尊受到如此惊人的侮辱，不由得大发脾气；亨顿更是憋着一肚子火，兀自懊恼郁闷。他兴高采烈地回到了家里，原是指望着人人都会为他的归来而狂喜；结果反而遭到了冷遇，还进了监狱。期望和现实的差距竟然这么大，产生了令人惊骇的效果。他感觉自己就像一个欢欢喜喜跳出去看彩虹，结果却遭了雷打的人一样（运用比喻、对比的修辞手法，形象直观、生动鲜明地描述了亨顿由大喜转为大悲的情绪剧变）。

但是，他慢慢地从那纷乱、痛苦的思绪中平静下来，开始将思考的重点放在爱迪思身上了。他把她的行为翻来覆去地想了一阵，还是得不到什么满意的结论。他很想指着她的名字乱骂一通，而这个名字在他的心目中一直都是神圣的，他说不出任何玷污这个名字的话来。

亨顿和王子盖着监狱里那种破烂、肮脏的毯子，熬过了喧嚣的一夜。狱卒受了几个犯人的贿，给他们弄了一些酒来，结果他们喝完酒之后开始打闹起来，要不是狱卒及时赶来，就会出人命了。狱卒教训完那几个闹事者之后，牢房终于安静了下来。在这之后，谁要是不怕那两个受伤的人痛苦呻吟的打搅，就有睡眠的机会了。

以后的一个礼拜里，牢房里每天发生的事情都大同小异。白天，有些人进来瞪着眼睛望着这个“骗子”，否认他的身份，并且侮辱他，而这些人的样子，亨顿还大致记得清楚；一到晚上，狂饮和吵闹就很有规律地持续不停。但是后来终于有了一个变化——狱卒带了一个老年人进来，对他说：

“那个浑蛋在这间屋子里——用你那双老眼好好看看，看你能不能认出他来。”

亨顿抬头望了一眼，白入狱以来第一次感到心情愉快。他心里想：“这是布莱克·安德鲁，他一辈子在我父亲家里当仆人，是一个老实正直的好人。这个人一定会认出我来——肯定不会像别人一样否认我的。”

那老头儿在屋子里把每个人的脸都看了一眼，最后他说：

“在这里我只看见一些小痞（pǐ）子，街道上的小骗子。他是哪一个？”

狱卒大笑起来。

“这儿，”他指着亨顿说，“你仔细瞧瞧这个大浑蛋，再把你的意见告诉我吧。”

这老头儿走到亨顿面前，很认真地把他上下打量了很久，然后摇摇头，说：

“哎呀，他不是亨顿家里的人——根本就不是！”

“对！你还没有老眼昏花嘛。我要是休吾爵士的话，就会把这个肮脏的坏蛋抓去，把他绞死算了。”

那老头儿接着狱卒的话，恨恨地说：

“他没有被绞死，那真得感谢上帝。如果叫我来处置这个坏蛋，他就应该被烤死，要不然我就不算好汉！”

狱卒放声大笑，然后说：

“你也教训他一顿吧，老头儿——他们都这么做哩。你会觉得那挺好玩的。”

说完，狱卒就一路溜达着往他那休息室里走去，很快就看不见了。

这老人双腿跪下来，压低声音说：

“感谢上帝，您又回来了，我的主人！这七年来，我一直认为您已经死了，没想到您还活着哪！我一看见您，马上就认出来了，但我必须装出一副冷酷的神情，像看见流氓坏蛋一样对待您，那可真是挺费劲哩。迈尔斯爵士，我又老又穷。不过，只要您吩咐一声，我马上就去把事实宣布出来，哪怕因此让人绞死，我也不在乎。”

“不，”亨顿说，“你不要这么做。这会害了你的，对我的事情也没有什么好处。可是我感谢你，本来我已经对人类丧失了信心，现在你又把我这种信心恢复了一些。”

这个老仆人的出现对亨顿和王子都很有好处，因为他每天进来“骂”亨顿好几次，每回都偷着带几样美味的食物来改善他们的伙食；同时还给他们提供一些新消息。亨顿把这些好吃的东西几乎全留给了王子。要是没有这些食物，王子就会活不下去，因为他吃不下监狱里那粗糙、难吃的牢饭。

于是亨顿就把家里的情况一点一滴地了解清楚了。亚赛死去已经六年了。这件不幸的事，再加上亨顿音信全无，使老父身体更坏了，他觉得自己快死了，于是他希望休吾和爱迪思在他去世之前成亲；但是爱迪思极力恳求延期，希望能等亨顿回来。后来就来了那封报告亨顿的噩耗的信；这个打击就使理查爵士一病不起了；他相信自己死期将至。于是，他和休吾就坚决主张赶快促成这桩婚事；爱迪思苦苦哀求，才获得一个月的延期，然后又延迟了一个月，再延迟了一个月；后来他们终于在理查爵士临终时，在他病床前面举行了婚礼。这个婚姻是不幸的。有人悄悄地传说，婚礼过后不久，新娘就在她丈夫的文件当中发现那封报告噩耗的信的几份草稿，因此就指责他恶意地伪造了这封信，借此骗她成婚——而且加速了理查爵士的死亡。附近的很多人都听到了关于休吾残酷对待爱迪思和仆人们的消息；自从父亲去世之后，休吾爵士已经完全撕掉了温和的面具，对所有依靠他和他的产业吃饭的人都冷酷无情。

王子对安德鲁的闲聊中的其中一点，特别感兴趣：

“外面谣传国王疯了？可是请您千万不要说是我说的，因为人家都说谁要是传出这个消息就得被处死。”

这老头儿回答道：

“孩子，国王并没有发疯呀。一两天之内，已故的国王就要在温莎下葬——本月十六日——新国王将在二十日在威斯敏斯特宫举行加冕礼。”

“我觉得他们首先得先找到他才行，”王子嘟囔，然后他又很有信心地说，“可是他们一定会注意这件事情——我也会注意的。”

老头儿刚要表示质疑——亨顿做了个警告的手势，就把他的话打断了。于是他又继续说他的闲话：

“休吾爵士会去参加加冕礼。他还指望着在典礼上被封为男爵回来，因为他是很受摄政王的宠信的。”

“谁是摄政王？”王子问道。

“桑莫赛公爵殿下。”

“谁是桑莫赛公爵？”

“就是原来的赫德福伯爵呀。”

王子厉声问道：

“他是什么时候当了公爵和摄政王的？”

“从今年一月底起。”

“那又是谁让他当的？”

“他自己和国务会议——还有国王也帮了忙。”

王子大吃一惊。“国王！”他喊道，“什么国王呀，老先生？”

“什么国王，这话问得真奇怪！天哪，这孩子有什么毛病？我们的国王，当然就是至圣天子爱德华六世陛下了！愿上帝保佑他！他还是个仁慈可爱的小孩子哩；不管他是不是疯了——他们都说他的毛病每天都在好转——反正大家嘴里都在赞美他、祝福他，希望他长寿，多给英国当几年国王；因为他一开始就很仁慈地救了诺阜克公爵的命，现在还要废除那些折磨和压迫老百姓的最残酷的法律哩。”

这个消息使王子惊讶得说不出话来，他马上就陷入了深沉而沮丧的幻想，以至再也没有听见老人在说些什么。他怀疑那个“小孩子”是不是就是当初与他换了衣服，然后被留在宫里的那个小乞丐。这似乎是不可能的，因为如果他冒充王子，他的言行举止一定会露出破绽，然后他就会被撵(niǎn)出去，宫里就会寻找真正的王子。难道是宫里另外立了一个贵族的后代代替他继承王位吗？不会的，他的舅父绝不会答应这么办——他一直大权在握，当然可以制止这种行动。这孩子想了半天，也没想出个所以然来。他越想越觉得莫名其妙，头也越痛，睡眠也越不安了。他急于想到伦敦去的心思分分秒秒都在增长，所以囚禁生活简直令他难以忍受了。

四　狱中见闻

亨顿想尽办法都不能使王子感到安慰，但是他附近有两个被锁链套着的女人劝他的话反而颇为有效。他在她们温柔的劝慰之下，终于安静下来，恢复了一些耐心。他非常感激，也乐于跟她们交谈。他问她们为什么进了监狱，一听说她们是浸礼会教友，他就微笑着说道：

“这难道也是一种罪行，应该被关到牢里来吗？我很难过，因为你们快跟我分手了——你们只犯这点小罪，一定很快就会被放出去的。”

她们没有回答，但她们脸上的神色使他感到有些不安。于是他急切地说：

“你们怎么不说话？给我说老实话吧，告诉我——他们该不会给了你们什么别的处罚吧？哎呀，你们千万别哭，我受不了。你们一定要相信我——我一定会恢复原位，一定会救你们，不会让你们受罚的，我一定会这么做！”

第二天一早王子醒来的时候，那两个女人已经不见了。

“她们被放出去了！”他高兴地说，随后他又丧气地接着说了一声，“可是我就倒霉了！——因为再也没有人能安慰我了。”

她们各自留下了一小块丝带，用别针扣在他的衣服上，表达纪念之情。他说他要把这点东西永远保存起来，不久他就要找到他这两位亲爱的好朋友，好好地照顾她们。

这时候，狱卒带着几个人进来，吩咐他们把犯人都领到监狱的院子里去。王子开心极了——能够再到外面见见蓝天，呼吸一下新鲜空气，那是多么愉快的事情呀。在狱卒的带领下，他和亨顿跟在其他犯人的后面走了出去。

囚犯们穿过一条高大的石砌拱道，来到一个四方院子里，然后被安排着站成一排，把背靠着墙壁。他们前面拦着一根绳子，同时还被那些狱卒监视着。那是个寒冷而阴沉的早晨，夜里下过的一场小雪给院子里的石板铺上了一层白色，使这里显得更加凄惨了。

院子中间站着两个女人，被链子拴在柱子上。国王望了一眼，就看出她们正是他那两个好朋友。他哆嗦了一下，心里想：“哎呀，她们还没有被放出去哩。没想到，像这样的人居然要挨鞭子，真叫人想想都难受！——这是在英国呀！哎，这实在是国家的耻辱——这并不是在邪教当道的国家，而是在信奉基督教的英国啊！她们安慰过我，好心地待我，可我现在却不得不袖手旁观，看着她们遭受酷刑；我这真真正正的一国之主，居然不能保护她们，真是奇怪，太奇怪了！可是这些浑蛋还是要当心他们自己才行，因为不久之后，我就要跟他们好好算算这笔账。现在他们打她们一下，将来我要让他们挨一百下。”

一扇大门打开了，一群老百姓涌进来。他们围在那两个女人四周，把她们遮住，使得王子看不见她们。一个牧师从人群中穿过，走了进来，也被遮住了。这时候王子听见有人开始对话，好像是有人发问，有人回答，但是他听不清他们说的是什么。接下来就是一阵忙乱的准备工作，随后，只听有人一声令下，人群向两旁站开了，于是王子看见了一个可怕的情景，把他吓得一下子全身冰冷。那两个女人周围堆起了许多干柴，有一个跪着的人正在引燃它们！

那两个女人垂着脑袋，双手蒙住脸；黄色的火焰开始从那些噼噼啪啪直响的柴堆当中往上升腾，一圈一圈的蓝烟顺着风飘开；牧师举起双手，开始祈祷——正在这时，从大门外面飞跑着冲进来两个年轻的姑娘，她们发出凄惨的尖叫声，扑倒在火刑柱前的两个女人身上。她们立刻就被狱卒们拉开，其中有一个被抓得很紧，另外那一个却挣脱了，她说要和自己的母亲死在一起；人家还没有来得及拦住她，她就抱住了她母亲的脖子。她又一次被拖开了，这一回她的外套已经着了火。有两三个男人抓住她，把她外套上烧着了的那一块揪掉，甩到一边。她拼命挣扎着要跑开，说她从此就要成为孤儿，恳求让她跟她母亲一同死去。两个姑娘都不断地哭号，拼命要挣脱出去，但是这一阵喧嚣忽然被一连串凄惨无比的哀号声所淹没了。王子把视线从那两个疯狂的姑娘身上转到火刑柱那边，然后又向一边转过身去，将面如死灰的脸对着墙壁，再也不看了。他说：“我刚才所看到的那些景象，会永远留在我心里，让我永远也忘不了；我一直到死，天天都会看见这幅悲惨的画面——每夜都会梦见它。我宁愿自己是个瞎子!”

亨顿一直留意着王子的表情。他很满意地想道：“他的毛病好些了，他已经不那么暴躁了。要是依着他的老脾气，他一定要痛骂这帮浑蛋，说他是国王，命令他们放掉那两个女人。看来，他那可怜的脑子就要恢复健全了。但愿上帝保佑他早点好起来吧!”

那一天，又有几个犯人被关了进来。王子开始主动和这些犯人谈话——他打定了主意，只要一有机会，就要询问那些囚犯，让自己从中增长见识，以后好把国王的职务做好——他们的悲惨故事简直使他伤心透了，但是他却一点儿办法也没有。

王子受够了在监狱里耳闻目睹的一切，他非常愤怒，于是就叫亨顿越狱，跟他一同跑到威斯敏斯特宫去，然后等他坐上宝座，举起权标来赦免这些不幸的人，救他们的性命。“可怜的孩子，”亨顿无奈地叹息道，“这些悲惨的故事又使他的毛病发作了——唉，要不是听说了这些倒霉事，他本来是很快就可以好的。”

这些犯人之中有一个老年人，他是一个坚强而勇敢的律师。三年前，他曾经写过一篇反对大法官的政论文章，攻击他不公正，结果因此受到刑罚，被套上枷，割掉了耳朵，还被取消了律师的资格，另外还被罚了三千镑，并被判终身监禁。近来他又犯了那个罪，结果就被判处割掉耳朵剩下的部分，被罚五千镑，两边脸上都要烙上火印，继续执行终身监禁。

“这都是光荣的记号。”他一面说，一面把他那灰白的头发向后拨开，露出他两只耳朵被割掉之后的部位。

王子的眼睛里怒火熊熊，他说：

"没有人相信我——你肯定也不信；可是这没关系——不出一个月，你就可以恢复自由；不但如此，那些使你受了耻辱，还玷污了英国的名声的法律，都要被废除掉。世界上的很多事情都安排错了，有时候国王应该尝一尝自己的法律的滋味，借此学会如何做一个仁慈的君主。"

五　亨顿受刑

终于临到亨顿受审了，这使他非常欣慰，他觉得他可以接受任何判决，只要不再把他关在牢里就行了。但是这一点他想错了。他在法庭上被称为一个"十足的流氓"，并且因为他具有这种身份，又袭击过亨顿第的主人，结果被判头和手脚套上枷，当众坐两个小时。他听到判决之后，感到非常愤怒。他声明他和起诉人是兄弟关系，并且那人强占了本该由他依法继承的爵位和财产，但是他的话被轻蔑地置之不理，简直就像根本不值得一听似的。

他被押着去受刑的时候，一路大发脾气，还说了些威胁的话，但是都没有用；他被狱卒们粗暴地拖着走，偶尔还因为言语不恭而挨一个耳光。

王子无法从后面拥挤的人群当中钻过去，所以只好在背后跟着，与他那位好朋友和仆人离得很远。王子作为亨顿的同伴，也差点被判受足枷的刑罚，但是法官看在他年纪还小的分上，只给了他一番教训和警告，就把他释放了。后来人群终于停下，王子费了九牛二虎之力终于钻了进去。只见他那可怜的忠实侍从已经被套上了枷，被命令坐在那里，任凭那一群流民戏弄——空中有一个蛋飞了过去，在亨顿脸上打碎了，那一群人乱吼起来，表示欣赏这个节目。王子心中的怒火上升到了极点，他向那块圆形空地当中飞跑过去，面对着行刑的狱卒，大声喊道：

“耻辱啊！这是我的仆人——快把他放了吧！我是……”

“啊，别说话了！”亨顿惊慌地冲他喊道，“你会把你自己给毁了的！千万不要理会他，执行官，他是个小疯子。”

“理不理会他的事，你不用操心，我并不想理会他；但是多少得给他一点教训。”执行官对手下的一个人说，“给这小疯子尝一两下鞭子的味道，叫他长长记性吧。”

休吾爵士为了亲眼看看用刑的情况，骑着马到这里来，这时候刚好才到了一会儿，他提议说：“抽他五六鞭子，更加合适一点。”

王子被捉住了。他一想到居然有人胆敢叫人鞭打他的御体，简直气得神经都麻木了。但是现在他既已落难，也就无力抗拒，只好接受这种刑罚，否则就必须求饶，那可太不像话了，还是挨一顿鞭子吧——当国王的挨打还可以，但万万不能求饶。

但是与此同时，迈尔斯·亨顿一直在替他求情：“放了这个孩子吧，难道你们看不见他年龄那么小，身体那么脆弱吗？把他放了——让我来替他挨鞭子吧。”

“哎呀，真是个好主意！”休吾说，他脸上显出了嘲讽而快意的神色，“把这小叫花子放走，让这个家伙替他挨十几鞭子吧——力道十足的十几鞭，使劲打吧。”王子正要提出抗议，可是休吾爵士说了一句有力的话，就使他沉默下来了。“好吧，你尽管说，不要紧，爱说什么就说什么吧——不过你得记住，你每说一个字，他就得多挨六鞭子。”

亨顿身上的枷被放下来，接着被脱光了后背；鞭子抽下去的时候，可怜的王子把脸转开，让那有失体面的眼泪顺着脸颊汹涌而下。“啊，勇敢的、善良的人，”他心里想，“你这种忠诚的行为会永远铭记在我心头。我绝不会忘记——也不许他们忘记！”他愤怒地添上了后面这一句。他沉思着，对亨顿的高尚行为的赞赏和钦佩之情越来越强烈，感激之情也随之不断增加。

亨顿在承受鞭打时没有叫喊一句，他以军人的坚韧精神熬过了那一顿毒打。他的这种精神加上他替那孩子挨打的高尚行为，使得周围那些形形色色的看热闹的人都不由得对他肃然起敬；他们不再嘲笑和叫骂，除了鞭子打下去的声音，再没有其他声音了。后来亨顿再被套上刑具的时候，那地方依然一片沉寂，这与不久以前那种侮辱的叫嚣比较起来，形成了一种强烈的对比。王子悄悄地走到亨顿身边，在他耳边低语道：

“你这伟大的、善良的人啊，当国王的也没有办法来表扬你的高贵品质，因为已经有比国王更崇高的上帝赞赏过你了；但是做国王的可以向凡人证实你的高贵。”他从地下拾起鞭子，轻轻地碰一碰亨顿流血的肩膀，低声说道，“英王爱德华封你为伯爵！”

亨顿深受感动，泪水涌到眼眶里来了。但是当时那孩子这种滑稽可笑的举止简直使他很难保持严肃，他强忍着才没有笑出来。他这样赤裸着后背，血淋淋的，突然一下子从套着刑具的普通犯人荣升为伯爵，在他看来，简直是荒唐至极。他心里想：“虽然这个幻想中的爵位没有什么实在的价值，但我为了赠给我这个爵位的人的那番好意，还是要把它当成宝贝。这可笑的爵位并不是出于我的要求，而是被一只洁净的手和一颗正直的心送来的，比起那些依靠卑躬屈膝，从那吝啬、自私的国王手里换来的真正的爵位，还要可贵得多哩。”

令人畏惧的休吾爵士把他的马转过头去，骑着马疾驰而去。人群自动默默地分开一条路，让他过去，然后又同样沉默地合拢来了。大家就是这样沉默地围着这两个人，谁也没有说一句话对犯人表示好感，或是称赞他；但是这没有关系，只要没有人骂他，就已经是在表示由衷的敬意了。有一个后来的人不清楚当时的情况，对这个“骗子”说了一句嘲笑的话，并且还打算把一只死猫向他扔去，但是他马上就被在场的人无声无息地打倒，踢了出去，深沉的寂静又恢复了。

六　到伦敦去

亨顿结束枷刑之后，就被释放了，执行官命令他离开这个地区，永远不许再回来。他的骡子和毛驴被归还给了他，还有他的剑。他骑上骡子走了，王子跟在后面。人群怀着敬意目送他们离去，直到他们走了之后，大家才分散开。

亨顿很快就陷入了沉思。他怎么办呢？他该上哪儿去呢？他必须到什么地方去取得有力的援助才行，否则他就只好放弃他的继承权，而且还要从此背负一个骗子的罪名。他到什么地方去才能得到这种有力的援助呢？真是！这实在是个难题。慢慢地，他心里冒出了一个念头，虽然那是一个微弱的希望，但是除此之外，也没有更好的办法了。他记得安德鲁老头儿谈到过那年轻的国王非常仁慈，还说他怎样恩赦那些受了冤屈和遭遇不幸的人。何不去设法请求他为自己申冤呢？但是，像他这样穷困潦倒的人能有机会到庄严的国王面前吗？

不要紧——这件事情就顺其自然吧。不管怎么样，还是先到伦敦去吧。到了那儿，也许他父亲的老朋友汉弗莱·马洛爵士会帮他的忙——“好心的老汉弗莱爵士，前国王的御厨还是御厩(jiù)什么的总管。”——亨顿想不起他的头衔究竟是什么了。但现在他终于有了一个努力的方向，有了一个明确的追求目标，因此之前笼罩在心灵上的羞辱和沮丧就都烟消云散了。于是他就抬起头来，四下张望，惊讶地发觉自己已经走了很远了。王子一直低着头在他后面慢慢地跟着走，因为他同样满腹心事，此刻也正在沉思。亨顿看见王子之后，一阵忧虑驱走了他心中刚刚升起的愉悦之情，这孩子在伦敦城里除了遭到虐待和恼人的穷困之外，什么也没有享受过，现在他是否愿意再到那儿去呢？这个问题非问清楚不可，这是无法避免的，所以亨顿就勒住缰绳，大声问道：

“我忘记问问我们应该上哪儿去了。听您的命令吧，国王。”

“去伦敦！”

亨顿于是继续往前走，虽然也觉得很惊奇，但他对这个回答非常满意。

他们一直走到伦敦城，一路都没有遭遇什么重大的事情。但是最后却遇到了一件事。在二月十九日晚上十点钟左右，他们随着熙熙攘攘、狂呼乱吼的人群踏上了伦敦桥，那些人都喝了很多啤酒，他们那些醉醺醺(xūn)的脸在火把的照耀之下，显得特别清楚——正在这时候，原本好好挂在那儿的某一位原先的公爵或是别的贵族的腐烂的头忽然掉下来，落在他们当中，恰好打中了亨顿的胳膊肘，然后掉在地下，在那些惊慌乱跑的脚当中打滚。世上的事情是多么虚幻无常啊！——已故的那位好国王才死了三个礼拜，下葬还不过三天，而他当初煞费苦心给这座伟大的桥做装饰品的东西——他所砍下的那些显要人物的头颅，已经在往下掉了。有一个市民踩着那个人头摔了一跤，于是一下子撞在他前面一个人的背上，那个人就回过头来，把最靠近他身边的一个人打倒在地，而他又立刻就被那个人的朋友打倒了。那正是最适于大打出手的时候，因为第二天的盛典——加冕礼——的庆祝已经开始了。每个人都装满了一肚子烈酒和爱国忠君的热情；五分钟之内，那场乱斗就波及了一大片；又过了十几分钟，就演变成了一场暴动。这时候亨顿和王子被那拥挤骚动的人潮冲散了，谁也找不着谁。那么，我们就先不谈他们了吧。

成长启示

为了保护王子，亨顿毅然代他挨鞭子，这种舍己为人、善良正直的精神令人佩服。在亨顿心中，他所保护的并不是什么王子，只是个让他心生怜惜的可怜孩子，这种同情弱小、仁慈友爱的品德更是令人敬重！

要点思考

1. 王子在狱中有哪些见闻？请用简洁的语言叙述出来。

2. 你赞成“当国王的挨打还可以，但万万不能求饶”这句话吗？为什么？

第八章　真国王归来

导读

历尽千辛万苦，真正的国王终于归来。在新王加冕的盛大典礼上，真正的国王爱德华·都铎身着破衣烂衫，在人群之中爆发出一声大喊："我才是真正的国王！"刹那间，全场大惊！就在人们要冲过去抓住他的时候，假国王汤姆却跺着脚，向人们高声发话……

一　迷恋富贵

正当真正的国王在各地流浪、饱尝人间苦难的时候，假国王汤姆·康第却享受着一种完全不同的生活。

上次我们和他分手的时候，皇家生活对他才刚刚开始有了光明的一面。这个光明的一面每一天都变得越来越有光彩，没过多久，就几乎成了一片阳光灿烂和无限欣喜的气象。他的恐惧、窘（jiǒng）态，还有焦虑通通不见了，他渐渐有了一副自然而大胆的帝王风度。他把那代鞭童当作一个矿山来开

采，所得的收益越来越多了。

他想要玩耍或聊天的时候，就吩咐伊丽莎白公主和洁恩·格雷公主到他面前来，他和她们玩够了的时候，就命令她们出去，他那神气就像是向来习惯于这一套似的。这些高贵的人物在临别时亲吻他的手，也不再使他惊慌了。

他渐渐喜欢被许多人侍奉着起床、用餐，这些现在已经成为一种让他很得意的事情了。他因为过于欣赏那些排场，竟然把卫士的人数增加了一倍。他开始喜欢听见号角顺着长廊吹响的声音和远处响应的“给国王让路”的呼声。

他甚至还开始喜欢坐朝，看上去不只是摄政王的传声筒一样。他喜欢接见各国使者和他们盛装的随从，倾听他们从那些称他为“兄弟”的著名的国王那里带来的亲切问候。啊，垃圾大院出身的汤姆·康第多么威风，多么快乐！

他很喜欢他那些华丽的衣服，并且还添置了一些；他觉得他那四百个仆人还不够衬托他的威严，又把他们的人数增加了两倍。那些恭恭敬敬的官臣的阿谀奉承（为讨好而说好听的话恭维别人。阿谀，ē yú）之声渐渐成了悦耳的音乐。但是，他始终是仁慈而宽厚的，对于一切受压迫的人，他始终是一个坚决的保卫者，毫不疲倦地向那些不公平的法律下手。但是在某些场合，他要是被触怒了，即便是面对一个伯爵，甚至是公爵，他也不留情面，只要把眼睛一瞪，就能使对方发抖。有一次，他那严酷对待异教的“皇家姐姐”玛丽公主和他据理力争，认为他赦免了那么多应该被处死的人不是英明之举，还提醒他说，他们那已故的威严的父亲曾在同一时期内把六万个犯人关在监狱里，曾把七万二千个小偷和强盗交给刽子手处死。这孩子听了之后震怒不已，命令她回到自己的私室里去，恳求上帝取掉她的铁石心肠，并给她换上一副慈悲的心肠。

难道汤姆·康第从没有想起过那可怜的真正的王子，完全忘记了他那么善良地对待他，那么热诚地飞跑出去，替他去报复皇宫大门口那无礼的士兵的情景了吗？不，在起初的那些日子里，他日日夜夜都在伤心地怀念着那失踪的王子，一心渴望他回来，恢复他原有的权力和荣华。但是后来日子过得久了，王子并没有回来，汤姆就越来越沉醉于他那新鲜迷人的新生活，失踪的王子就渐渐在他脑子里淡去，以至于几乎无影无踪了。直到最后，那不幸的王子就算偶尔闯入他的记忆里，也成了一个不受欢迎的影子，只会让他感到内疚。

汤姆那可怜的母亲和姐姐也是这样，慢慢地从他心里跑出去了。起初他很伤心地怀念她们，为她们而难过，渴望着和她们相见，但后来一想到她们会在哪一天穿着破衣烂衫来找他，和他拥抱亲吻，以致拆穿他的身份，把他从那高贵的王位上拉下来，拖（动词的运用精妙而贴切，“拉”和“拖”两个字充分体现了汤姆不愿意回到过去的生活的那种恐惧心理）回去过那穷苦卑贱的日子——他就感到不寒而栗（不寒冷而发抖，形容非常恐惧）。最后她们几乎完全不再干扰他的心思了。于是他就满意起来，甚至还很欢喜。现在，每逢她们那愁苦哀怨的面孔在他脑子里出现的时候，他就感到一阵恶心和鄙夷。

二月十九日午夜时分，汤姆躺在皇宫华丽的大床上，进入了梦乡。明天就是给他举行庄严的加冕礼、使他当上英国国王的日子了。在同一时刻，真正的国王爱德华却又饿又累，浑身污渍（zì）——这是他卷入骚乱的结果——挤在一群看热闹的人当中站着。人们正在兴致勃勃地望着一队一队奔忙的工人从威斯敏斯特大教堂不停地像蚂蚁似的跑进跑出，他们正在为新国王明天的加冕礼进行最后的准备工作呢。

二　新王出巡

第二天早晨，汤姆醒来的时候，空中到处是震耳的人声，远近四方都充满了这种声音。这在他听来，就像音乐一般，因为这表示英国全国臣民都在热烈欢迎这个盛大的日子。

不久，汤姆又一次在泰晤士河上成了一个辉煌的乘御艇出巡的主角。按照自古以来的习惯，穿过伦敦城的“出巡受贺”的行列必须从伦敦塔出发，现在他就是到那儿去。

当他到了那里时，那个威严的堡垒的四面好像忽然在无数地方裂开了似的，每一条裂缝中都窜出一条通红的火舌和一道白烟来；随后是一阵震耳欲聋的爆炸声，震得地都发抖了；火焰和白烟一次又一次出现，爆炸声也一次又一次响起来，几分钟之后，那座古塔就被它自己放出的烟雾笼罩起来了，只剩下最高的那层叫作白塔的塔顶；在那片浓烟之上，插着旗子的白塔就像一座被浮云萦绕着的山峰一样（场景描写层次分明，具体形象，生动再现了当时的伦敦塔那热烈壮观的景象，渲染出了一种庄严、隆重的气氛）。

汤姆·康第身着盛装，骑着一匹昂扬健壮、装饰华丽的战马；他的“舅父”摄政王桑莫赛公爵也骑着一匹类似的马，跟在他后面；国王的卫队披着明晃晃的盔甲，在他两旁排成竖行；摄政王后面跟着一长串衣着光鲜亮丽的贵族行列，都有他们的奴仆随侍着；跟在他们后面的是市长和市参议员的队伍，全都穿着天鹅绒的大红袍，金链子挂在胸前；他们后面是伦敦各个行会的代表，也都穿得很体面，举着各个行会的鲜艳旗帜。此外，在这个游行队伍中，还有一支拥有着古老名誉的炮兵连，算是穿过城区时的特种仪仗队——这个部队当时已经有三百年的历史了，它是英国唯一享有特权、不受国会命令支配的队伍（这种特权至今仍是如此）。这个出巡的队伍非常壮观，它威风凛凛地从密集的人群中穿过，沿途一直都受到阵阵欢呼和祝贺。史官记载道："国王入城时，民众夹道欢迎，都向他致欢迎词，或是欢呼祝福，还有其他各种证明百姓热爱君主的表示；国王不时地抬起头来向远处的市民微笑示意，并对身边的百姓说些慈祥亲切的话，以此表示他接受百姓的敬爱，心中大感欣慰。当有些人说：'愿上帝保佑国王陛下！'他就回答说：'愿上帝保佑我的臣民！'接着还说一声'真心诚意地感谢你们'。百姓听到他们的国王这种仁爱的回答，看见他那亲切的表情，都感到万分激动和兴奋。"

芬秋奇街上有一个"衣着华贵的俊俏幼童"站在一个台子上欢迎国王陛下入城。他的颂词最后一节是这样的：

陛下光临，万众欢迎；
欢迎陛下，同沐皇恩；
语言欢迎，心也欢迎；
天佑圣主，君民一心。

人们发出一阵欢呼，齐声合唱那孩子念出的颂词。汤姆注视着那如同波涛汹涌的大海似的一片热切的面孔，心中充满了狂喜的情绪。他觉得人生最有意义的事情莫过于当国王，成为全国人民崇拜的偶像。随后他就一眼望见远处有两个垃圾大院的玩伴——其中一个是他当初那个模仿游戏里的御寝大臣，另一个是同一幻想中的海军大臣，于是他那得意的心情就更加高涨了。啊，假如他们现在还能认识他，那该多好！

假如他们知道当初那个垃圾大院里被人嘲笑的假国王现在成了真正的国王，整个英国都拜倒在他脚下，那该是多么无法形容的骄傲！但是他不得不抑制自己的欲望，因为他如果真的被那两个孩子认出来，结果肯定会得不偿失。因此他立即把头转开，让那两个肮脏的孩子继续欢呼，继续说那些奉承国王的话，毫不怀疑他们所欢迎的国王有什么问题。

人群中不时发出喊声："给赏钱呀！……"汤姆响应这种要求，向周围撒出一把亮晃晃的新钱币，让大家去抢夺。

盛大的游行继续前进，浩浩荡荡的队伍从一座又一座的庆祝牌坊底下依次走过。道旁还陈列着许多壮观的、含有象征意义的连环画。这些连环画每一套都很有寓意，分别代表了这位小国王的某种品德、才能或特长，含有赞美的意思。在契普赛街上，每家每户都在屋檐下和窗户上挂着旗子和飘带，最考究的毛料、绒毡和金丝缎垂在街道两旁作为装饰——这都是那些商店里面最好的样品。这条大街的豪华景象，别的街道也是如此，有的甚至还超过了。

眼前的景象让汤姆·康第这个假国王满脸荣光，眼睛里发出兴奋的光芒，完全陶醉在愉快的情绪中，有一种飘飘荡荡的感觉。这时候，他正要举起手，想再抛出一把赏钱，恰好一眼瞥见一副苍白而吃惊的面孔，正从人群的第二排里拼命伸出来，用那双专注的眼睛紧紧地盯住他。一阵极不愉快的惊慌失措的感觉瞬间侵袭了他的全身，他认出了那是他的母亲！于是他立刻把手往上一举，掌心向外，遮住眼睛——这是他在感到恐惧时不自觉的一个动作，本来是由一件早已忘记的事情引起的，后来就成了习惯。一转眼的工夫，她已经从人群中挤了出来，冲过卫士的警戒线，跑到他身边了。

她抱着他的腿，一边用力地亲吻着，一边还大声喊道："啊，我的孩子，我的宝贝！"她抬头望着他，面孔因喜悦和慈爱几乎变了形。国王的卫队里有一个军官见到这副场景，马上就大骂一声，把她揪住，然后猛推了一下，把她推得一摇一摆地滚回原处去了。这件惨事发生的时候，汤姆·康第嘴里正在说："我不认识你啊，你这个女人！"但是他看见她受到这种对待，良心上非常不安。后来人群把她淹没了，使她看不见他的时候，她转过头来，想望他最后一眼。汤姆远远地看见她那非常委屈、非常伤心的样子，突然感到一阵耻辱，他的得意情绪在这一刻完全化成了灰烬，他那偷来的国王的威风也烟消云散了。他的荣光和骄傲一下子变得一钱不值，好像一些破布条似的从他身上纷纷脱落（心理描写细腻传神，将汤姆此时内疚、痛苦的心理描绘得淋漓尽致。比喻手法的恰当运用，使人物的心理活动充满画面感，更具感染力）。

出巡的队伍继续前进，途经的场所越来越豪华，民众的欢呼声也越来越响亮。但是这一切对于汤姆·康第来说毫无吸引力，他什么也没有看见，什么也没有听见。国王的身份已经黯然失色，无滋无味，那些威风凛凛的排场已经成了一种羞辱。内疚正在啃噬（一点点地咬下来。噬，shì）着他的良心。他说："但愿上帝让我摆脱这种惩罚吧！"

他不知不觉地采用了他最初被迫做了国王的那些日子里的说话语调。

面对浩浩荡荡的出巡队伍、山呼海啸般的欢呼声，国王仍然没有反应。他始终骑在马上低着头，无精打采，他只看见他母亲的脸和她脸上那副难过的神色。他胸膛中一直回荡着一个声音——那是他的良心在折磨他——这个声音老是重复那一句可耻的话："我不认识你啊，你这个女人!"

后来群众脸上的快乐情绪稍微起了一点变化，换上了几分关切的表情，喝彩的声音也明显地减少了。摄政王很快就发现了这种情况，他也很快就找出了原因。他驾着马跑到国王身边，一面在鞍子上深深鞠躬致敬，一面说：

"国王，这个时候沉迷于幻想可不合适。老百姓看见您低着头，闷闷不乐，会把这当成不好的预兆哩。请您听我的劝告吧，国王的御颜要像太阳那样光芒万丈，驱散这种不祥之气。请您抬起头来，向百姓微笑吧。"

公爵一边这么说，一边向周围的人群撒出一把钱币，然后退回原位。假国王机械地依照公爵的吩咐行事。他的微笑是不带丝毫感情成分的，但是大家都离得远，并且也不仔细看，所以很少有人能看出破绽。他向百姓答礼的时候，他那戴着翎毛的头一点一点，显得非常慈祥而优雅；他慷慨地撒着赏钱，很符合国王的身份。于是群众的忧虑就消失了，大家的欢呼声又像原先那样响亮地爆发出来了。

而当出巡将近结束的时候，公爵不得不再一次骑上前去，提醒国王。他低声说：

"啊，令人敬畏的国王！请您甩掉这种扫兴的神情吧，全世界的眼睛都在看着您哪。"然后他又极为烦躁地接着说了一句，"那个乞丐疯婆子真该死！就是她搅扰了国王的心情。"

那盛装的国王把一双无精打采的眼睛转过去望着公爵，用一种死气沉沉的语调说：

"**她就是我的母亲呀**（即将王权在手的汤姆此时能说出这句话，让我们不仅看到了他的勇气，还看到了他的正气）!"

"我的上帝哪!"摄政王一面拉着缰绳把他的马退回原位，

一面呻吟着说，“果然是个不祥的预兆，他又发疯了！”

三　加冕大典

让我们回到几个小时前，在加冕大典这天的凌晨四点钟，到威斯敏斯特大教堂去看看吧。那时候虽然还是夜里，看台上却已经挤满了举着火把的人，他们都愿意在那儿坐着等上七八个小时，一直等到他们终生难得再看到的加冕大典隆重开始。自从凌晨三点钟预告的炮声响过之后，伦敦和威斯敏斯特就忙乱起来了。一群群没有官爵的阔人开始拥了进来，找到他们早就花钱打点好的座位，规规矩矩地坐了下来。

时间一分一秒地过去，每个看台都挤满了人，整个大教堂里鸦雀无声，一支支火把闷沉沉地闪烁着。天色终于慢慢亮了，于是大家熄掉火把，开始四处张望起来。柔和的阳光把教堂里所有的空间都照遍了，这座雄伟建筑的全部轮廓(kuò)现在都看得一清二楚了，它是那么宽大明亮，足以容纳成千上万的人。

七点钟的时候，教堂里的单调气氛第一次被打破了。一个贵族夫人走进了大袖廊，她的衣服华丽无比，简直像所罗门王穿的一样。有一位身着天鹅绒衣服的官员把她引到她的专席上，等她坐下之后，又替她把脚边的踏脚凳放好，然后又依照她的吩咐把她的花冠放在最适当的地方，好让她在贵族们一齐复冠的时候，顺手就可以拿到。

这时候，贵族妇女们像闪光的流水似的源源而来，许多穿缎子衣服的官员四处忙活着，安排她们舒舒服服地坐下。

现在，这里到处充满了活力，到处流动着色彩，逐渐热闹起来。贵族妇女们各自就座了，看起来好像是一大片人形的花朵，五颜六色，光彩夺目。她们年龄各异，长相各异，神情举止也各不相同，但身上那流光溢彩（形容光彩流动闪烁）的衣服和闪闪发光的宝石却一样华丽和耀眼。

九点钟左右，有一个来自东方某一偏远国家的特使和全体外国大使一同进来了。他们迎着阳光，周身放射出使人眼花缭乱的光彩，以致看到的人们惊讶得连气都透不过来，因为他们从头顶到脚跟都戴满了宝石，身体稍微一动，就会向四面八方洒出一片跳跃的光芒。

时间不知不觉地过去了，两个半钟头之后，一阵深沉的隆隆炮声报告国王和他那堂皇的行列终于来到了，于是等待的人们都兴奋起来。大家都知道国王还要再耽搁一阵才能来到，因为他还要经过一番打扮，穿好礼袍来参加这个隆重的典礼。在这段时间里，全国的贵族都穿着派头十足的礼袍，开始依次入场。看台上的那些人全都兴致勃勃地看着那些公爵、伯爵和男爵，按礼节被引领到各自的位子上一个个坐好。这个场面实在是豪华又有趣，令人久久难忘。

紧接着，几位穿着法衣、戴着法冠的教会首领和他们的随从陆续走上教坛，坐上各自的座位。他们后面跟着摄政王和他的大臣，再后面还来了一队钢盔钢甲的皇家卫队。

又过了一段时间，一声号角之后，突然响起了一阵激昂欢快的奏乐声，于是汤姆·康第穿着一件金丝缎的长袍在门口出现，缓步走上了教坛。全体在场的人都站了起来，加冕典礼开始了。

然后一首庄严的赞美歌声音洪亮地响起来，弥漫在大教堂全场。汤姆·康第就在这阵歌声的先导和欢迎之下，被引到宝座上去了。古老的仪式进行着，观众都定睛注视着这个庄严肃穆的时刻。仪式快要结束的时候，汤姆·康第脸色渐渐发白，而且越来越厉害，一阵不断加深的沮丧和苦恼的情绪笼罩着他的心灵，折磨着他那懊悔不安的良心。

后来终于进行到最后一项仪式了。坎特伯利大主教把英国国王的王冠从垫子上捧起来，举到那瑟瑟发抖的假国王头上。就在同一瞬间，一片彩虹闪过了宽大的袖廊，因为那贵族群中每个人都动作整齐地举起了一顶冠冕，在各自的头上举着——大家都保持着这种姿势不动。

四　真假国王

整个大教堂笼罩着一片深沉的寂静。就在这个难忘的时刻，一个惊人的鬼影闯入场内来了——这个鬼影在全场聚精会神的人们当中，一直没有被人注意到，就在现在，他突然出现了，顺着中间那条大过道往前走。那是个男孩子，光着头，鞋袜都破得不像样子，身上穿着一套破破烂烂的平民衣服。他庄严地举起手来，那种神情与他那副脏兮兮的可怜相是很不相称的，同时他发出了一声警告：

"我不许你们把英国的王冠戴在那个假冒的国王头上，我才是真正的国王！"

立刻就有几个人愤怒地冲过去抓这个孩子，但这个时候，汤姆·康第穿着他那一身帝王的服装，迅速地向前走了一步，用响亮的声音喊道：

"住手，不许抓他！他的确是国王！"

一阵惊骇慌乱的表情扫遍全场，有一部分人从座位上站起来，用困惑的神色瞪着眼睛互相望着，再望一望这场戏里面的两个主角，好像不知道自己是在做梦还是醒着。摄政王也和别人一样吃惊，但是他很快就恢复了冷静，用一种威严的声调喊道：

“不要听国王的话，他的毛病又发作了，把那野孩子抓起来！”

有人正要去执行他的命令，但是假国王跺着脚大声喝道：

“不许动他，抗命者死！他是国王！”

那人伸出去的手又缩了回来，全场的人都吓呆了，谁也不敢动弹和说话。只有那孩子还在沉着地继续往前走，从他那高贵的风度和自信的神态上看，他从开始就没有踌躇（chóu chú。犹豫）过。当大家心里乱成一团，还在胡思乱想的时候，他却走上了教坛，假国王满脸喜色地跑过去迎接他，在他面前跪下来说：

“啊，国王陛下，让可怜的汤姆·康第第一个向您宣誓效忠吧，让我向您说：‘请您戴上王冠，恢复王位吧！’”

摄政王目光严厉地盯着这新来的孩子的脸，他的神色马上就变了，变成了一副惊奇的表情。其他的大官也有了同样的表现。他们互相望了一眼，紧接着一起后退了一步。每个人心里都起了同样的念头：

“太奇怪了，他们是多么相像啊！”

摄政王一时不知如何是好，他沉思了一两分钟，然后以严肃而尊敬的态度说：

“请您恕我冒昧，我想问您几个问题……”

“您只管问就是，公爵。”

公爵就问了许多问题，有关于先王的，有关于朝廷的，有关于王子和公主们的，这孩子都回答得很正确，而且毫不迟疑。

真是不可思议！凡是听见了他们的对话的人都这么说。形势开始转变了，汤姆·康第的希望也就随之高涨起来，但是摄政王摇摇头说：

“这的确非常神奇——可是这也不算什么证明，国王陛下也能说得清楚的。”汤姆·康第听见这句话，并且听见自己还是被称为国王，心里就又失望起来。

摄政王再次沉思了一会儿——他摇摇头——后来不由自主地想道：“如果这个不幸的谜一直解不开，那对国家是非常危险的，对所有人都有危险。结果可能使国家分裂，使王位颠覆。”于是他转过身去说：

“汤玛斯爵士，抓住这个……不，住手！”他脸上露出了喜色，对这个衣衫褴褛的候补国王提出这么一个问题：

“你知道玉玺在什么地方吗？只要能把这个问题回答得对，就可以解开这个谜了，因为答案只有真正的王子才知道！”

这倒是个绝妙的主意。大臣们互相看了一眼，眼睛里都流露出赞成的神色。是的，除了真正的王子，谁也不能解开玉玺失踪之谜！于是大家纷纷点头，心里都很满意地微笑着，他们盼望看到这个疯疯癫癫的孩子会露出惊慌失措的神色。但是结果却使他们大为吃惊——他们听见他立刻就用自信的、从容的声音回答道：

“这并不是什么难解之谜。”然后他就转过脸去发出一个命令，他那毫不客气、自自然然的态度表示他是个惯于对人下命令的人，“圣约翰勋爵，你进宫到我的房间里去。在靠近地板的地方，离那扇通往前厅的门最远的左边那个角落里，你会在墙上找到一个黄铜的钉头形的装饰；你按它一下，就会有一个小宝石箱敞开。这个地方除了我自己和替我设计的那个可靠的工匠以外，世界上再没有别的人知道。你第一眼看到的就是玉玺——把它拿到这里来。”

在场的人听到这些话，都大感惊讶，尤其是看见这个小叫花子竟然毫不迟疑地叫出这位贵族的名字，而且对国王的房间如此地了如指掌。这位贵族听到这个突如其来的命令，本能地就要去服从。他甚至动了一下，好像是要走的样子，但是很快又恢复了镇定的态度，没有迈出去一步。汤姆·康第转过脸来向他严厉地说：

“你怎么还在迟疑？难道没有听见国王的命令吗？快去！”

圣约翰勋爵深深地鞠了一个躬，然后就迅速赶往皇宫。

五　重回王位

人群缓慢地移动着，簇拥在汤姆·康第和那个新来的孩子周围。不知不觉地，围绕在新来的那个孩子周围的人越来越多，汤姆·康第后来几乎是独自站着了。又过了一阵短时间的惴惴不安和焦心等待，连留在汤姆·康第身边的少数几个胆小的人也开始鼓足了勇气，一个一个地溜到多数那边去了。于是到了最后，汤姆·康第穿着他那华丽的帝王的礼袍，戴着满身钻石，孤零零地站在那儿，似乎与整个世界隔绝了。

现在大家看见圣约翰勋爵回来了。他顺着当中的过道往前走的时候，大家静得连气都不敢出，但每个人心里都怀着强烈的好奇。在这种静得让人心慌的气氛中，他的脚步轻轻地发出一阵沉闷的、遥远的声响。他一直往前走，每个人的眼睛都在追随着他。

他走到教坛上，迟疑了一会儿，然后向汤姆·康第走过去，对他深深地鞠了个躬，说：

“国王，玉玺不在那里！”

那一群刹那间脸色惨白的大臣马上就从那个衣着肮脏的孩子身边慌忙散开，像躲开一个害瘟疫的病人那般迅速。片刻之间，他就又成了一个孤家寡人，独自站在那儿。摄政王凶恶地喊道：

“把这个发疯的小乞丐撵到街上去，拿鞭子打着他游街吧——这个小无赖不值得我们再理会了！”

卫队的军官立即往前去执行命令，但是汤姆·康第挥手把他们挡开，大声说道：

“回去！谁敢动他，就处死刑！”

摄政王尴尬到了极点，他对圣约翰勋爵说：

“你认真找过了吗？——这似乎太奇怪了。不起眼的小东西是可能失踪的，但是像英国的玉玺这么大的东西怎么会不见了？那么大个金的圆饼子……”

汤姆·康第眼睛一亮，他连忙走上前去，大声问道：

“什么？那东西是圆的吗？——很厚吗？——是不是上面刻着字和花纹？啊，我现在才知道，你们急得要命、大惊小怪地要找的这个玉玺，原来是这么个东西呀！你们要是早跟我说说它的样子，那你们在三个礼拜以前就找到了。我很清楚它在什么地方，不过并不是我把它放在那里的——起先不是我放的。”

“那么，是谁放的，国王？”摄政王问道。

“就是那边站着的那个人——英国的合法国王。让他亲口告诉你们放在什么地方吧——那么你们就会相信他是本来就知道的（通过语言描写体现出了汤姆聪明细心，善于为他人着想的优点和品质）。国王，您动动脑筋想一想吧！那天您穿着我那身破衣服，从皇宫里冲出去，要去处罚那个侮辱我的士兵，临走之前，您干的最后一件事情就是收起玉玺呀。”

随后是一阵沉寂，没有任何人说话或者活动，所有的人都用眼睛注视着那个新来的孩子；他垂着头、皱着眉头站着，开始从他的脑子里那些乱七八糟的往事中追寻一件小小的、毫无头绪的事情。令人煎熬的几分钟过去了，但是他还在不声不响地拼命地想，毫无其他表示。最后，他叹了一口气，慢慢地摇摇头，用颤抖的嘴唇和失望的声音说：

“我把当初的事情全都想了一遍，可是始终想不起玉玺的事。”他停了一会儿，然后抬起头来望着，用温和却不失尊严的态度说，“各位大臣和侍从，你们如果因为你们合法的国王拿不出这个证据来，就剥夺他的继承权，我也许不能阻挡你们，因为我毫无权力。但是……”

“啊，国王，你简直是疯了！”汤姆·康第惊慌地说，“等一等！——你好好想想！不要放弃！——这件事情还没有失败！并且也不能让它失败呀！您听我说吧——每个字都听清楚——我要把那天早晨的事情跟您仔细说上一遍。”

于是，汤姆就把那天的详细情形一样样说出来对证，当另外那个孩子每次点头表示同意的时候，在场的所有人都莫名其妙地瞪着眼睛望着他们。这些话听起来好像是真有其事，可是一个王子和一个乞丐居然会凑到一起，而且最后还交换了身份？实在是天方夜谭！

只听汤姆继续说道："王子，我们为了好玩，彼此换了衣服。然后我们在一面大镜子前面站着，我们俩长得一模一样，所以我们都说看起来像是没有换过衣服似的——对，您还记得这个。后来您发现那个士兵扭伤了我的手——瞧！就在这儿。殿下一看见这个，马上就跳起来，说是要找那个士兵报仇，于是就往门口跑——您走过一张桌子——您叫作玉玺的那个东西就放在那张桌子上——您一下子把它拿起来，很着急地东张西望，好像是要找个地方把它藏起来——您一眼就看见了……"

"停！这就够了！——感谢上帝！"那要求重回王位的孩子万分兴奋地喊道，"快去吧，我的圣约翰勋爵——你到墙上挂着的一副米兰盔甲的护臂里就能找到玉玺了！"

"对了，国王！您说对了！"汤姆·康第喊道，"现在英国的权标属于您了，没有谁再敢否认！快去吧，圣约翰勋爵，生出翅膀飞过去吧（语言风趣，情绪热烈，充分体现了汤姆当时激动、喜悦的心情）！"

现在，全场的人都站了起来，大家都焦躁不安，同时又兴奋得要命，所有人几乎因此而神经错乱。台下和台上都爆发了一阵震耳的、疯狂的交谈声，每个人都听不清自己或者别人在说什么，但他们全不在意这一点。

谁也不知道究竟过了多久，圣约翰勋爵再次走上教坛，他手里拿着玉玺，将其高高举起，于是全场都欢呼起来了。

"真正的国王万岁！"

欢呼声和音乐声在空中整整震动了五分钟，人们挥舞着手绢，欢呼雀跃不已。万众狂欢中，一个衣衫褴褛的孩子站在那宽大的教坛的中心，全国的大臣都跪在他周围。此刻，他是全英国最引人注目的人物，满脸通红，又快乐又得意。

然后全体起立，汤姆·康第大声喊道：

“啊，国王，现在请您收回这身国王的礼袍，把身上那破烂的衣服还给您可怜的奴才汤姆吧。”

摄政王高声地说：

“把这个小无赖的衣服剥掉，给他关到塔里去吧。”

但真正的国王说：

“谁也不许伤害他！如果不是他帮忙，我就不能恢复王位。至于您呢，我的好舅舅，我的摄政王，您这样对待这个可怜的孩子未免太忘恩负义了，因为我听说他已经把您封为公爵了。”——摄政王涨红了脸——“可是他并不是国王，所以您那个漂亮头衔现在还不算数。明天您再请求批准这个爵位吧——要托他替您申请才行——否则您就不算什么公爵，依然是一个伯爵。”

桑莫赛公爵挨了这顿骂，连忙从国王面前暂时退下。国王转过身来向着汤姆，很和气地对他说：

“可怜的孩子，玉玺藏在什么地方，连我自己都忘记了，你怎么反而记得呢？”

“啊，国王，那很容易，因为我使了它好几天。”

“你使了几天，为什么还说不出它在什么地方呢？”

“我不知道他们要的玉玺就是这个东西呀。他们并没有说明它是什么样子哩，陛下。”

“那么你使它做什么呢？”

汤姆的脸一下子变得通红，他把眼睛朝下看，一声不响。

“别害怕，小伙子，大胆说吧，”国王说，“你用英国的卡玺干什么来着？”

汤姆结巴了一会儿，才说出口来：

“用它砸栗子！”

可怜的孩子啊，他这句话引起的一阵山崩地裂似的狂笑几乎把他掀翻在地。也就在这阵笑声里，汤姆·康第的“假国王身份”彻底现形了。

紧接着，那件华丽的礼袍就从汤姆身上换到国王身上去了，把国王原来的破衣服完全遮盖住了。然后加冕礼又继续举行。真正的国王接受了涂油的仪式（国王加冕时需要接受涂油礼，其一般仪式是，以用植物油与一些香料混合而成的圣油，涂撒在国王光光的前额、前胸、后背及身体的其他部位），戴上了王冠，同时礼炮轰响，把这个消息传遍全城，于是整个伦敦城都淹没在了欢呼喝彩的海洋里。

成长启示

汤姆在出巡的途中，遇到了将自己认了出来的母亲。当母亲被推开后，他的心情一下子失落不已，眼前的万千繁华都变得暗淡无光起来，耻辱、痛苦、内疚，不断地啃噬着他的心。正是在这一刻，他幡然醒悟，他这种勇于自省，知错就改，不恋奢华，重情重义的行为，让我们看到了一个了不起的汤姆·康第！

要点思考

1. 汤姆在出巡的途中遇到母亲时，态度和心理都有哪些变化？说出每次变化的原因。

2. 汤姆为什么心甘情愿地帮助爱德华重回王位？他是怎样帮助的？

第九章　善恶皆有报

导读

真正的国王归来，王子和贫儿各自的身份终于大白于天下。亨顿终于见到了他苦苦寻找的“疯孩子”，他大感惊骇，简直不敢相信“幻想王国的国王居然登了宝座”。爱德华重回王位后，英明果断，赏罚分明，曾经的那段流浪经历，成了他生命中永远值得回忆、值得警醒的传奇故事！

一　艰辛寻找

迈尔斯·亨顿从伦敦桥上那一场骚乱中摆脱出来之后，样子狼狈极了。他在卷入纠纷的时候，身上的钱已经所剩无几，出来后索性分文不剩。扒手掏光了他身上最后的几个钱。

但是没有关系，只要他能找到他那个孩子就行了。他是个军人，从不草率行事，所以他并没有东一头西一头地找，而是首先开动脑筋，把寻找的计划安排妥当。

这孩子遇到这种情况会怎么办呢？他最有可能到哪里去呢？

亨顿想，他当然会回到他的老窝去，因为那几乎是人的本能，不管神经是否健全的人都会这么做。可是他的老窝在什么地方呢？从他那一身破衣服，还有自称是他父亲的那个坏蛋的样子来判断，都可以推测出他的家是在伦敦的某一个最穷、最糟的地区。去找他是不是很困难，或是要很久呢？不，应该很简单。他不用去找那孩子，只要能发现成堆的人就行。这孩子无论到哪里肯定还会像往常那样，自称是国王，那些肮脏的家伙肯定会向他围拢过去，然后一起捉弄他，嘲笑他。只要发现这样的人群，迈尔斯·亨顿就会冲过去，把这些人打伤几个，再把那个孩子抱走。这样，他们俩从此以后就再也不分离了。

于是，亨顿就开始了他的寻找。他按照自己的计划找了很长时间，却始终一无所获。到天亮的时候，他已经走了好远，检查过许多处成群的人，累得筋疲力尽，而且又饿又困，但还是没发现那孩子的踪影。

直到中午，他还在四处追寻——这时候，他混进那些跟在国王出巡的行列后面的人群当中，因为他推断这个盛大的场面对他那个小疯子的吸引力一定很大。他跟着这个长长的游行队伍，一路穿街过巷，一直跟到威斯敏斯特宫和大教堂。他混在人群中游荡了很久，走得很累，心里沮丧而烦乱，后来他终于沉思着离开了人群，打算另想办法，修改他的寻找计划。过了一会儿，当他从沉思中清醒过来时，才发现城市已经被他甩在后面很远，天色也渐近黄昏了。他正置身于一片讲究的乡村别墅（shù）区——他所穿的那种衣服在这里是不受欢迎的。

天还不是太冷，他来到一道篱笆背风的一面，打算躺在地上休息休息，想想事情。远处微弱的隆隆炮声随风飘到他耳朵里来，他自言自语道："新王加冕了。"随即，已经困乏到极点的他就进入了梦乡。在这以前，他已经有三十多个钟头不眠不休了。一直到第二天将近中午的时候，他才醒过来。

他一瘸一拐地爬起来，饿得半死，勉强到河边去洗了洗脸，灌了一通河水顶住饥饿，然后又很吃力地往威斯敏斯特宫走。他一边走一边想："一定要设法找汉弗莱·马洛老爵士谈谈，向他借几个马克买点东西填填肚子，再……"

快到十一点钟的时候，他走近了皇宫。虽然他身边有许多衣着华丽的人往同一方向走，但他却吸引了很多人的目光，这就得感谢他那一身衣服了。他仔细打量这些人的面孔，希望能找到一个好心的人，愿意替他传个话给那位老爵士——至于他自己进宫去，那是根本不可能的。

这时，我们的代鞭童从对面走了过来，他一看见亨顿，就停下脚步仔细打量起他来。代鞭童心里想道："这一定就是国王急于要找到的那个流浪汉，我敢发誓！他恰好和国王说的那个人一模一样。我得赶紧找一个借口，跟他说说话才好。"

迈尔斯·亨顿也看见了这个好像对他颇感兴趣的孩子。于是，他就向那孩子走过去，说：

"你刚从宫里出来，你是宫里的人吗？"

“是的，老爷。”

“那你认识汉弗莱·马洛爵士吗?”

那孩子大吃一惊，他心里想：“天哪！那是我去世了的老父亲呀！”然后他大声回答说，“很熟哩，老爷。”

“太好了——他在里面吗?”

“是的。”那孩子说，然后他又接着在心里说，“是在坟墓里面哩。”

“我请你帮个忙，帮我传个话给他，说我希望跟他当面说句话，可以吗?”

“我很乐意为您效劳，先生。”

“那么，请你转告他，理查爵士的儿子迈尔斯·亨顿在外面等着，我非常感谢你，小朋友。”

那孩子显得有些失望——“国王并不是这样称呼那个人的，”他心里想，“不过，没关系，这大概是他的双胞胎弟兄，我相信他一定能告诉国王那个什么爵士的消息。”于是他对亨顿说，“你上那里面去等一会儿，先生，等我去给您带个话。”

于是，亨顿就走进了那孩子所指的地方。那是宫墙上一个凹进去的小屋子，是天气不好的时候警卫避风雨的地方。他刚刚进去坐下，就有一个军官领着几个戟兵走过。那军官看见了他，就命令他的士兵去叫亨顿出来。亨顿遵命出来了，那军官认为他可能是个偷偷跑到皇宫附近来干坏事的疑犯，马上就把他逮捕起来。可怜的亨顿正想解释一下，但是那军官却禁止他说话，并让士兵解除了他的武装，搜查他的身体。

士兵搜遍了他的全身，什么也没有找到，只有一封信。军官把它撕开，亨顿认出了是他那失踪的小朋友在亨顿第写的那些鬼画符一样的字，就微笑起来。但是那军官念了用英文写的一段后，脸色变阴沉了，同时亨顿也吓得脸色惨白。

“又来了一个要求复位的！”军官喊道，“今天这种人简直像兔子似的一窝一窝的。弟兄们，抓住这个坏蛋吧，千万要抓得紧紧的，好让我把这封宝贵的信送到宫里去，交给国王。”

他说完就赶紧走开了。

“现在我的运气到头了，”亨顿嘟囔着说，“因为这封信，我准会被吊在绳子上打秋千（这里指亨顿即将被处以绞刑。到了如此危急境地，亨顿还依旧诙谐风趣，尽显其乐观洒脱的性情和风度）。我那可怜的孩子会遭到什么厄运啊！——哎，只有仁慈的上帝才知道。”

没过多久，他就看见那个军官又匆匆忙忙地回来了，于是他就鼓起勇气来，准备以男子汉的气概承当他的灾难。但是那个军官却命令士兵们放开犯人，把他的剑还他，然后恭恭敬敬地向他行了个鞠躬礼，说：

“大人，请您跟我来。”

亨顿跟随着他，心里想：“我是去接受刑罚的，所以必须少犯点罪才行，否则这个浑蛋故意对我这么恭敬来侮辱我，我非掐死他不可。”

二　亨顿面圣

他们两个穿过一个人很多的庭院，走到王宫的大门口，那军官又对亨顿行了个鞠躬礼，把他交到一个服装华丽的大官手里。这个大官非常恭敬地接待了他，引着他穿过一个大厅往前走。大厅两旁站着一排一排衣着讲究的侍役（这些人在他们两个走过的时候，都毕恭毕敬地行礼，但是等他们一走过去，这些人就开始掩嘴嘲笑），后来大官又引着他在一群一群的体面人物当中走过，最后把他领到一个顶大的房间里。房间里那些聚集在一起的英国贵族自动让开一块地方，让他一人站在屋子当中，于是他就成了大家注目的对象。很多人愤愤不平地对他皱着眉头，还有很多人很开心又很鄙视地对他微笑。

迈尔斯·亨顿感到非常狼狈。在他五步以外的地方，端坐着那年轻的国王，在一把堂皇的华盖之下，国王跟旁边一个低着头、大概是个公爵似的人物说话。亨顿一心想早点结束这种当众的羞辱，希望国王赶快给他定罪。这时候，国王微微抬起头来，亨顿一眼就把他的面孔看得清清楚楚。他刹那间惊讶得连气都透不过来了！他站在那儿注视着这个年轻漂亮的面孔，自己好像变成了木头人似的，随即他就突然喊道：

“看啊，幻想王国的国王居然登上宝座了！”

他嘴里不停地嘟囔着，同时瞪着眼睛，非常惊奇。然后他向四周张望，仔细打量那一群华丽的人物和那豪华的大厅，继续絮絮叨叨地说：“可是这些都是真的——千真万确的——当然不是个梦呀。”

他又抬头看了国王一眼，心里想：“这究竟是不是个梦呢？……他究竟是真正的英国国王，还是我认识的那个疯疯癫癫的穷孩子呢？——谁能给我解开这个谜？”

他忽然灵机一动，计上心来。他迈着大步走到墙边，搬了一把椅子回来，放在地板上，在那上面坐了下来！一阵愤怒的声音爆发了，有一只粗暴的手按在他身上，同时有一个声音喊道：

“站起来，你这个不懂礼的野蛮人！你怎么敢在国王面前坐下？”

这阵吵闹引起了国王陛下的注意，他伸出手去，大声喊道：

“不要动他，他有这种权利！”

众人大吃一惊，退了回去。国王继续说：

“大臣们、侍从们，小姐和夫人们，这是我的亲信和最亲近的仆人迈尔斯·亨顿，他用他手里的剑，保护了他的国王，也许还救了国王的命——因此国王宣布，封他为爵士。你们还要知道，他还有个更大的功劳，他代替国王受了刑罚，使国王免了挨鞭打，免了受羞辱，因此我封他为英国贵族——肯特伯爵，还要封给他与这个爵位相称的钱财和土地。还有一点——他刚才行使的这种特权也是国王钦准归他享有的，我已经颁布过命令，准许他和他的子孙后代，凡为首的都有权在大英国王面前坐下，王位一日存在，这种特权就永不取消。让他好好坐在那儿吧。”

有两个人因为耽搁了时间，今天早晨才从乡下赶到，才来到这间屋子里只有五分钟。他们站着听了这些话，望着国王，又望着那个衣衫褴褛的人，再望着国王，开始惊惶不安起来。这两个人就是休吾爵士和爱迪思小姐，但是新封的伯爵并没有看见他们。他还在糊里糊涂地瞪着眼睛望着国王，嘴里自言自语着：

“啊，我的天哪！这就是我那个小疯子！这就是我那个小乞丐！我还打算让他看看我的亨顿第是多么豪华哪！我真希望上帝给我一只口袋，让我把脑袋钻进去吧！”

然后他忽然想起了一些礼节问题，于是他就跪下来，伸出手去让国王捧着，对他宣誓效忠，并为他受封的土地和爵位谢恩。然后他就站起来，恭恭敬敬地站在旁边，仍然是大家注目的对象，也是使人羡慕的对象。

这时候，国王发现了休吾爵士，于是他两眼冒火，愤怒地喊道：

“来人！把他关起来，剥去这个强盗的伪装，取消他强占的产业，且等我来找他算账。”

原来的休吾爵士被押走了。

现在这个房间的另一边有一阵骚乱，在场的人向两边后退，汤姆·康第穿着一身特别而又讲究的衣服，由一个前导官引着，在这两道人墙当中走了过来。他在国王面前跪下，国王说：

“我已经听说了这几个星期以来发生的情况了，对你很满意。你以正确的帝王的仁爱之心治理了国家。你现在找到了你的母亲和姐姐，是吗？好，我们一定要照顾她们——至于你的父亲，如果你同意，法律也许可的话，就要给他处绞刑。你们听着，从今天起，住在基督教养院里享受国王恩惠的人，除了要使他们吃饱穿暖以外，还要让他们的精神和心灵得到营养；我要把这个孩子派到那里，终身担任该院的总管。因为他当过国王，大家对他应该比对一般人更尊敬，所以你们要注意他身上这套特别的服装，谁也不许模仿；以后无论他到什么地方，他这身服装都可以提醒大家他曾经当过国王，谁都必须尊敬他，向他敬礼。他有国王的支持和保护，我现在宣布他为‘国王的受惠人’，从此大家就用这个头衔来称呼他。”

汤姆·康第得意、快乐地站起来，吻了吻国王的手，随即就被前导官引着出去了。他一分钟也没有耽搁，就跑去找他的母亲和姐姐们，并把一切情况告诉了她们，让大家一起分享他的快乐。

三 赏罚分明

所有秘密被揭穿的时候，大家才从休吾的招供中知道他的妻子那天之所以否认亨顿，是出自他的命令——同时他还非常严厉地威胁她，如果她不这样做，他就要她的命；她一听这话，就说他尽管要她的命，她并不害怕——反正她不肯否认亨顿；然后她的丈夫就说不会杀她，而要暗杀亨顿！于是她就只好答应了他的要求，并且实践了诺言。

休吾最终并没有受到惩罚，因为他的妻子和哥哥都不肯证实他的罪状——即使爱迪思要揭发他，亨顿也没有同意。后来休吾丢下了他的妻子，跑到大陆上去，不久就死了。后来，肯特伯爵就跟爱迪思结了婚。

汤姆·康第的父亲一直没有什么消息。

国王找出了那个烙了火印被卖为奴隶的农民，把他和帮头那一伙人都从罪恶的生活中解救出来，让他们过上了舒适的生活。

他还把在监狱里认识的那个老律师释放了，退还了他的罚金。他替他亲眼看见在火刑柱上烧死的那两个女教友的女儿安置了很好的家，严厉地惩罚了那个鞭打了迈尔斯·亨顿的军官。

他当初被当作偷烤猪的疑犯时，法官很怜恤他，现在他对那个法官也给予了褒奖。现在那位法官更加受人尊敬，成了一个伟大的、光荣的人物。

国王终身都爱把他做流浪儿的历险经过从头到尾地讲给别人听，他说自己每讲一次这个故事，都会得到很多的启示。因此他一日在世，就要继续讲这个故事，使他所经历的那些悲惨场面在他脑海中永远留下鲜明印象，并使他永远怀有仁爱之心。

在国王短暂的统治期间，迈尔斯·亨顿和汤姆·康第始终是国王最喜欢的人，他死后他们也是最真诚的哀悼者。善良的肯特伯爵是个很睿智（英明有远见。睿，ruì）的人，因此他并没有滥用他那稀奇的特权。从我们在前面说过的那次之后，到离世以前，他只行使过两次这种特权，一次是玛丽女王即位时，另一次是伊丽莎白女王即位时。他的后代中也鲜有人行使过这个特权，在这个家族的最后一位伯爵在共和国时期为国王而战，不幸阵亡后，这个特权也就随之结束了。

汤姆·康第很长寿，他后来成了一个很慈祥的白发老人，外表庄严而亲切。他在世的时候，一直受人尊重，因为他那奇特的服装非常引人注目，总是在提醒人家，使他们想起“他曾经当过国王”，所以人们都以“国王的受惠人”来称呼他，恭敬地向他行礼——他也温和地微笑着，表示答礼——

大家都觉得他的微笑很宝贵，因为他有过光荣的历史。

不幸的是，爱德华国王在位只有几年，这个可怜的孩子——但是他活得很有价值。曾经不止一次，有某一位大臣，为了反对国王的过于仁慈，和他争论。这位大臣说，国王有意加以修订的某一条法律，其实已经够宽大了，并不会使人感到痛苦或是压迫，谁也不会在意的。但是年轻的国王把他那双充满同情的眼睛转过去，露出十足哀伤之情，回答说：

“你感受过什么是痛苦和压迫吗？我和我的老百姓是知道的，你可不知道。”

在那个严酷的年代，爱德华六世在位那几年，是一个特别仁慈而开明的时期。现在我们要和他告别了，让我们记住他的这些功德吧。

成长启示

因为曾经在一所贫儿和弃儿的收养院受到野蛮的对待，国王深刻意识到，以后不仅要让那些孩子吃饱穿暖，还要让他们的精神和心灵得到营养，让他们读书受教育，因为在他看来，“学问可以改善心灵，培养仁爱和文雅的品格”。这一点适用于所有正在成长的青少年，知识是心灵的营养，文明是精神的营养，而读书受教育，则是汲取营养的最佳途径。

要点思考

1. 亨顿看到国王就是自己收养的“疯孩子”之后，他有何表现？

2. 你是怎么看待本书结尾中的“善恶皆有报”的？请谈谈你的理解。

写作积累

●毕恭毕敬　惊惶不安　赏罚分明　引人注目

●过了一会儿，当他从沉思中清醒过来时，才发现城市已经被他甩在后面很远，天色也渐近黄昏了。

延伸阅读

★本书名言记忆

◆ 因为光吃饱肚子，脑子里却很贫乏，心灵也得不到营养，那吃饱肚子也是没有意义的。

——第一章　贵贱俱长成

◆ 我相信学问可以改善心灵，培养仁爱和文雅的品格。

——第一章　贵贱俱长成

◆ 对待意义重大的事情，最好还是不要立即做出决定。

——第四章　王子与救星

◆ 所有的事情都有结束的一刻。

——第五章　汤姆当国王

◆ 天下所有的母亲天生都是一样的心肠。

——第五章　汤姆当国王

◆ 小孩子适应环境的能力往往比成年人还要强。

——第五章　汤姆当国王

◆ 连硬心肠的流浪者的感情也并非完全麻木的，他们在特别的情况下，也会因为别人的不幸而感到悲伤。

——第六章　王子流浪记

◆ 很多事情都是这样，想想倒是容易，真正壮起胆子来试一下可就难了。

——第六章　王子流浪记

◆ 我自己也走投无路了，要是我也欺负走投无路的，那可就太无耻了。

——第六章　王子流浪记

◆ 有时候，少讲点规矩，对大家都有好处。

——第六章　王子流浪记

作者名片

马克·吐温（1835—1910），美国著名作家、演说家，出生于美国密苏里州门罗县的一个律师家庭，当过报童、排字工人、水手、淘金工人、记者等。为了纪念在密西西比河上当水手和领航员的那段生活，他在从事写作后，选用了水手们常喊的一句话——“水深12英尺”（Mark Twain）作为他的笔名。马克·吐温的作品多以讽刺、幽默见长，有研究者认为，他既是一个正统的喜剧家，又是一个有喜剧特点的悲观主义者。他是美国批判现实主义文学的奠基人，世界著名的短篇小说大师。他经历了美国从自由资本主义到帝国主义的发展过程，其思想和创作也历经从轻快调笑到辛辣讽刺，再到悲观厌世的发展阶段，被誉为“美国文学史上的林肯”。其代表作品有小说《王子与贫儿》《百万英镑》《哈克贝利·费恩历险记》《汤姆·索亚历险记》等。

人物名片

◎ 爱德华·都铎

简介：都铎王朝备受尊崇的王子，集万千宠爱于一身，在锦衣玉食的生活中长大，十三岁时，因与乞丐汤姆交换衣服而互换了身份，从此流落民间，饱受磨难，后来在好人亨顿的帮助下，终于重回王位，并成为一代明君。

特点：心地善良，勇敢执着，敢于担当，同情弱者。

◎ 汤姆·康第

简介：一个贫苦家庭的孩子，在父亲和祖母的虐待下长大，成了一个小乞丐。十三岁时，他与王子互换身份，被误当成了王子，在老国王驾崩后当了新王，在此期间，他英明果敢，仁爱治国，受到了臣民的一致爱戴。后来，他帮助真正的王子重回王位，自己也被委以重任、受到了奖赏。

特点：心地善良，正直勇敢，脑筋灵活，知错能改。

◎ 迈尔斯·亨顿

简介：因受弟弟陷害，被父亲赶出家门。后来他救下了在民间流浪的爱德华王子，既是王子的忠实仆人，也是他的救命恩人，多次救王子于水火，为王子复位立下了汗马功劳。他重回家门后，身份被否认，与王子一起被投入监狱，遭受酷刑之后终被释放，在王子的帮助下，夺回了属于自己的家产。

特点：善良正直，勇敢机智，善解人意，乐于助人。

读后感例文

《王子与贫儿》读后感

《王子与贫儿》是我这个学期读过的最有意思的一本书，书中的故事和人物给我留下了深刻的印象，让我久久难忘。

这本书的作者是一代文学巨匠——美国小说家马克·吐温。书中讲述了王子爱德华和贫儿汤姆·康第在一个阴差阳错的机会下互换了身份的故事。贫儿因穿着王子的衣服便被误当成了王子，在王宫里尽享荣华富贵，还当上了英国的新国王。而真正的王子却流落民间，不得不四处流浪，受尽人们的欺凌和嘲讽。在好人亨顿的帮助下，爱德华王子经过了重重劫难，最终回到了王宫。而贫儿汤姆在良心的谴责下，也将不属于自己的王位还给了真正的王子。此后，爱德华成了一位仁慈的君主，带领他的子民过上了幸福的生活。

“人是生而平等的”，这部小说以王子与贫儿各自曲折离奇的经历很好地证明了这一点。当贫儿穿上王子的衣服时，大家都把他当成王子；而爱德华穿上贫儿的衣服后，大家便认定他是贫儿，这里既没有什么“天生富贵”，也没有什么“生来卑贱”，问题的关键只在穿什么服饰和处在什么地位。不仅如此，汤姆在穿上王子衣服，被人推上王位后，便立即颁发仁慈的法律，释放无罪的囚犯，否定封建法律的荒谬，指责宗教裁判所的草菅人命，成了万民拥戴的开明君主。而爱德华在穿上贫儿的衣服后，历经重重磨难，重新当上国王后废止酷刑，昭雪冤狱，颁布新法，以改善人民的处境。由此可见，这个世界本是人人平等的，同样善良正直的王子与贫儿，在处于相同处境时，会面对一样的难题，也会做出一样的成绩。

这个故事让我想起了湖南卫视播的《变形记》。在那个节目里，城市和山村里的孩子互换环境，体验不同的生活。城里的孩子来到山村，体验到和城里不一样的乐趣，也更深切地体会到农民们生活的艰难，从而学会知足、感恩。而山里的孩子来到城市，见识了城市的繁华和进步，就更能激励自己努力学习，将来去改变自己家乡的面貌。

无论是《王子与贫儿》这部经典名著，还是《变形记》这档电视节目，都让我更加珍惜自己现在的生活，更加深刻地理解到：我们没办法选择出身，但是可以通过努力改变未来。

读《王子与贫儿》有感

我最喜欢的一本名著是美国作家马克·吐温创作的长篇小说——《王子与贫儿》，它被作者本人看作自己最满意的作品之一。

小说中的故事特别精彩，人物命运一波三折，令人时而担心，时而开怀大笑。两个同年同月同日生、长得一模一样的男孩儿偶然间互换了身份。王子爱德华流落在民间，成了受人欺凌的乞丐，经历了君主专制统治下人民生活的种种苦难。而落魄的贫儿汤姆登上国王的宝座，他废除了一些残酷的法律和刑罚、赦免了一些无辜的犯人、颁布了一些合乎情理的法令，成了万人尊崇的一国之主。在迈尔斯·亨顿的帮助下，爱德华王子历尽磨难，最终回到了王宫。而贫儿汤姆也在良心的谴责下，帮助真正的国王成功复位。

读完这本书以后，我感触很多。汤姆是个可怜的贫儿，他的父亲和祖母很凶恶，经常打骂他，遇到不如意的时候总是把他当出气筒，然而生活在这种家庭环境中的汤姆不仅没有对生活丧失信心，还在安德鲁神父的帮助下努力学习，他的这种精神很值得我学习。爱德华王子很坚强，他流落民间后，并不灰心丧气，依然坚持不懈，不断努力，勇敢地克服了一个又一个的困难，终于重登了王位。他那种遇到困难不退缩、不气馁的精神也很值得我学习。

这部小说也让我明白了换位思考的重要性。王子与贫儿正是因为互换了身份，王子才懂得了民间疾苦，贫儿才知道了治国不易。因此，我们也要学会站在另一个角度上观察问题，如学生要站在老师的角度上想一想，孩子要站在父母的角度上想一想，自己要站在别人的角度上想一想，等等。

这部童话式讽刺小说既有童话的趣味和奇妙，也有讽刺小说的幽默和尖锐，既能让人感受到愉悦和惊奇，也令人警醒，引人深思，是一本值得细细品味的好书！

知识考点

一、填空题

1.《王子与贫儿》的作者是______国著名作家______，他的代表作有《________________》《________________》《________________》等。

2. 王子的全名是________，他是都铎王朝备受瞩目的王子；贫儿的全名是________，他是出生在贫苦人家的不受欢迎的孩子。

3. 王子与汤姆互换身份后，他寻求的第一个避难之地是________，但是在那里，他遭到了孩子们野蛮的对待。

4. 王子的温柔可亲的姐姐和堂姐分别是_____和_____，他还有一位脾气暴躁的姐姐________。

5. 这部小说中的故事是以十六世纪的________（国家名）为背景，两位主人公均出生在________（城市名）。

6. 马克·吐温被誉为“美国文学中的________”。

7. 汤姆的父亲名叫____________，他们一家住在一个名叫________的小巷子里。在汤姆家里，还有一个虐待他的人，也就是他的________。

8. 汤姆和王子在____岁时，因一次机缘巧合________，从而互换了身份。

9. 王子在流浪途中，幸亏有________的相助，才多次化险为夷。

10. 王子归来后，在汤姆的帮助下，终于找到了______，顺利复位。

二、选择题

1. 贫儿汤姆一共有（　　）个姐姐。

A. 2　　B. 3　　C. 4　　D. 1

2. 在康第家，只有（　　）察觉出了“汤姆”身份的异常。

A. 汤姆的两个姐姐　　B. 汤姆的母亲

C. 约翰·康第　　D. 汤姆的祖母

3. 汤姆做了王子之后做过的事情不包括下列哪项（　　）。

A. 废除一些酷刑　　B. 赦免被冤枉的囚犯

C. 当众用餐　　D. 寻找母亲和姐姐

4. （　　）把王子从杀人隐士那儿救了出来。

A. 亨顿　　B. 国王

C. 康第和雨果　　D. 帮头

5. 汤姆当上国王后，只有他和他的（　　）单独相处的一个钟头，才是他觉得绝对有利的事情，因为他一方面得到了娱乐，同时又获得了急需的知识，真是一举两得。

A. 舅父　　B. 姐姐伊丽莎白

C. 代鞭童　　D. 堂姐格雷公主

6. 《王子与贫儿》是一部（　　）式讽刺小说。

A. 童话　　B. 寓言　　C. 喜剧　　D. 戏剧

7. 在汤姆的提示下，爱德华终于想起玉玺被他藏在了（　　）。

A. 墙上的暗格里　　B. 国王的宝座下

C. 一副米兰盔甲的头盔里　D. 一副米兰盔甲的护臂里

8. 爱德华重回王位后，赏罚分明，下列人物中没有被奖赏的是（　　）。

A. 亨顿　　B. 汤姆

C. 休吾　　D. 曾经审过偷烤猪案的法官

9. 王子在流浪途中，相信他的国王身份的人是（　　）。

A. 亨顿　　B. 两位农户家的女孩

C. 汤姆的母亲　　D. 约翰·康第

10. 在这部小说中，主人公爱德华即历史上的（　　）。

A. 爱德华五世　　B. 爱德华八世

C. 爱德华七世　　D. 爱德华六世

三、简答题

1. 在这本书中，王子爱德华·都铎历经千难万险，终于在迈尔斯·亨顿的帮助下重回王位，在流落民间的过程中，爱德华先后遭遇了哪些危险？（至少说出四件）

2. 你最喜欢书中的哪个人物？说说你的理由。

参考答案

一、填空题

1. 美　马克·吐温　王子与贫儿　百万英镑　汤姆·索亚历险记

2. 爱德华·都铎　汤姆·康第

3. 收养所（贫儿和弃儿收养所/收养贫儿和弃儿的基督教堂）

4. 伊丽莎白公主　洁恩·格雷公主　玛丽公主

5. 英国　伦敦

6. 林肯

7. 约翰·康第　垃圾大院　祖母

8. 十三　互换了衣服（意思对即可）

9. 迈尔斯·亨顿

10. 英国的玉玺

二、选择题

1. A　2. B　3. D　4. C　5. C

6. A　7. D　8. C　9. B　10. D

三、简答题（答案仅供参考，言之成理即可）

1. 在收养所受到孩子们侮辱；在康第家遭到约翰·康第和祖母打骂；在市会厅被暴徒欺辱；受到坏人雨果的欺负，险些入狱；差点儿被森林里的隐士杀害；受到休吾的陷害入狱。（任写四件即可，但须注意事件先后顺序）

2. 略。

无障碍阅读·彩插励志版

第一辑

《童年》
《西游记》
《红楼梦》
《水浒传》
《昆虫记》
《名人传》
《稻草人》
《格林童话》
《伊索寓言》
《城南旧事》
《爱的教育》
《三国演义》
《骆驼祥子》
《繁星·春水》
《安徒生童话》
《海底两万里》
《鲁滨逊漂流记》
《最后一头战象》
《朝花夕拾》
《钢铁是怎样炼成的》
《假如给我三天光明》
《汤姆·索亚历险记》

第二辑

《格列佛游记》
《绿山墙的安妮》
《雷锋的故事》
《唐诗三百首》
《成语故事》
《简·爱》
《中国古代寓言故事》
《中外民间故事》
《中外神话传说》
《中外历史故事》
《绿野仙踪》
《木偶奇遇记》
《寄小读者》
《小王子》
《老人与海》
《八十天环游地球》
《小橘灯》
《呼兰河传》
《论语》
《千字文》
《克雷洛夫寓言》
《小鹿斑比》
《中外名人故事》
《吹牛大王历险记》
《中华上下五千年》

第三辑

《荒野的呼唤》
《泰戈尔诗选》
《宝葫芦的秘密》
《小老鼠皮克历险记》
《小学生必背古诗词75+80首》
《小战马》
《红脖子》
《水孩子》
《安妮日记》
《列那狐的故事》
《柳林风声》
《人类的故事》
《欧也妮·葛朗台》
《小飞侠彼得·潘》
《汤姆叔叔的小屋》
《爱丽丝漫游仙境》
《地心游记》
《名人名言精读》
《尼尔斯骑鹅旅行记》
《神秘岛》

《森林报·春》
《森林报·夏》
《森林报·秋》
《森林报·冬》
《福尔摩斯探案集》
《莫泊桑短篇小说精选》
《四大名著知识点一本全》

第四辑

《欧·亨利短篇小说精选》
《细菌世界历险记》
《爷爷的爷爷哪里来》
《长腿叔叔》
《海蒂》
《朱自清散文精选》
《契诃夫短篇小说精选》

第五辑

《大林和小林》
《父与子》
《王子与贫儿》
《哈克贝利·费恩历险记》
《猎人笔记》
《居里夫人自传》
《格兰特船长的儿女》
《秘密花园》
《青鸟》
《人类群星闪耀时》
《寂静的春天》
《西顿野生动物故事集》
《飞向太空港》
《镜花缘》
《草原上的小木屋》
《会飞的教室》
《丛林故事》
《小巴掌童话》
《给青年的十二封信》
《白洋淀纪事》
《湘行散记》
《梦天新集：星星离我们有多远》

第六辑

《世说新语》
《聊斋志异》
《儒林外史》
《我是猫》
《了不起的盖茨比》
《少年维特的烦恼》
《神笔马良》
《拉封丹寓言》
《希腊神话故事》
《山海经》
《地球的故事》
《十万个为什么》
《中国民间故事》
《中国古代神话》
《非洲民间故事》
《森林报》
《一千零一夜》

第七辑

《小英雄雨来》
《闪闪的红星》
《赤色小子》
《刘胡兰传》
《两个小八路》
《小游击队员》
《铁道游击队》
《李四光随笔：穿过地平线》
《中国传统节日故事》
《世界经典神话与传说故事》
《欧洲民间故事：聪明的牧羊人》
《捣蛋鬼日记》
《胡桃夹子》
《兔子坡》
《带刺的朋友》
《今年你七岁》
《第七条猎狗》
《萤火虫的季节》
《雁翎队的故事》
《谁是最可爱的人》